# 詩詞讀寫叢話

张中行　著

北京出版集团
北京十月文艺出版社

# 目 录

詩詞讀寫叢話

詩詞讀寫叢話

诗词读写丛话

# 再说几句

这本小书，初版已经几十年了。这回由中华书局这样的“老字号出版社”再版，我很高兴。[①]

要说想对读者再说点儿什么，其实也没什么高论。有人问起现在还有没有读诗的必要。这不好说，从人生角度看，就好比买水果，是买瓜好吃呢，还是买桃好吃？我看没什么分别。只能是各由其好吧。

作诗，主要看心里的情意，什么体裁无所谓。就我自己说，写旧体诗，有格式规矩，照那个格式规矩写就行了。新诗没有规矩，就不成，写不出来。还有，是古诗的味道，用后来的话写，怎么都赶不上。像《古诗十九首》，陶诗，现在人怕是怎么写，也写不出那个味儿来。这里说我的一个偏见，是旧体诗还有一个大用，就是还可以用它来骗骗自己的“心上人”。应付现代佳人，哼几句古典的，“锦瑟无端五十弦，一弦一柱思华年。庄生晓梦迷蝴蝶，望帝春心托杜鹃……”那多有味道！你要老是捧着一束蓝玫瑰翻来覆去地说“我爱

---

① 中华书局再版时语。

你”，怕就差点儿事儿吧。

学写旧体诗词，也没什么别的好办法，关键还是要多念。念多了，熟了，懂得了它的格式，就能跟着哼哼了。古人像杜甫、玉溪生，都是走的这条路。我当年下放回乡下老家，闲得没事，用瞎哼哼打发时光，也是这么写起来的。

念、写，苦不苦呢？可能觉得苦。可是佳人一点头，苦心就得到了回报，苦也就变成甜了。这是最大的获得。

有人说我这本书是“金针度人”，我不敢当，恐怕连根“银针”也没有。所以，要觉得看了我的书就能写诗，肯定会大失所望，只能说比不看强吧。

还是那四个字：多读，多写。

# 上场的几句话

己巳年的中秋又匆匆过去，月影淡了，人影远了。可是生意似乎并没有净尽。虽然昼渐短，夜渐长，如果面对窗外的长杨枯坐，短昼也就成为长日。所以不能不干点什么。干什么呢？也曾想改行，有时甚至想试试。结果是不能如愿，年事已高，一也；除拿笔写些不三不四的文章以外，什么都不会，二也。语云，人苦于不自知，我接受这个教训，把改行的心猿意马收回，甘心守成，做本分事。于是问题化简，只剩下考虑还能写点什么。

先想到原则，是忙事不好说，最好谈闲事。于是立刻就想到诗词。这里要加个小注：诗指旧的，平平仄仄平一类，因为还有新的，还有所谓散文诗；词当然指旧的，因为没有新的。想到诗词是有来由的。其一，还是几年以前，沪上的扔公来信，说是要出什么期刊，约写谈诗词的文章，重点要讲如何写。他有知人之明，推断我必坚辞，于是在信的末尾说："如不慨允则赴京，当着嫂夫人的面坐索，不得就不离开。"我只好答应写，并想了想大致写些什么。可是没想到，那个未降生的期刊终于没有降生，我也就落得个想了想而没有写。但终归是想了想，心里还有个影像，现在旧事重提，多少会省些力。其二，诗词是地道的闲事，有古人之言为证：韩文公是“余事作诗人”，项莲生是“不为无益之事，何以遣有涯之生”。其三，闲事也可以有闲事之用。近证是我自己，有时候忙里偷闲，或苦中作乐，作一两首歪诗，填一两首歪词，说思说梦以代替禅悟。远证是我的一些相识，当然都是还未发白的，有时来问，想作诗词，要怎么学。谦退吗，人家说我是不愿成人之美；讲吗，一言难尽。这是进退两难的燃眉之急，想救，饥不择食，就说，等我有时间，写出来，再全面谈吧。现在是真有时间了，能还债不是也好吗？

而说起还债，就不免很惭愧。诗词，我念过一些，也有所见，或说偏见，即喜欢哪些，不喜欢哪些，以及为什么要这样。这所见未必对；即使还有些道理，而眼高手低，东施效颦，写出来总是不像样。这是为天资、性情和学力所限，着急也无可奈何。现在要人之患在好为人师，行吗？但既已决定挣扎着上讲台，只好勉为其难，多由如意处着想。这是无论如何，曾经有偏见，曾经效颦，就以之为还债的资本，也许能够招架一阵子吧？盖偏见，在异口同声高喊民主的时代，和钦定的意见一样，也可以供参考，而效颦，就说是亦步亦趋吧，总是步了趋了，也就会多多少少窥见其中的一些奥秘或说偷巧之道，这对于喜读而尚未有偏见、未曾效颦而也想效颦的人，不会毫无用处。这样考虑的结果是大胆写。深挖，这大胆还包括三种意思：一是打破拘束，想到什么就写什么，不问是否合于破题、承题的传统；二是怎样想的就怎样写，不问是否离有大力的时风太远；三是讲作法，有时难免触及用心和招数，近于泄底，或说杀风景。总之是想知无不言，言无不尽，以期对上面提到的那些不耻下问的相识，以及他们的同道，舍得花钱买各种诗词选或集来读，并舍得花时间学写，以求樽前月下哼自诌的平平仄仄平的，会有一点点用处。所有这些，有的偏于介绍常识，有的偏于抒发偏见，都分题写，排个次序，算作正文。

正文之后还有个“附录”，是借王力先生之光，把《诗词格律》后附的《诗韵举要》印在后边，目的很明显，是看了此书真就效颦的人，有时难免要查查诗韵，就不必另翻一本了。

另，这个“正”字，与大量的所谓正一样，其中不免藏有歪，或私。且说这里的私是想留一席地，把自己的效颦之作《说梦草》也印出来。又，效颦之作，估计有些词语，去日苦少之士会感到生疏，所以酌量加了注。注限于典实，多数是古的，来于古语古事，少数是今的，来于今人今事；至于意义，董仲舒云：“诗无达诂，乐春之男见花，悲秋之女见泪，六经皆我注脚可也。”

1989年10月作者于燕园

# 家有敝帚 享之千金

看题目，家之下有敝帚，是想由家当谈起。家当指祖先留下的。祖先，专说大范围且早的，是常说的炎黄子孙的炎黄。炎黄有后，后对更后而言也是祖先。这祖先留下的最值得什么的家当是打破十亿的人口。值得什么呢？不好说，因为时移则事异，事异则备变，五十年代是人多力量大，八十年代成为大包袱，问是非，究责任，都不容易，或不合时宜。人口以外，祖先留下的家当无限之多，有值得夸耀兼能引来外汇的，如长城、故宫、秦皇兵马俑之类；也有不值得夸耀更不能换外汇的，如历史的，男人作八股、女人缠小脚之类，现时的，穷、许多种机没有外国的好之类。这是一笔复杂而难算的账。只好缩小范围，向本题靠近，专谈语言文字，或者说，汉语的语言文字，这也是祖先留下的珍贵（？因为有人说不如拼音的好）遗产。

语言文字是表情达意的工具，绝大多数情况下是交换情意的工具。说绝大多数，因为少数情况，或极少数情况，情意也会“只可自怡悦，不堪持赠君”。最明显的例子是日记，除李越缦、鲁迅等少数人之外，愿意把小本本摊开，请大家欣赏，某日与夫人或丈夫吵架，某日想吃对虾而无钱买，等等，是绝无仅有的。不少诗词之作也是这样，自怡悦是本等，持赠君是可有可无，这留到以后再说。还是回过来，笼而统之说表情达意。记得西方某高明之士说过："语言是人类创造的最笨的工具。"理由可以请中国的古人出场代说，是"书不尽言，言不尽意"。这是一面，曰求全责备，或恨铁不成钢。还有另一面，是"不以一眚掩大德"。不妨以两事明之。一是由炎黄或更早一些起，到此时此刻止，以说汉语的人为一群，其中的个体，即各个人，相加，数目之大，总当使人吓一跳吧？其中绝大绝大多数（聋哑、神志不全、孩提夭折之类除外）都曾以之为表情达意的工具，而没有感到不合用；从语言文字方面说，是任务完成得颇不坏。二是由文献方面看，我们的语言文字也真是神通广大，告诉我们那么多旧事，足征的都清清楚楚；其中不少，形中有神，还值得一唱三叹（雅者如形容佳人卖笑之"目挑心招"，见《史记·货殖列传》；俗者如形容佳人可爱之"则为你如花美眷，似水流年"，见《牡丹亭·惊梦》，等等）。总而言之，我们不得不承认，在祖先留下的诸多遗产中，语言文字必是值得珍视的一种。

值得珍视，是因为它有大用。这所谓大，自然包含"多"的意思。多的一种表现是可以由实而虚，由家常而不家常，由物质而精神。实、家常、物质的一端好说。馋了，到鱼市，见到鲤鱼，问"多少钱一斤"，答"五块"，选好一条稍大的，问"多重"，答"二斤"，给一张票，成交，鱼是实，是物质，买了吃是家常事，都是由语言帮忙如此这般完成的。另一端就不那么好说了。“河汉清且浅，相去复几许？盈盈一水间，脉脉不得语”“莫道不消魂，帘卷西风，人比黄花瘦”之类，多到汗牛充栋，不能招呼来鲤鱼，也就不能经过厨房，然后大快朵颐。这是既不物质，又不家常，由实利主义的角度看，说是不必有而可无，似乎并不为过。可是由实利主义也可能引出另一种结论：人，深追其天命之谓性，总是乐于懒散，得凑合就宁愿凑合的吧？这样，仍就语言文字说，由散步时的无心哼小曲，到端坐案前字斟句酌地写情书，就都不是无所为的。那么，有那么多人，忙里偷闲，甚至眼含泪水，写“脉脉不得语”“人比黄花瘦”，又有更多的人，也忙里偷闲，不只读，有的还百读不厌，甚至也赔上一些泪水，当然也不是无所为的。为什么呢？这是比较大、比较深的问题，要留待后面专题谈。这里姑且用无征而信法，说我们的情意中有那么一些，或说一种，幽微而非家常，也需要表达，并且不吐不快，于是就找门路。这工作有不同时代的很多人参加，试，改，变，渐渐由粗而精，由模胡而明朗，由流动而固定，终于成为一种（细分也可以说是多种）表达形式——诗词就是这样的一种表达形式，有用，不是招呼来鲤鱼之用，是抒发幽微的情意之用。

抒发幽微的情意，不一定要用诗词。蒲松龄闷坐聊斋，写青凤，写黄英，虽然间接一些，其底里也是在抒发幽微的情意。鲁迅的《野草》就比较明显，那是散文，虽然也可以称之为散文诗。为了少纠缠，不如自扫门前雪，采用某某堂狗皮膏药的家数，不管有没有其他妙药包治什么病，反正本堂的狗皮膏药是只此一家，并无分号。诗词到唐宋成为定型，作为表达幽微情意的工具，也是只此一家，并无分号。

这只此一家，至少表现在两个方面。一是有幽微的情意，求它帮忙抒发，它就真能够不负所托。以最常有的思情为例，用诗抒发，可以直，如杜甫的《月夜》：

今夜鄜州月，闺中只独（读仄声）看（读平声）。
遥怜小儿女，未解忆长安。
香雾云鬟湿（读仄声），清辉玉臂寒。
何时倚虚幌，双照泪痕干。

也可以曲，如李商隐的《无题》：

来是空言去绝（读仄声）踪，月斜楼上五更钟。
梦为远别（读仄声）啼难唤，书被催成墨未浓。
蜡照半笼金翡翠，麝熏微度绣芙蓉。
刘郎已恨蓬山远，更隔（读仄声）蓬山一万重。

用词抒发，可以直，如温庭筠的《忆江南》：

梳洗罢，独倚望江楼。过尽千帆皆不是，斜晖脉脉水悠悠。肠断白（读bò）蘋洲。

也可以曲，如贺铸的《青玉案》：

凌波不过横塘路，但目送芳尘去。锦瑟年华谁与度？月台花榭，琐窗朱户，惟有春知处。　　碧云冉冉蘅皋暮，彩笔新题断肠句。试问闲愁都几许，一川烟草，满城风絮，梅子黄时雨。

这样的情意力量不小，却难于抓住，几乎可以说是“荡荡乎，民无能名焉”。诗词的本领就在于能够抓住情意；不只抓住，而且使它深化（“春蚕到死丝方尽，蜡炬成灰泪始干”之类是），明朗化（或说形象化，“绿杨烟外晓寒轻，红杏枝头春意闹”之类是），固定化（写成文字，情意如飞鸟入笼，就不能飞去）。也就因此，由作者方面说，既可以一吐而快，又可以引来同代异代无数人的同情之泪，或之笑；由读者方面说，可以借他人酒杯浇自己的块垒。这是一种微妙的感通，而所以可能，是靠诗词这种表达形式。

只此一家的另一方面是难于（甚至可以说不能）用其他表达形式代替。这比较难讲，想由浅入深说两种情况。

一种情况是，诗词有特种性质的强的表达能力，其他表达形式没有，至少是比不上。（曲是诗词的直系子孙，性质与诗词不异；本书不谈，主要是因为，作为表达情意的工具，过去少用，现在不用。）这主要表现在三个方面。其一是“精练”，即小本钱能做大生意。先看下面的例：

故国（读仄声）三千里，深宫二十（读仄声）年。
一声何满子，双泪落君前。

（张祜《何满子》）

葡萄美酒夜光杯，欲饮琵琶马上催。
醉卧沙场（读平声）君莫笑，古来征战几人回？

（王翰《凉州曲》）

去年元夜时，花市灯如昼。月上柳梢头，人约（读仄声）黄昏后。　　今年元夜时，月与灯依旧。不见去年人，泪湿（读仄声）春衫袖。

（朱淑真《生查子》）

春花秋月何时了，往事知多少。小楼昨夜又东风，故国（读仄声）不堪回首月明中。　　雕阑玉砌应犹在，只是朱颜改。问君能有几多愁，恰似一江春水向东流。

（李煜《虞美人》）

以上诗两首，词两首，都既有可歌可泣之情，又有可歌可泣之事，应该说是小说和戏剧的好题材。可是，如果用小说或戏剧的形式来表现，那量就会超过万言书。而用诗词，如最长的《虞美人》，不过五十多个字就恰到好处。

其二，“诗词是表达幽微情意的妙手”。幽微的情意，其中有些是不宜于打开天窗说亮话的，而还想表达，就最好乞援于诗词。因为诗词有一种本领，是写出来，固定于纸面，使人眼一晃，忽而如见肺肝，忽而又迷离恍惚；换个说法，是既抓不着，又容许遐想。看下面的例：

飒飒东风细雨来，芙蓉塘外有轻雷。
金蟾啮锁烧香入，玉虎牵丝汲（读仄声）井回。
贾氏窥帘韩掾少，宓妃留枕魏王才。
春心莫共花争发（读仄声），一寸相思一寸灰。

（李商隐《无题》）

隔年芳信，要同衾元夕（读仄声）。比及（读仄声）归时小寒食（读仄声）。怅鸭头船返，桃叶江空，端可惜（读仄声），误了兰期初七（读仄声）。　　易求无价宝，惟有佳人，绝世倾城难再得（读仄声）。薄命果生成，小字亲题，认点点，泪痕曾湿（读仄声）。怪十样、蛮笺旧曾贻，只一纸私书，更无消息（读仄声）。

（朱彝尊《洞仙歌》）

两首都写思情，或说可望而不可即的思情。情有所系，或说有本事。老新有索隐兴趣的人大概都愿意知道本事，也无妨大胆假设。记得多年前苏雪林女士曾写一本书，名《李义山恋爱事迹考》，说这位好写无题诗的，所爱是女道士。朱彝尊呢，所爱为其小姨（妻之妹），有二百韵的风怀诗为证。不幸而中国的礼俗，许娶妻、纳妾、嫖娼而不许恋爱，又语云，只有得不到的才是最珍贵的，于是而求之不得，辗转反侧，而想哀吟、诉苦。可是依照礼俗，这情，尤其事，难于明说。两难之中挤出一条路，而且是最理想、最经济的，就是用诗词，如以上两首就是这样，虽未直言，个中人却可以心照不宣，局外人也可以以己度人，得其仿佛。

其三，是利用汉字单音节、有声调的特点以取得悦耳的“音乐性”，其他表达形式很少能够这样。这也表现在不止一个方面。一是押韵以显示回环往复，如“黄河远上白（读bò）云间，一片孤城万仞山。羌笛（读仄声）何须怨杨柳，春风不度玉门关”，间、山、关押韵，像是即往即返，听起来紧凑流利。二是调平仄以显示抑扬顿挫，如“国（读仄声）破山河在，城春草木深”，就声调说是仄仄平平仄，平平仄仄平，有规律地起起伏伏，显得有变化而不呆板。三是多用对偶以显示开合对称的美。四是牵涉到情调或韵味，比较复杂微细，也可以略举例说说。例之一是句子长短有作用，如诗，五言舒缓，七言高亢，是一读就可以觉察出来的。例之二是声调平仄有作用，如词，“堤上游人逐画船，拍堤春水四垂天。绿杨楼外出（读仄声）秋千”用平声韵，情调显得欢快；“斜阳冉冉春无极（读仄声）。念月榭携手，露桥闻笛（读仄声）。沉思前事，似梦里，泪暗滴（读仄声）”用仄声韵，情调显得悲戚。例之三是韵的不同有作用，如同是牛峤《菩萨蛮》结尾，“何处是辽阳？锦屏春昼长”用七阳韵，心情还不失开朗；“啼粉涴罗衣，问郎何日归”用五微韵，心情就成为怅惘了。

难于用其他表达形式代替的另一种情况是，语言文字的外皮（声音、形体，内是意义）有侵略性，甚至发展为独占性；独占，外来势力就很难鸠占鹊巢而不变鹊的音容，尤其神采。举个最浅显的例，妈妈和母亲，字典家或注释家必以为意义完全相同，其实不完全相同，因为一般是，当面叫妈妈，如果换用母亲，亲切的意味就会减少。意味有变，应否算在意义的总账上呢？问题不简单，要由意义学家去研究解决。同理，现今不少小字辈的表示太好，习惯说“没治啦”，你让他雅，说“太好啦”，他不会接受，因为他觉得不够味儿，这就是“太好”的意义已经被夺去，“没治啦”有了独占权。诗词也是这样，成为一种固定的表达形式就有了独占权。举例说，张九龄《望月怀远》的“海上生明月，天涯共此时”，与谢庄《月赋》的“隔千里兮共明月”，内容像是没有分别，可是仔细吟味，总会感到情意不完全一样，张诗偏于感慨，谢赋偏于思念。又如《诗·秦风·蒹葭》：“所谓伊人，在水一方。溯洄从之，道阻且长。溯游从之，宛在水中央”，与辛弃疾《青玉案》“众里寻他千百度，蓦然回首，那人却在，灯火阑珊处”，内容也像是没有分别，可是情意还是不尽同，前者从容而后者急切。不同就各有特点，难于代替。这样说，诗词，单就一首说都有表达情意的独占性；扩而大之，成为一种表达形式，或说一体，也有独占性（如诗偏于雄放，词偏于柔婉，像是各有所司），因而也就不能用其他表达形式来代替。

不能代替就不能离开吗？语云，没有歪脖树同样能够上吊，这是一种考虑。但也可以有另一种考虑，性相近也，我们不会没有昔人用诗词表达的那种幽微的情意，那么，手边有合用的旧坛子，为什么不用它装新酒呢？——事实是已经用了，证据是，有不很少的老朽和不老朽还在作平平仄仄平，有相当多的年轻人肯花钱买平平仄仄平的读物，如《唐诗三百首》《唐宋名家词选》之类。可见，诗词作为一种表情达意的工具，并没有被抛上垃圾堆。不过说到用，还有程度之差，最好是大材不要小用。我的想法，大用包括三项内容。其一是明确认识诗词的成就或业绩，这是（只计文献足征的）由无名氏的“关关雎鸠，在河之洲。窈窕淑女，君子好逑”起，到（皇清之后不计）王国维的“昨夜梦中多少恨，细马香车，两两（辆辆）行相近”止，它为无数的痴男怨女表达了秋思春恨，而且表达得很好。其二是读，借他人酒杯浇自己的块垒，要深知酒杯的底细，即诗词的形和神，以及个别篇什的短长，并能够钻进去，得受用。其三是进一步，最好自己也能够用这个工具表达自己的情意。这进一步有进一步的好处，一方面，有情意，有表达的工具可用，就不致有抑郁的遗憾；另一方面，不管是读别人的还是吟咏自己的，都可以钻得更深，得更多的受用。总之，照应本篇的标题，对于诗词，我们应该把它看作祖先留给我们的一种珍贵的家当，要好好利用它；而如果能够大材大用，那就真是家有敝帚，享之（利用它而得受用）千金（它就有千金那样贵重）了。

# 情意和诗境

上一个题目谈诗词有表达幽微的情意之用，而语焉不详，因为没有进一步，谈为什么会有这等事。这次谈是补上次之遗；但附庸不得不蔚为大国，因为问题大而玄远，辟为专题还怕讲不清楚。为了化隐微为显著，先说想解决什么疑难，是：什么是幽微的情意，何以会有，得表达有什么好处；好处，由“能”感方面说是内，即所谓诗意，由“所”感方面说是外，即所谓诗境，它的性质是什么，在人生中占什么地位（创作、欣赏、神游之类）。内容不见得很复杂，只是因为植根于人生，它就重，又因为情意、感受、诗境等是无形体、抓不着的，所以就不容易讲明白。勉为其难之前，先说几句有关题目的话。情意指什么心理状态，不好说；这里指幽微的那一些，什么是幽微的，与不幽微的如何分界，更不好说。先浅说一下，例如买东西上了当，生气是情，知道上了当是意，这情意不是幽微的，一般说不宜于入诗词，除非是打油体；读，或不读，而有“别巷寂寥人散后，望残烟草低迷”那样的情怀，甚至也眼泪汪汪，这情意是幽微的，宜于用诗词表达的。所以，这里暂用懒人的避难就易法，说本篇所谓情意，是指宜于用、经常用诗词表达的那一类。再说诗境，这境近于王国维《人间词话》所谓境界；说近于，因为不知道王氏的境界是否也包括少数或极少数不幽微的。诗境不能包括不幽微的（或不引人起怜爱之心的）。诗境可以不表现为语言文字，如不会写也未必肯说的，大量佳人的伤春悲秋，甚至想望之极成为白日梦，都是。表现，也不限定必用诗词的形式；从正面说，是一切艺术作品都能表现某种诗境。但君子思不出其位，本书既然是谈诗词，所谓诗境当然是指诗词所表现的。境兼诗词，而只说诗，因为诗有习惯的广义用法，指抒情而美妙的种种，所以就请它兼差了。以下入正文。

诗词是人写的，要由人谈起。人，只要一息尚存，用观物的眼看，很复杂；用观心的眼看，即使不是更加复杂，也总是较难了解，较难说明。专说心的方面，如何动，向哪里，古人也颇注意，想明白是怎么回事。他们称这为人之性，于是研究、讨论人性问题。述而不评的办法，泛说是“天命之谓性”，指实说是“食色，性也”，“饮食男女，人之大欲存焉”。追到欲，是一针见血之论，或说擒贼先擒王。欲有大力，是活动的原动力；而活动，必产生影响，或效果。效果有使人欣慰的，有使人头疼的，于是就联想到性的评价问题。孟子多看到恻隐之心，说人性善；荀子多看到由欲而求，由求而争，由争而乱，说人性恶。这笔胡涂账，中间经过韩愈、李翱等，直到谭嗣同也没有算清。现在看，参考西方人生哲学以及弗洛伊德学派的看法，还是告子的主张合理，那是性无善恶。说透彻些是：善恶是对意志的行为说的；性，例如饮食男女，来于天命，非人的意志力所能左右，就不该说它是善或恶。天命，至少是那些表现在最根本方面的，与生俱来，我们无力选择，所以只能顺受。即以饮食男女而论，饮食是欲，有目的，是延长生命，己身的，也是种族的，男女是欲，有目的，是延长生命，种族的，也是己身的，这分着说是两件大事，我们都在躬行而不问为什么必须躬行；问也没有用，因为一是不会有人人都满意的答案，二是不管有了什么答案，之后还是不得不饮食男女。这样，总而言之，或追根问柢，我们看人生，就会发现两个最根本的，也是力量最大的，由原动力方面看是“欲”，由目的方面看是“活”。

欲和活也可以合二为一，说生活是求扩充（量多，质优）的一种趋势。例如，由总体方面看，多生殖是这种趋势的表现；由个体方面看，舍不得死，碌碌一生，用尽力量求活得如意（即各方面各种形式的所得多），也是这种趋势的表现。这种趋势，说是天命也好，说是人性也好，它表现为欲，为求，力量很大，抗拒是很难的，或者说是做不到，因为抗拒的力也只能来于欲和求。难于抗拒，还因为它有个强悍的助手，曰“情”。求是欲的具体化，求而得就满足，不得就不满足，满足和不满足都会伴随着情的波动。情表现为苦乐，就成为推动求的力量。这样，欲和求，加上情就如虎添翼，力量就大得可怕了。可怕，因为一方面是难于抗拒，另一方面又不能任它为所欲为。所谓人生，经常是处在这样的两难的夹缝中。

这深追到形而上，谈天道，甚至可以说是老天爷有意恶作剧，一方面给我们情欲，一方面又不给我们有求必应的条件。其结果是，我们要饮食，不能想吃什么，什么就上桌面；要男女，不能爱哪位，哪位就含笑应命；等等。求而不得，继而来的可以是大打出手，于是而己所不欲施于人，以至于触犯刑律，与本篇关系不大，可以不管。继而来的另一种是保守型的，情随之而来，化为苦，存于心，引满而待发。也本于人性，不能不求减少或消灭。苦由求而不得来，于是怎样对付欲就成为人生以及人生哲学的大问题。小办法无限之多。大路子也不少，为了减少头绪，只举中土有的三个大户为例。儒家代表人群的绝大多数，原于天道，本诸人情，主张以礼节之，或说疏导。这样，如饮食，说民以食为天，鼓励富庶，却又崇尚节俭；男女，提倡内无怨女，外无旷夫，却又宣扬（一般关系的）男女授受不亲。儒家务实际，却也不少理想成分，因而大则不能完全止乱，小则不能完全灭苦。道家希望不小而魄力不大，于是闭门而观内，主张少思寡欲（老子），或更阿Q，视苦为无所谓（庄子）。这行吗？少数人未必不行，但成就总有个限度，就是至人也难得百分之百。佛家索价最高，要“灭”苦。他们洞察人心或人性，知道一切苦都来于情欲，所以灭苦之法只能是除尽情欲。这想得不错，问题在实行时是否可通。在这方面，他们费力不小，由万法皆空到唯识，由渐修到顿悟，由士大夫的亲禅到老太太的念南无阿弥陀佛，可谓百花齐放。而结果呢，其上者或者真就获得心情淡泊，欲和求大为减少。但灭是不可能的，即如得禅悟的六祖慧能，也还是于圆寂前造塔，这是没有忘记俗世的不朽。至于一般自称佛弟子口宣佛号的，十之九不过是穿印度服（或不穿）的中国俗人而已。总而言之，生而为人，不接受天命之谓性是办不到的。

办不到，只好承认欲、求、情的合法地位，也不能不承认求而不得的合法地位。这都是抛弃幻想而接受实际。但实际中隐藏着难于协调的多种情况，总的性质是，不能无求（活就是有所求），求又未必能得。怎么办？要针对求的性质选定对应的办法。而说到求的性质，真是一言难尽。刘、项不读书，所求却是做皇帝。犬儒学派的哲人，所求不过是，皇帝的车驾不挡他晒太阳的阳光。中间的，男女老少，三教九流，彼时此时，所求自然是无限之多。伴随求而不得的情也是无限之多。为了扣紧本题，只好缩小范围，取其所需，说求可以分为两类，情也可以分为两类：一类偏于硬邦邦，一类偏于软绵绵。禄位，财富，分而言之，如一件毛料外衣，一尾活鲤鱼，等等，是硬邦邦的，就是说，求的对象抓得着，不得之后的情也抓得着，如毛之有皮可附。有的求就不然，如：

前不见古人，后不见来者，念天地之悠悠，独怆然而涕下。

（陈子昂《登幽州台歌》）

帘影移香，池痕浸渌，重到藏春朱户。小立墙阴，犹认旧题诗句。记西园扑蝶（读仄声）归来，又南浦片帆初去。料如今尘满窗纱，佳期回首碧云暮。　　华年浑似流水，还怕啼鹃催老，乱莺无主。一样东风，吹送两边愁绪。正画阑红药飘残，是前度玉人凭处。剩空庭烟草凄迷，黄昏吹暗雨。

（项廷纪《绮罗香》）

一个是怆然而涕下，一个是有愁绪，为什么？概括说容易，是有所求，求而不得。具体说就大难，因为所求不是毛料外衣、活鲤鱼之类，抓不着，甚至作者本人也难于说清楚。这类求和这类情的特点也有看来不能协调的两个方面：一方面是非生活所必需，像是可有可无，由这个角度看，它是闲事，是闲情；另一方面，正如许多闲事、闲情一样，像是同样难于割舍，就有些人说，也许更难割舍。不过无论如何，与硬邦邦的那些相比，它总是隐蔽、细微、柔婉的，所以说它是软绵绵，也就是幽微的。

幽微的，力量却未必小。何以故？又要翻上面的旧账，曰来于生活的本性，即求扩充的趋势。“生年不满百，常怀千岁忧”（叹人生有限），“故国（读仄声）不堪回首月明中”（叹逝者不再来），“百草千花寒食（读仄声）路，香车系在谁家树”（遐思），“平林漠漠烟如织（读仄声），寒山一带伤心碧”（闲愁），以至安坐书斋，忽然一阵觉得无聊，等等，都是扩充不能如愿而表现为情的波动，即产生某种幽微的情意。这样的情意，与想升官发财等相比，虽然幽微，抓不着，却同样来头大，因为也植根于欲。欲就不能无求，求什么？总的说是不满足于实况，希望变少为多，变贫乏为充实，变冷为热，变坏为好，变丑为美，等等，甚至可以用个形而上的说法，变有限为无限。这类的求，表现为情意，是幽微的；求而不得，表现为情意，也是幽微的。幽微而有力，是因为如鬼附身，总是驱之不去。更遗憾的是，片时驱遣了，不久会又来，因为生活的本性要扩充，既然活着，就永远不会满足，所谓做了皇帝还想成仙是也。且不说皇帝，只说痴男怨女的春恨秋愁，由物方面说本非活不了的大事，由心方面说也许并不比缺吃少穿为较易忍受。这也是天命之谓性带来的问题。有问题就不能不想办法处理。

诗词是可用的一种处理办法。不是唯一的处理办法，因为还可以用其他艺术形式，如小说、戏剧等，就是欣赏别人所作、所演，也可以取得“苦闷的象征”的效果。还可以用艺术以外的办法，如上面所提到，道家是用少思寡欲法，佛家是用灭欲法。就街头巷尾的常人说，既没有力又没有胆量（也想不到）向欲挑战，就只能顺受，予幽微的情意以合法地位，或说出路。具体怎么办？我们的祖先，有不少是乞援于诗词（作和读）。诗词之用是表达幽微的情意。而说起这用，方便说，还可以分为浅、深（或说消极、积极）两种。

一种浅的是泼妇骂街型。疑惑孩子吃了亏，或什么人偷了她的鸡蛋，气愤难忍，于是走出家门，由街东头骂到街西头，再由街西头骂到街东头，推想已经取得全街人的赞许，郁闷清除，回家，可以吃一顿安心饭，睡一个安心觉。有些诗词之作可以作如是观，如：

落魄江湖载酒行，楚腰纤细掌中轻。

十年一觉（读仄声）扬州梦，赢得（读仄声）青楼薄幸名。

（杜牧《遣怀》）

西陆蝉声唱，南冠客思（读仄声）深。

不堪玄鬓影，来对白（读bò）头吟。

露重飞难进，风多响易沉。

无人信高洁（读仄声），谁为表予心？

（骆宾王《在狱咏蝉》）

记得（读仄声）那年花下，深夜，初识（读仄声）谢娘时。水堂西面画帘垂，携手暗相期。　惆怅晓莺残月，相别（读仄声），从此隔（读仄声）音尘。如今俱是异乡人，相见更无因。

（韦庄《荷叶杯》）

四十（读仄声）年来家国（读仄声），三千里地山河。凤阁（读仄声）龙楼连霄汉，琼枝玉树作烟萝，几曾识（读仄声）干戈？　一旦归为臣虏，沈腰潘鬓消磨。最是仓皇辞庙日，教坊犹奏别（读仄声）离歌，挥泪对宫娥。

（李煜《破阵子》）

说是类似泼妇骂街，实际当然比泼妇骂街深沉。且不说雅俗的性质不同，深沉还表现在两个方面。一方面是幽微的情意，由渺茫无定化为明朗固定，或者说，本来是抓不着的，变为抓得着了。另一方面，因为变为明朗固定，就作者说，就可以取得一吐而快的好处。还不只此也，因为已经定形于纸面，作者就可以再续、重温一吐而快的旧梦；读者呢，人心之不同，有的可以同病相怜，无病的，也可以能近取譬，像是也取得某种程度的一吐而快（甚解或欣赏）。

另一种深的是邯郸旅梦型。人，置身于实况，经常不满足，有遐想。想就不能无求。求满足遐想，一般说，靠身不大行，只好靠心（指思想感情的活动），创造并体验能够满足遐想的境。从某一个角度看，诗词就经常在创造这种境，如：

远上寒山石径斜，白云生处有人家。

停车坐爱枫林晚，霜叶红于二月花。

（杜牧《山行》）

国破山河在，城春草木深。

感时花溅泪，恨别（读仄声）鸟惊心。

烽火连三月，家书抵万金。

白头搔更短，浑欲不胜（读平声）簪。

（杜甫《春望》）

西塞山前白鹭飞，桃花流水鳜鱼肥。

青箬笠，绿蓑衣，斜风细雨不须归。

（张志和《渔歌子》）

郁孤台下清江水，中间多少行人泪。西北望长安，可怜无数山。　　青山遮不住，毕竟东流去。江晚正愁予，山深闻鹧鸪。

（辛弃疾《菩萨蛮》）

每一首都在创造一种境，形体或在山间，或在水上；心情或悲或喜。对情意而言，这类境是画出来的，数目可以多到无限。画的境有自己的优越性。实的境（实况）是身的活动所经历的，经常是杂而不纯，或不醇。入画，经过选择、渲染，甚至夸张，就变为既纯又醇，自成为一个小天地，即所谓诗境。

上面说，分为泼妇骂街型和邯郸旅梦型是方便说，其实两者没有分明的界限。所以也可以说，两者，即一切诗词，所创造的境都是诗境，因为都自成为一个小天地，容许心的活动去神游。

关于诗境的性质，还可以进一步说说。人，生存、活动于实况，却不满足于实况，于是而常常产生一种幽微的情意。这种情意有所求，是处于十字街头而向往象牙之塔，或者说，希望用象牙之塔来调剂、补充十字街头的生活。这样的情意是诗情。本此情而创造各种形式的象牙之塔，所创造是诗境。诗情诗境关系密切。浅而言之，诗情中有诗境，只是还欠明朗，欠固定；诗境画成，欣赏、神游，心情的感受仍是诗情。深而言之，诗境像是在外，却只有变为在内时才能成为现实，因为，如“白云生处有人家”，其一，实况中有，是实境，不入诗句，就不能具有想象中的纯粹而明晰的美；其二，诗句只是文字，须经过领会、感受才能成为诗境。因此，谈诗词，有时兼顾内情外境，可以总称为诗的意境。意境是心所想见的一切境，包括不美的和不适意的。诗的意境是意境的一部分，也许是一小部分，它不能是不美的、不适意的。

人所经历，如果都称为境，主要可分为三种：实境、梦境和意境（为了话不离题，以下只说诗的意境）。午饭吃烤鸭是实境，夜里梦见吃烤鸭是梦境。实境自然是最大户，但清规戒律多，如烤鸭，钱袋空空不能吃；梦境就可以，想望的，不想望的，甚至不可能的，如庄周梦为蝴蝶，都可以。但梦境有个大缺点，是醒前欠明晰，醒后就断灭，以吃烤鸭为例，醒之后必是腹内空空。为什么还要做？这要由心理学家去解释，反正它是不请还自来，我们也只能顺受。实境与梦境的分别，用常识的话说，前者实而后者虚，前者外而后者内。本诸这样的分别，如果为诗的意境找个适当的位置，我们似乎就不能不说，它离实境较远，离梦境较近，因为它也不在外而在内。但它与梦境又有大分别。其一，诗的意境是人所造，梦境不是。其二，因为是人所造，它就可以从心所欲，取适意的，舍不适意的；梦就不然，例如你不想丢掉心爱的什么，却偏偏梦见丢掉了。其三，诗的意境是选择之后经过组织的，所以简洁而明晰；梦境如何构成，我们不知道，只知道它经常是迷离恍惚。其四，诗的意境有我们知道的大作用，零碎说，时间短的，吟“骑马倚斜桥，满楼红袖招”，心里会一阵子飘飘然，时间长的，有些所谓高士真就踏雪寻梅去了；总的说，如果没有诗的意境，生活至少总当枯燥得多吧？梦境想来当也有作用，但我们不觉得，也就可有可无了。这样，为诗的意境定性，我们也未尝不可以说它是“现实的梦”。

人，就有时（或常常）因什么什么而不免于怅惘甚至流泪的时候说，都是性高于天、命薄如纸的。生涯只此一度，实况中无能为力，就只好做梦，以求慰情聊胜无。黑夜梦太渺茫，所以要白日的，即现实的梦。诗词，作或读，都是在做现实的梦。这或者是可怜的，但“天地不仁，以万物为刍狗”，希求而不能有既是常事，就只好退而安于其次，作或念念“鱼龙寂寞秋江冷，故国（读仄声）平居有所思”，以至“春花秋月何时了，往事知多少”之类，以求“恰似一江春水向东流”的愁苦短时间能够“化”。化是移情。移情就是移境（由实境而移入诗境），比如读“姑苏城外寒山寺，夜半钟声到客船”“今宵剩把银釭照，犹恐相逢是梦中”之类，短时间因念彼而忘此的情况就更加明显。由人生的角度看，诗词的大用就在于帮助痴男怨女取得这种变。变的情况是枯燥冷酷的实境化为若无，温馨适意的意境化为若有（纵使只是片时的“境由心造”）。

# 写作和吟味

前面两题谈诗词，是笼而统之说的，或者说，是就理论上应该如何如何之作说的。所以，说价值，是享之千金；说出身，是来头大，而如果真能享之，它就可以使痴男怨女，一段时间内，化枯燥冷酷的实境为若无，化温馨适意的意境为若有。这美妙的想法显然有漏洞，因为那是理想的，正如一切理想的事物一样，与实际不能不有或大或小的距离。而着眼于实际，就会发现：由写方面看，有不少诗词之作，有形而无神，估价，并不值千金，甚至不值一金；由读方面看，有些人有时，眼观口念而"一心以为有鸿鹄将至"，自然也就谈不到境的化。为了：一，明眼的读者不至瞥见漏洞而暗笑或冷嘲；二，下文的立论有个安稳的立足之地，这里必须先交代一下，诗词，写或读，都有层次之别，本书行文，凡是泛说，都指高层次的，或说货真价实的。推想有些读者会愿意听听层次的情况，这里先谈谈层次。

先谈写。

写，语句定形于纸面，成为某种格式的平平仄仄平，看起来相当简单；究其工艺过程却不是这样。先要由执笔的人起，性格、经历、学力、一时的心情，当然都有关系；然后是拿起笔，动机、功力、癖好、一时的兴会，也都有关系；于是表现为成品，就必致千差万别。差别大，其上者就可能成为李杜，下者就可能成为张打油。上、下以及之间，由个体方面看，说不尽；由归类方面看，因为花样多，也难于说尽。所幸本篇的重点是说明有些篇什并不货真价实，上的当然可以不谈；就是上以下的，也无妨避难就易，既不列举又不类举，而用窥一斑以知全豹法，即就一时想到的随便举些例。诗与词比，诗门第高、路子广，容易不守本分，或说受利用，所以例都是从诗的一堆里找来的。

前面谈到诗情和诗境，也是语焉不详，后面适当的地方还要进一步解析。这里姑且安于囫囵吞枣，说有些诗作具有平平仄仄平的外壳，壳之内却没有或没有足够的诗情和诗境。下面说说这样的一些情况。

一种是应制诗。这是奉皇帝之命作的，当然要歌颂。办法是尽力描绘夸张，以显示吉祥富贵。如：

离宫秘苑胜瀛洲，别有仙人洞壑幽。

岩边树色含风冷（失粘，初唐不少见），石上泉声带雨秋。

鸟向歌筵来度曲，云依帐殿结（读仄声）为楼。

微臣昔忝方明御，今日还陪八骏游。

（宋之问《三阳宫侍宴应制得幽字》）

这首诗是奉武则天之命写的，主旨要讨武氏高兴，自己的诗情自然放不进去，推想也不会有。没有诗情就不能不没话想话，于是而仙境、仙人等都拉来，这是虚，是假，再加上尾联的跪拜，今天看来就近于肉麻了。

一种是试帖诗。这是科举时代考场上要作的，性质近于应制，只是不那么直接，因为中间还夹着考官。试帖诗是整齐有韵的八股，也要起于破题，终于颂圣，五言六韵或五言八韵。如：

白云生远岫，摇曳入晴空。
乘化随舒卷，无心任始终。
欲销仍带日，将断更因风。
势薄（读仄声）飞难见，天高色易穷。
影收元气表，光灭太虚中。
倘若乘龙去，还施润物功。

（焦郁《赋得白云向空尽》）

这是沈德潜《唐诗别裁集》五言长律部分选的，评语是“刻画无痕”。痕有没有且不管，表现最明显的是刻画，刻画题目的“白云向空尽”。晚期还要加上用韵的限制，如这一首题下要加上“得空字”，那就限定用一东韵，还要用上题内的“空”字。在多种限制中刻画，还要悦

“人”耳目，自然就难得插入自己的情，无情，名为诗就不成其为诗了。

一种是一般的以颂扬为内容的应酬诗，受颂扬的大多是地位高于自己的。如：

册命出（读仄声）宸衷，官仪自古崇。
特膺平土拜，光赞格（读仄声）天功。
再佩扶阳印，常乘鲍氏骢。
七贤遗老在，犹得（读仄声）咏清风。

（刘禹锡《门下相公荣
加册命天下同欢忝沐眷私辄敢申贺》）

题目的“忝沐眷私”大概是真的，但这一点真唤不起诗情，又依世间惯例要贺，于是就不能不在夸官方面大做文章，而高官，是经常与诗境不能协调的。

一种是歌咏道或理的诗。道或理有多种，如道家是无，佛家是空，儒家是纲常。受纲常伦理的拘束，妇女比男子更厉害，所以闺秀诗作中常有歌咏这方面的内容的。如：

乍见泥金喜复惊，祖宗慈荫汝身荣。
功名虽并春风发（读仄声），心性须如秋水平。

处世勿忘（读平声）修德（读仄声）业，立身慎莫坠家声。

言中告戒休轻忽（读仄声），持此他年事圣明。

（恽珠《喜大儿麟庆连捷南宫诗以勖之》）

“喜复惊”是情，但所喜所惊是飞黄腾达，光宗耀祖。这里主脑是利，与诗情是有质的差别的。

一种是以常事寓悟解的诗。这有点像谜语，诗句是谜面，谜底是有关人生某方面的理。如：

飞来峰上千寻塔，闻说（读仄声）鸡鸣见日升。

不畏浮云遮望眼，自缘身在最高层。

（王安石《登飞来峰》）

“浮云”“身在最高层”，显然都另有所指。指向某种理，离诗情就远了。宋人受时代风气的影响，道学气重，因而作诗也喜欢玄想天理人欲，如大家熟知的，苏轼“不识（读仄声）庐山真面目，只缘身在此山中”，朱熹“问渠那得（读仄声）清如许，为有源头活水来”，都属于此类。

一种是玩笑诗。如《本事诗·高逸》所传李白赠杜甫的诗：

饭颗（读仄声）山头逢杜甫，头戴笠子日卓午。

借问别来太瘦生，总为从前作诗苦。

诗要出于多情，玩笑近于薄情，诗意就很少了。

一种是炫才学显技巧的诗。诗有句数、字数、押韵、调平仄等种种限制，在多种限制中求流利自然，不容易，所以不能不求助于技巧。但这要适可而止，或者说，要以诗意为主，技巧为辅，不可喧宾夺主。有的诗作不然，而是过了头。如：

进馔客争起，小儿那可涯。

莫欺东方星，三五自横斜。

名驹已汗血，老蚌空泥沙。

但使伯仁长，还兴络秀家。

（苏轼《次韵黄鲁直嘲小德》）

小德是黄庭坚的儿子，非正妻所生，东坡作诗，五律（有变通处）四联都用小老婆典故，还要次韵，从技巧方面看确是了不得。只是我们读了，除惊叹技巧之外还能得到什么呢？这就真不得不买椟还珠了。

这可以举一种公认为最下的，是打油诗。这种诗性质特别，是借用诗的形式，连作者自己也承认不配称为诗。打油诗还有始作俑者，传说唐朝张打油（当是以榨油为业者）能诗，曾作雪诗：

江上一笼统，井上黑窟窿。

黄狗身上白，白狗身上肿。

诗的特点是俚俗，或说既无诗意又不雅。但歪打正着，这种诗体却出了名，有不少人偏偏愿意效颦。模仿有正有变。正是照样俚俗，以求作者和读者都能破颜一笑。变有两种：一种小变，是语句杂俳谐，意思（至少是一部分）还是严正的；一种大变，是语句和意思都严正，只是为了表示谦逊，也就自称为打油了。因为有这不同的变，所以这里要说明一下，本文所谓打油诗，是指真正老牌号的，冒牌的要看看货色另说。

最后举一种现代流行的，可名为时风诗。如：

服从需要听（读仄声）安排，劳动农村逐（读仄声）队来。

愿把身心献工作，相期换骨脱（读仄声）凡胎。

这是一位已故老友歌颂劳动锻炼的诗，见于刻写本。人各有见，他是当作诗写的，我很惭愧，虽然也到干校劳动锻炼过，却怎么也体会不出诗意来。

此外还有一种可能，是写演戏式的诗。这是诗文读多了，有学，虽然没有诗情而有扮演之才，一时高兴，或随时应景，提笔一挥，也就成为很像样的平平仄仄平。历史上有不少人，本性冷而不厚，对人对事机警而不痴情，也传下或多或少值得看看的作品，推想都是由这条路来的。实事求是，集句诗也应该归入这一类。对于这样的作品，我们要怎样看待？不好办。因为读作品之前，不能先查档案（即使有案可查）；而且，如果过于大胆怀疑，也会有冤枉人的危险。不得已，只好用上市场买西瓜的办法，只要个儿大瓤甜就要，至于何人何地所种，就只好不问了。

以上杂七杂八举了一些，意思很简单，不过是，诗词之作，有其名者未必有其实，我们讲，读，不当抓住个秃子就算作和尚。

再说读。

写，因人而异；读更是因人而异，因为名色更杂，除了能写的以外，还有大量喜读而不能写的。写对读会有影响：能写的读，单说读别人的，也可以能近取譬，成为轻车熟路，即容易入，而且入得深；不能写的读，因为情况千差万别，总会有些人，由于不熟悉，就会望文生义，隔靴搔痒。这样说，与写相比，读就更容易在高层次以下，也就是摇头晃脑吟哦而不能取得境的化。这方面的情况更是举不胜举，只好星星点点，说说一时想到的。

一种最常见，推想也是数量最大的，是只在字面（包括声音）上滑，而没有唤起诗情，走入诗境。这来由，一方面，也许是最重要的一方面，是受先天的性格和后天的身份的限制。读“门外草萋萋，送君闻马嘶”，有些庭院深深的佳人流泪了，关西大汉却未必然，这不同来于性格的差别。读“朱门酒肉臭，路有冻死骨”，无数颠沛流离的小民会感慨系之，住在华清宫享乐的李三郎和玉环女士却未必然，这不同来于身份的差别。还有另一方面，是受理解能力的限制。最明显的例是教儿童读诗，比如杜甫《秋兴八首》也能背诵，就能够体会“闻道长安似弈棋，百年世事不胜（读平声）悲”的意境吗？我看是难于做到。同理，有不少人文的资本不多，读诗词，了解还有困难，透过语句、意义而深入意境就更难了。

一种近年来不少见，是政治第一也覆盖到诗词的领域。等第是评价的露骨表示，评价成为指针，读就不能不顺着这个指针走。我近年来看了一些诗词选本，也看了些所谓解析，印象是，作品之所以成为上好的，就因为它表现了阶级压迫，或反抗阶级压迫。本此原则，选杜是“三吏”“三别”，选白是《秦中吟》加新乐府；最突出的是黄巢，传世诗作只两首，几乎凡是选本都选入，因为，据说，像“他年我若为青帝，报与桃花一处开”，“待到秋来九月八，我花开后百花杀”这样的“诗句”，充满造反精神，是上好的，最值得深入吟味。在诗词领域，吾从众，也赞成百花齐放，当然就不会反对有些人偏偏喜欢读《卖炭翁》和“我花开后百花杀”。我不同意的只是口说百花齐放而实际愿意一花独放，因为这就会，其浅者是另外九十九花事实上必致贬值，其深者是吟哦时惯于打斗争算盘，诗的意境恐怕就所余无几了。

一种是作品的评价，随作者地位的高低而移动，即位越高的越好。这也是古已有之，例如历代编选多人作品为一集，开卷第一回总是皇帝的。编选之外也是这样，比如乾隆年间，你问谁的诗最好，答语必是异口同声，乾隆皇帝的。自然，这答语有的不是出自本心，但众口铄金，有不少认牌号而不识货的，也就随大流跟着吆喝了。这表现在读的方面，是有些人专找这样的作品读，并确信天下之美尽在于是。自然，从理论方面考虑，出自高位之手的未必就不好；问题来自事实方面，因为这样的结果必是：其一，鱼目难免混珠；其二，真珠被打入冷宫，即使想见也难于见到了。这里牵涉到怎样看待势利眼的问题。我的想法是，势利眼有两种：一种是历史的，比如尊李白为诗仙，杜甫为诗圣，其可靠性应该说是多半，甚至超过十分之九；一种是现时的，比如乾隆年间说乾隆皇帝的诗最好，其可靠性应该说是少半，甚至不及十分之一。读诗词之作，我们应该记住这个历史教训，以免，比喻说，买了假药，花了钱，费了事，却不能治病。

一种是读诗词之作，也时时不忘道学，即总喜欢从平平仄仄平中挖出某种至理来。于烙饼上看到太极，是宋朝理学家的惯习，来源却是千百年来久矣夫已非一日。《诗经》第一篇求“窈窕淑女”，因不得而“辗转反侧”，分明是歌咏饮食男女的男女，可是汉人毛公却从其中看到伦理，那是“后妃之德也”。这是牵强附会。不幸这方面也是后来居上，有些人干脆就先理而后笔纸。如王荆公就喜欢这一套，写诗，如上面提及的《登飞来峰》是这样，文也不例外，如一直稳坐于中学语文课本的《游褒禅山记》也是这样。推想作者是以为只有这样“深入”才有意思，这是他的自由，我们可以不管，也不当管。与我们关系密切因而不能不管的是读，如果开卷吟哦，心目中总是理，或说总是推寓理的为上品，那诗情、诗境就必致被忽略，至少是退居下位了。这不是危言耸听，有事实为证。以选苏诗为例，《题西林壁》［“不识（读仄声）庐山真面目”那一首］寓理，理来于禅和理学，禅宗和尚和理学家大概会相视而笑吧？至于我们常人，如果不是想找座右铭的材料，就诗论诗，应该说这并非苏诗上品，可是几乎所有选本都选了。还有更值得深思的，某选本竟选了《琴诗》。（诗句为“若言琴上有琴声，放在匣中何不鸣？若言声在指头上，何不于君指上听？”）苏东坡好开玩笑，这是又在开玩笑，而且故意用打油体；可是某选本竟奉为至宝，可见在不少人的心目中，理的地位是远远在诗的意境之上的。

一种是舍本逐末，开卷吟哦，欣赏的首先是技巧。上面说过，诗词限制多，成篇不能不借助于技巧。但技巧是手段，目的在表现诗的意境。目的至上，不能打折扣，手段非至上，可以大幅度地通融。例如《古诗十九首》，没有后来格律诗那样的技巧，可是放在秤上衡量，分量更重。当然，我们也要承认，写格律诗，技巧常常出了大力，因而茶余酒后，谈谈对偶、用典等的灵巧自然，也未可厚非。但总不当喧宾夺主，以致读诗词如看杂技，专心欣赏高难，竟把诗情、诗境扔在脑后。记得诗话、词话有时也有这样的偏向，如推举下面这样的诗词就是：

金紫何曾一（读仄声）挂怀，石田茅屋（读仄声）自天开。

丝竿钓月江头住，竹杖挑云岭上来。

匏实（读仄声）既修裁药圃，土花春长读（读仄声）书台。

革除一点浮云虑，木笔题诗酒数杯。

（周亮工《闽小记》记林清八音诗，
用《丛书集成》本）

郑庄好客，容我尊前先堕帻（读仄声）。落笔生风，籍籍声名不（读仄声）负公。　高山白早，莹骨冰肤那解老。从此南徐，良夜清风月满湖。

（苏轼《减字木兰花》）

两首都用藏头格。前一首律诗取意明显，首字合为八音的"金石丝竹匏土革木"。后一首词合为"郑容落籍，高莹从良"，藏有故事，据宋人笔记综合考证，是苏东坡自黄州移汝州，路过京口，润州州官招待他，酒宴间官妓郑容投牒请求落籍，高莹投牒请求从良，州官请苏批示，苏写了这首词，明着赠州官，暗着为官妓二人说了好话。以上诗词二首，由技巧方面说确是大有可观，可是如果吟哦时心中想的都是技巧，甚至老尺加一成为赞叹，那就真是变欣赏诗词为欣赏杂技了。

最后说一种也不少见的，是理解时胶柱鼓瑟。由原则方面说，诗词也是语言，眼看，耳听，当然最好是能得确解、深解。但诗词的语言有自己的特性，容许，或常常，以点代面，以少代多，以模棱代确切，甚至以鸡代狗。这样做，至少由源头方面看，恐怕不是想故弄玄虚，而是出于不得已。有的情事可以直说，易于明说，如“低头思故乡”，“贾生才调更无伦”；有的不然，如“解释春风无限恨，沉香亭北倚阑干”，“蓬山此去无多路，青鸟殷勤为探看（读平声）”。不直说、明说的，难解的程度还有大小之别；大的，甚至较大的，常常会引来不同的理解。人各有见，上而民主的态度是各是其所是。有时还有大难，是不容易得确解，也就难于走到是其所是。怎么办？有不少人用锲而不舍法，宁可穿凿附会也必求得一解。我不同意这样做。理由之消极者是，一动不如一静，可避免浪费精力。还有积极的，读诗词，最高的要求是境的化，对有些难解的，用陶渊明的不求甚解法，同样可以取得境的化（迷离恍惚反而可以多容纳联想，甚至遐想，后面还会谈到）。而求甚解就未必然，至少是未必有助于境的化。举戴叔伦的一首《苏溪亭》为例：

苏溪亭上草漫漫（读平声），谁倚东风十二栏？
燕子不归春事晚，一汀烟雨杏花寒。

求甚解，问题不少。其小者，草不会长在亭上，想来是在亭内看见的；如果杏花真是杏花（非杏树），与晚春自然合不来。还有大者，“谁”是男还是女？十二栏在亭内还是在所思的远方？都难于知道。但意境是明朗的，思情愈炽烈愈感到凄凉是也，如果某男士或某女士有同病，读了，心里也戚戚然，不就够了吗？求甚解，即使有所得，还能增加什么呢？同理，像“众里寻他千百度，蓦然回首，那人却在，灯火阑珊处”，由字面不能确定，那人是男还是女，这样费力寻，关系是情人还是赌友，回首所见，究竟是真人还是幻影，以及主旨是写恋情还是写热闹；而不求甚解，所得也许是“月上柳梢头，人约黄昏后”一类，不是也很好吗？写到此，忽然想到一首公认为最难解的诗，李商隐《锦瑟》。古今解此诗者总不少于几十家吧，其结果自然就成为众说纷纭，莫衷一是。我有时想，与其胶柱鼓此锦瑟，不如重点取意境而不求甚解。我曾用这种办法试解，“锦瑟无端五十（读仄声）弦，一弦一柱思华年”，一晃年已半百，回首当年，一言难尽。“庄生晓梦迷蝴蝶，望帝春心托（读仄声）杜鹃”，曾经有梦想，曾经害相思。“沧海月明珠有泪，蓝田日暖玉生烟”，可是梦想和思情都破灭，所得只是眼泪和迷惘。“此情可待成追忆，只是当时已惘然”，现在回想，旧情难忘，只是一切都如隔世了。这样解，虽然近于六经皆我注脚，总比大力考索而把意境弄得支离破碎好一些吧？

有关诗词的写和读，我认为不合适的，本想点到为止，话却说了不少。现在总括一下：诗词，以“情”为骨髓，所以写要发乎情，读要止乎情；离开情，到其他场所游走，至少为了节约，最好还是不写，不读。

# 诗之境阔　词之言长

这题目是由王国维《人间词话》那里截来的，全文是："词之为体，要眇宜修，能言诗之所不能言，而不能尽言诗之所能言。诗之境阔，词之言长。"意思很明显，总的是诗词有别。借用六朝时期形神对举的旧例，可以说，王氏所谓别是神方面的，不是形方面的。形方面的好说，如词常用长短句，有调，声韵变化多，宽严因地而异，词语可以偏于俚俗等，都有案可查；诗就不然。神方面呢？不思或一思，像是问题也不复杂。如：（1）白日依山尽，黄河入海流。（2）江上柳如烟，雁飞残月天。（3）花近高楼伤客心，万方多难此登临。（4）泪眼问花花不语，乱红飞过秋千去。没读过而对诗词稍有所知的人都会认出，（1）、（3）是诗，（2）、（4）是词，意境有明显的分别。王氏上面一段话想来就是就这样的明显分别说的，所以拈出词，就说它要眇宜修（《楚辞·九歌》中语，意为美得很），言长（宛转细致，因而意境就娇柔委曲）。可是再思三思，问题就不那么简单了。且说诗词之作都是众木成林，从中取出少数相比，也许分别并不这样明显；何况还有明目张胆越界的，那是大家熟知的苏、辛，“大江东去，浪淘尽、千古风流人物”，“易水萧萧西风冷，满座衣冠似雪”，形是词，意境却不娇柔委曲，又因为苏是大名人，才高，揭竿而起就占地为王，竟至开创了豪放派。百花齐放，多个派像是也没什么关系，然而又不尽然。影响之大者显然是，诗词的（意境）界限就模胡了。这好不好？只好把上面的意思重复一遍，问题太复杂了。

首先是事实上有没有这样的界限。苏兵力太强，只好避其锋，就他以前说，曰有。最有力的证据是实物。如：

苏武魂销汉使前，古祠高树两茫然。
云边雁断胡天月，陇上羊归塞草烟。
回日楼台非甲帐，去时冠剑是丁年。
茂陵不见封侯印，空向秋波哭逝川。

（温庭筠《苏武庙》）

南园满地堆轻絮，愁闻一霎清明雨。雨后却斜阳，杏花零落香。　　无言匀睡脸，枕上屏山掩。时节欲黄昏，无憀独（读仄声）倚门。

（温庭筠《菩萨蛮》）

清瑟怨遥夜，绕弦风雨哀。
孤灯闻楚角，残月下章台。
芳草已云暮，故人殊未来。

乡书不可寄，秋雁又南回。

（韦庄《章台夜思》）

夜夜相思更漏残，伤心明月凭（读仄声）阑干。想君思我锦衾寒。　　咫尺画堂深似海，忆来唯把（持也）旧书看（读平声）。几时携手入长安？

（韦庄《浣溪沙》）

温、韦都是兼作诗词的大家，人同一，心同一，可是拿起笔，写出来，意境就有了明显的分别。什么分别？可以用个取巧的办法说，以京剧为喻，诗是出于生角之口的，所以境阔，官场、沙场都可以；词是出于旦角（还要限于正旦、闺门旦和花旦）之口的，所以言长，总是在闺房内外说愁抹粉。

这分别还可以找到深一层的根据。只谈两个方面。一方面是历史的。关系重大的有两种情况：一种，诗，由三百篇起，基本上是供生角用的，所以常常搬上庙堂；词就不然，而是基本上供旦角用的，所以起初，唱的场所限于花间、尊前。另一种是同源而异流，具体说是，开始都与音乐有不解之缘，往下发展，诗不久就变了心，离开音乐去单干，词却甘心守节，从一而终。话过于简单，就补充几句。《诗经》的诗都是入乐的，汉以来，正牌乐府也是入乐的。可是汉五言诗，苏、李赠答的虽然靠不住，但至少到东汉，《古诗十九首》已经不入乐。其后这股风大盛，建安作手，南北朝、唐宋，直到皇清前后，文人作诗都是在作文章的另一体，根本没有想到入乐的事。诗入士大夫之手，没有入乐的拘束，自由发展，士大夫（生角扮的）气就会越来越重。词就不然，唐、五代，如敦煌曲子词，都是出于歌女之口的。以后文人仿作，依调填写，心目中也是在写供歌女用的歌辞。北宋，柳词能唱，周邦彦精于音律，朝云唱苏词“枝上柳绵吹又少”，到南宋,《白石道人歌曲》旁缀工尺谱，都有文献可征。其后词渐渐不能歌了，可是直到皇清前后，文人作词还要照谱填，这是要求甚至自信为还可以入乐。有这种信心，词就没有诗那样的自由，其结果是，虽然拿笔的是士大夫，口吻和情意却要装作从旦角那里来，于是就不能不娇柔委曲了。根据的另一方面是人情的。人之情，过于复杂，只说与这里关系密切的，是有距离远的两种。这两种的差异，可以来于人，如焦大与林黛玉。也可以来于不同的情怀，如李商隐“永忆江湖归白（读bò）发，欲回天地入扁（读piān）舟”是一种，柳永“衣带渐宽终不悔，为伊消得（读仄声）人憔悴”是另一种。前一种宜于生角唱，依传统，是用诗表达。“宜于”就不能变吗？这夸张一些说，等于问，狗就不能捉老鼠吗？我的想法，猫捉，总会有生理、心理等方面的来由；或干脆退一步着想，既然千百年来猫干得很好，那就还是让猫捉，既省事又无损失，不是很好吗？

这各有特点，宜于分工的想法，是早已有之的。只引一时想到的三处。一处见《历代诗余》引俞文豹《吹剑录》：

（苏）东坡在玉堂日，有幕士善歌，因问："我词何如柳七（柳永）?"对曰："柳郎中词，只合十七八女郎，执红牙板，歌'杨柳岸晓风残月'；学士词，须关西大汉，铜琵琶，铁绰板，唱'大江东去'。"东坡为之绝倒。

一处见《苕溪渔隐丛话》引陈师道《后山诗话》:

（韩）退之以文为诗,（苏）子瞻以诗为词，如教坊雷大使之舞，虽极天下之工，要非本色。

一处见李清照《词论》:

至晏丞相（晏殊）、欧阳永叔、苏子瞻，学际天人，作为小歌词，直如酌蠡水于大海。然皆句读不葺之诗耳；又往往不协音律。盖诗文分平侧（仄），而歌词分五音，又分五声，又分六律，又分清浊轻重。……王介甫、曾子固，文章似西汉，若作小歌词，则人必绝倒，不可读也。乃知词别是一家，知之者少。

可见直到北宋、南宋之际，至少是绝大多数人，还坚守传统，认为诗词是有大分别的。这分别既表现在音律方面，又表现在意境方面。

值得重视的是意境方面的分别，因为音律是手段，意境是目的。还是就苏以前说，也为了与豪放对举，大家公认词的风格是“婉约”。什么是婉约？不好讲。勉强说，是感情纤细，借用弗洛伊德学派的诛心法，可以说是大多来于男女之间，所以常常带有闺房粉黛气。少数诗也有这种气，但放出成为格调，韵味还会有或大或小的差别。——无妨总的说说差别，用对比法：一是给人的感触印象有别，诗刚，词柔；二是表达的手法有别，诗直，词曲；三是情意的表露程度有别，诗显，词隐；四是来由和归属有别，诗男，词女。一句话，诗是诗，词是词，专就意境说，疆界也是分明的，也应该分明。

不幸是出了造反派，上面的金城汤池不能不受到冲击。一般治文学史的人都说，这造反派的头头是苏东坡，冲锋陷阵之作是“大江东去，浪淘尽、千古风流人物”（《念奴娇》）“明月几时有？把酒问青天”（《水调歌头》）等。其实情况并不这样简单。纠缠是来自士大夫仿作，学语，有时就不免露了马脚，或者说，干脆就随自己之便。这可以早到五代。最突出的是南唐后主李煜，如：

帘外雨潺潺，春意阑珊，罗衾不耐五更寒。梦里不知身是客，一晌贪欢。　独自莫凭阑，无限江山，别时容易见时难。流水落花春去也，天上人间。

（《浪淘沙》）

春花秋月何时了？往事知（不知）多少。小楼昨夜又东

风，故国（读仄声）不堪回首月明中。　　雕阑玉砌应犹在，
只是朱颜改。问君能有几多愁，恰似一江春水向东流。

（《虞美人》）

语句、情怀都这样慷慨悲凉，显然不能出于歌女之口，也就闯出花间、尊前的范围。如果词作只能分作婉约、豪放两类，像这样的当然就得归入豪放一类。王国维有见于此，所以在《人间词话》里说："词至李后主而眼界始大，感慨遂深，遂变伶工之词而为士大夫之词。"士大夫有士大夫的情意，有士大夫的手法，一旦强拉词体来为自己服务，词就几乎是欲不变而不可得了。这样说，词的婉约传统，旁边忽然杀出个豪放李逵来，也是自然之事。

问题是怎样看待这关西大汉闯入娇羞佳人队伍的现象。看法有保守和革新两派。旧时代，保守派占上风；近年来，革新派的气焰有高涨之势。保守派的理由，上面引过的三处可以为代表，轻的是作作无妨，但终"非本色"；重的是，那是（句读不葺之）诗，是用作诗之法作词，不能成为词。革新派的理由是，由"鬓云欲度香腮雪"发展为"大江东去"，是解放，是扩大词的表现范围。由长在闺房刺绣变为上山下乡，或同一场地，既容纳闺房刺绣的佳人，又容纳上山下乡的干部，有什么不好？各是其所是来于各有所好。清官难断家务事，文学史家也许更难断文论的争执。力最大的是事实，不管保守派怎样恋旧，甚至因之而大声疾呼，反正"大江东去"一流作品早已在刻

本上流传，近年来并在铅印本上大量流传。有人也许会想，唯其都流传，就更应该评定是非高下，装作视而不见是不对的。但这很难。保守派旧家底厚，几乎用不着什么力量来支援。革新派呢，赞扬豪放的作品，你想反对，恐怕除了不爱吃酸的因而不买醋之外，也很难找到致其死命的理由。你说不该这样写，豪放派可以反问，谁规定的？而且，豪放派还有个道德方面的据点，是并没有反对婉约派去写“鬓云欲度香腮雪”（他们自己也不少写）。所以为今之计，只好用蔡元培校长兼容并包的办法，承认词有表现娇柔委曲的本领，但也无妨豪放一下。站在爱好词的立场，似乎还可以顺水推舟，说怎么怎么锻炼之后，本事大了，就像梅兰芳，虽然经常扮演虞姬，却也可以反串楚霸王。

但我们也不能不承认，本职行当与反串终归不是一回事。直说是，词，就意境说，确是有正有变：十七八女郎执红牙板唱“杨柳岸晓风残月”是正，关西大汉持铁绰板唱“大江东去”是变。这样认识，理由不是谁曾规定，而是情势使然。以下说说情势，可以分为质和量两个方面。先说质，还可以分为正面说和反面说。正面说是，诗的意境千差万别，其中一大类，上面称为娇柔委曲的，重要性也许不低于慨当以慷吧。这就需要表现，即用语言抓住，成为诗境，以供无数的痴男怨女神游。而事实证明，词的表达形式最适于担当这个责任，或者说，完成这样的任务，常常比我们希望的还要好。论功行赏，词在这方面当然应该受上赏。反面说，所受之赏也许应该上上，那是本篇开头所引王国维的话，词“能言诗之所不能言”。何以这样说？看下面的例：

春山烟欲收，天淡星稀小。残月脸边明，别泪临清晓。　　语已多，情未了，回首犹重道。记得（读仄声）绿罗裙，处处怜芳草。

（牛希济《生查子》）

醉别（读仄声）西楼醒不记，春梦秋云，聚散真容易。斜月半窗还少睡，画屏闲展吴山翠。　　衣上酒痕诗里字，点点行行，总是凄凉意。红烛（读仄声）自怜无好计，夜寒空替人垂泪。

（晏几道《蝶恋花》）

风鬟雨鬓，偏是来无准。倦倚玉阑看（读平声）月晕，容易语低香近。　　软风吹遍窗纱，心期便隔（读仄声）天涯。从此伤春伤别（读仄声），黄昏只对梨花。

（纳兰成德《清平乐》）

人各有见，我说我自己的，像这三首所表现的意境（兼韵味），五七言律绝就难于为力，因为与词相比，显得太敞太硬；古体更不成，因为太朴太厚。如果这样的领会不错，那词就堪称为只此一家，并无分号。无分号，你想用，就只好上此门来买，就是说，如果有此情意想表达，就最好填词，不要作诗；同理，想找这类的意境来神游一下，就要找什么词集来读，暂把什么诗集放在一边。

婉约的词为正，还有量方面的理由。这好说，只用数学的加减法就可以。传世的词作，由唐朝后期起（所传李白的两首有问题），到皇清逊位止，总不少于几万首吧，其中像“大江东去”那样的，究竟是极少数。作者也是这样，南宋以来，忠心耿耿跟着苏、辛走的，人数也并不多。在这种地方，我认为，民主的原则同样适用，即票多者上台，为正，反对派只能坐在下边。再有，账还可以算得更细，就说苏、辛吧，也不是一贯豪放而不婉约。说辛的风格是豪放，据孤陋寡闻如我所知，不同意的人不少。理由也是来自数学的加减，如有大名的《祝英台令》：

宝钗分，桃叶渡，烟柳暗南浦。怕上层楼，十日九风雨。断肠片片飞红，都无人管，倩谁唤、流莺声住？　鬓边觑。试把（持也）花卜归期，才簪又重数。罗帐灯昏，呜咽梦中语。是他春带愁来，春归何处？却不解、将（带着）愁归去。

谁都得承认这是上好的婉约派作品。还不只此也，即如“更能消、几番风雨”（《摸鱼儿》），“绿树听鹈鴂”（《贺新郎》），“千古江山”（《永遇乐》），也有大名的几首，语句和意境也不是纯豪放的。所以与苏的“大江东去”诸篇比，辛终归不是以诗为词；或正面说，辛虽然堂庑大，感慨深，写出的篇什，大体上还是词人之词，不像苏，有不少篇，只能说是诗人之词。说有不少，意思是，就是这位造反派的头头，也不是日日夜夜都造反。看下面这两首：

道字娇讹语未成，未应春阁（读仄声）梦多情。朝来何事绿鬟倾？　彩索身轻长趁燕，红窗睡重不闻莺。困人天气近清明。

（《浣溪沙》）

花拥鸳房，记驼肩髻小，约鬓眉长。轻身翻燕舞，低语啭莺簧。相见处，便难忘（读平声）。肯亲度瑶觞，向夜阑、歌翻郢曲，带换韩香。　别来音信难将，似云收楚峡（读仄声），雨散巫阳。相逢情有在，不语意难量。些个事，断人肠，怎禁得（读仄声）恓惶。待与伊移根换叶，试又何妨。

（《意难忘》）

像这样的，总不能不说是地道的婉约吧？尤其后一首，颇像出于柳永之手（或谓宋程垓作），可见苏作词，只是为性情所限，常常豪放，而不是摒弃婉约。不摒弃，来由的一部分应该说是：婉约是正，豪放是变。

那么，据以上的多方面考虑，诗词之别的问题就不难解决。总的，我们可以接受“诗之境阔，词之言长”的看法，因为大体上是对的。这接受有引导性的力量，就是写或读，都无妨以婉约的为主。但引导不是限制，如果有苏那样的情怀，愿意顺着“大江东去”的路子走，那就慨当以慷一番，也无不可。

# 读诗

诗，想欣赏，要读；想作，更要读。常言道，“熟读唐诗三百首，不会吟诗也会吟”，这就道理说不错，只是夸大些，真去作，只是这一点资本还不够。还要什么资本？留到后面慢慢说；这里是假定还在门外，宜于先讲点有助入门的。那就由读谈起，因为这是由疏远变为亲近的唯一途径。读包括两个方面，一是读什么，二是怎样读。这，求面面俱到也相当麻烦，比如读什么，就要抄诗史，或者还要兼开书目。我不想这样做，因为，为初学者想，这会贪多嚼不烂；而且，如果想贪多，文学史和书目（都不止一种）俱在，用不着我多费唇舌。但又不能一点不沾边。左右为难之中挤出个办法，是以我设想的实用主义为原则，估计某些知识有助初学，就说，有大助，就多说，可有可无的暂不说。以下由读什么说起，连类而及，作品、作家、如何读、应注意什么等等，都由思路安排。次序会有些乱，这是大题小做，也只好这样。

比喻为要到诗国去旅游了，当然最好先找个导游。如果只找一个，那就用文学史。这里诗指中国旧的，当然是中国文学史。这方面，知名而容易见到的不多，不求权威，不想尽信，随便找哪一种都可以。或者就用文学研究所编的三卷本那一种。文学史还有专讲诗的，几十年前陆侃如、冯沅君夫妇合编的《中国诗史》比较有名。史是一种既列作家又列作品（举例）的账，全面（不是不漏），兼讲源流和评论，可以算作一种好的导游。如果还想找个助手，那就翻翻书目也好。1980年中国青年出版社编的《中国古典文学名著题解》(殷孟伦等执笔)，收书不少，都有详细介绍，便于参考。旧的书目，清朝晚年张之洞编（有人说是出于缪荃孙之手）的《书目答问》(范希曾《书目答问补正》更合用)，也可以看看。史加书目，看过，头脑里就会装上不少作家，不少诗作。然后怎么样呢？一种办法是大举，即按图索骥，想先读什么，多读什么，就找来读。我看还是小举好，即先找选本读。选本可以看作文学史的补充，或以作品为主脑的文学史。其中诗作是经过筛选的，虽然筛选之眼未必十分可靠，但总可以备一说，或大体不差。选本，旧新都很多，应该读哪些，或先读哪些，后读哪些，一言难尽。只好按时代大致说说。《诗经》、《楚辞》、乐府诗、汉魏六朝诗，都有新的选本。这早期的诗还有个通行的旧选本，是沈德潜的《古诗源》(不收《诗经》)。六朝以下，到了诗的全盛时期，选本举不胜举。唐人已经有兴趣做这类事，如有唐人选唐诗，多到十种。其后还有专集绝句的，成为《唐人万首绝句》。初学，为省力，也为省钱，先读家喻户晓的《唐诗三百首》也好。这个选本所收数量不多，愿意多吃几口，可以读沈德潜的《唐诗别裁集》。

沈氏还选了明、清两代的，也名别裁集，读唐以后的，都可用。唐宋诗，新选本很多，其中一种《宋诗选注》，出于钱锺书先生之手，值得多用心看看。辽金元诗也有新选本。选本还有历代的，如季镇淮等选注的《历代诗歌选》四册，由《诗经》选到柳亚子，可以当作入门书的入门书读，经济实惠。选本读多了，虽然只是浅尝，也会有偏爱。这就无妨从心所欲，扩大地盘。比如喜欢“三曹”、陶渊明，就可以通读，因为量不大。比如喜欢李白、杜甫、苏轼、陆游，就最好还是用选本，因为全集量大，费时太多，恐怕不合算。如果喜好太甚，或好大喜功，偏偏要跳过选本，通读全集，这是个人的自由，也没什么不可以。这放任的想法还可以找到个学习方面的理由，是读诗不同于学数学，非先加减乘除后微积分不可，比如偏偏想反潮流，开卷就读《全唐诗》，然后才翻翻《唐诗三百首》，就一定不能豁然贯通吗？也未必。总之，只要肯读，爱读，由此及彼可以，由彼及此也可以，条条大路通北京，不执着，多听自己的，不会有什么大妨碍。

上面说到放任，这里要紧接着说几句往回收的话。因为本书的目的微乎其微，不是培养诗人和诗论家，而是让活动于街头巷尾的一般人，如果有幽微的情意，也可以利用这神州的敝帚，或读或写，取得或多或少的境的化。一般人各有本职，亲近诗词是行有余力，余力不会很多，所以还是不能不讲经济，即要求不绕弯子、费力不太多而较快地走到目的地。这就需要听听过来人讲讲路上的情况。情况不简单，想就我想到的随便谈谈，缺漏、偏颇，甚至谬误，都在所难免，至多只是供参考而已。

由时间早的谈起。那是诗三百，通称《诗经》。文言，以战国、两汉的书面语言为标准,《诗经》属古文言系统，难读，所以一定要用注解本，或干脆用选注本。难读，却可以不费过多的力。原因有二：一是量不大，诗分风、雅、颂，风可以读大部分或全读，雅可以读小部分或半数，颂可以不读；二是与近体诗相比，彼时的情怀和表达形式都离我们较远，径直说，是我们不再用那种形式写诗，因而熟不熟关系不大。但读还是要读的，因为仍会有所得，这是率直朴厚的风格，其后，除《古诗十九首》和陶诗以外，想找就很难了。又，读，对于诗的旨意，虽然不能不看旧解，但有些地方，也要多靠自己的领会，少戴别人的有色眼镜。举例说，有两种眼镜：一种是汉朝的公司制的，戴上它，就于“求之不得，辗转反侧”中看到（文王的）“后妃之德”；一种是现代的公司制的，戴上它，就于“彼君子兮，不素餐兮”中看到平民的跺脚痛骂。靠自己领会，至少我觉得，上好的还是《诗·秦风·蒹葭》的“蒹葭苍苍，白露为霜，所谓伊人，在水一方”之类，可是它却常常屈居末座，总是太不公平了。

时间排在第二位的是《楚辞》。按传统的文体分类法,《楚辞》是赋，或说骚赋。这是就外貌说；就内心说，它，至少一部分，如《离骚》《九歌》等，应该算作诗。尤其《九歌》，如其中《湘夫人》的“帝子降兮北渚，目眇眇兮愁予，嫋嫋兮秋风，洞庭波兮木叶下”，写得真美，不能不说是上好的诗。与《诗经》相比,《楚辞》用描绘、夸张的手法写想象中的迷离要眇之境，诗意更浓，所以应该当作诗读。与《诗经》相同，《楚辞》语言古奥，而且杂有南国的方言，也很难读，要用注释本。不必全读，用选本就够了。

其后是乐府诗。乐府诗绝大部分来于民间，语言朴素，感情真挚，没有文人诌文的造作气。唐以来的诗，尤其近体，守格律，讲技巧，虽然另有一种风味，却缺少乐府诗那样的纯朴自然。诗，就其来源的情意和定形为诗境说，是更需要纯朴自然的，所以应该着重读乐府诗。可以用选本。如果兴有未尽，翻翻宋郭茂倩编的《乐府诗集》也好。书一百卷，分乐府诗为“郊庙歌词”等十二类，内容多。可以有选择地读，如开头郊庙、燕射部分可以不看，相和歌辞、清商曲辞部分可以着重读。

与乐府诗差不多并行的是汉魏六朝五言诗。这大致是指文人作的那些；称为五言，也是大致，因为五言占压倒多数，成就最高。作家，由汉末的曹氏父子起，到南北朝末尾的江总、庾信等止，人数不少。还要先说说，在此之前，有个必须特别重视的大户，是《古诗十九首》。这样的五言古诗，直到南朝，文献库里也许还不很少，因为《文选》只收十九首，所以我们只能见到这一点点。何人所作，历来有争论，有人说其中几首出于枚乘之手，那就早到西汉早年了。现在多数人认为系东汉人所作，也许经过不断修润，作者就不可考了。重要的是货色。诗都是五言，篇幅略有参差，都不很长。内容写一般人的境遇以及各种感受，用平铺直叙之笔，情深而不夸饰，但能于静中见动，淡中见浓，家常中见永恒。或者用一个字形容，是“厚”，情厚，味厚，语言也厚。我个人觉得，如果一定要评定高下的位置，说空前或者不妥，因为其前还有《诗经》；说绝后是大致不差的，因为平和温厚如陶诗，我们读，还有“知”的味道,《古诗十九首》是憨厚到“无知”，这是文人诗无论如何也赶不上的。那就接着说陶渊明。陶也写四言诗，数量不多，远没有五言诗重要。在这一段的作家中，陶应该放在最高位。这是六朝以后的通行看法，南北朝时期还不是这样，如钟嵘写《诗品》，就把陶渊明放在中品。唐以来田园诗成为诗的一大类，陶的地位上升，到宋朝就更不得了，眼眶高如苏东坡，和陶诗多首，追形追神，以表示倾倒。这过分吗？一点不过分，因为陶诗意境高，如孟浩然、王维曾努力追，终归追不上，其后就更不用说了。这追不上的原因，我的看法，与《古诗十九首》相同，是后来人没有那种朴厚味。夸大些说，这是天赋加时代，学不来。正面说，陶诗是不失其赤子之心的人写的，所以朴实、真挚、自然，不但没有利禄气，连修辞的技巧也没有，所谓大巧若拙。表现的意境呢？不好说。勉强说，或者他设想的桃花源还能得其仿佛。——这都是皮相话，想真知，还是自己去读为是。陶诗量不大，不必用选本。此外，还有由魏晋到南北朝之末的不少知名作家，包括有大名的曹氏父子、阮籍、左思、谢灵运、鲍照、谢朓、何逊、庾信等，我看念念选本就可以了。附带说说，“二谢”，谢灵运名气更大，我觉得雕琢气重，不如多念念谢朓。李白就是这样看的，有诗为证：“解道澄江静如练，令人长忆谢玄晖。”

六朝过去，隋时间短，无足轻重。接着是诗的全盛时期——唐朝。全盛有四种意义。其一是作者多，为时风所吹，几乎能拿笔的都要写，都会写；因而作品也多，其后经过无数的天灾人祸，到清朝康熙年间编《全唐诗》，还得作者两千多人，诗近五万首。其二是成就高，文学史上应该推为第一流的作家，如沈、宋，王、孟，高、岑，李、杜，韩、柳，元、白，温、李，等等，总可以找到上百吧；值得反复吟诵的作品自然更多。其三是诗体至此可算发展到顶峰，其后宋朝作家只能在旧圈圈里小小移动，出圈的行动不再有了。其四是由致用着想，我们现在欣赏，主要是读唐诗；写，主要是学唐诗。这样，谈到读，工程就不简易了。为了事较少而功较多，最好用慢慢铺开法，或说三级跳法。比如先读《唐诗三百首》，或其他选本，如《唐诗别裁集》《唐诗选》之类，这是第一级。读了，会有偏爱，如盛唐喜欢李（白）、杜（甫），晚唐也喜欢李（商隐）、杜（牧），那就找这几位作家的选本读，这是第二级。读了，对于某一位或某几位，还兴有未尽，想再扩大，也无不可，那就找全集读，这是第三级。我的想法，不从事专门研究，跳到第二级就够了；第三级，即读全集，人数应该尽量少。读的时候，缓急轻重方面的小事，也以知道为好。例如盛唐的李、杜，诗风不同，李飘逸，杜沉厚，飘逸难学，如果重点在学，要多读杜。又，李长于古风，杜长于律，无论欣赏还是学写，都要各有所重。又如韩愈喜欢以文为诗，李贺总是故意求奇僻，都有所偏，也应该注意。

唐以后，宋还有些流风余韵，也出了些名家，如梅尧臣、欧阳修、王安石、苏轼、黄庭坚、陈与义、范成大、杨万里、陆游、姜夔等，其中黄还创了江西诗派，钻技巧的牛角尖。读，可以半用读唐诗的慢慢铺开法，即重点放在第一级，读选本；跳到第二级，人不必多，我看找苏、陆二人的选本，读读就可以了。苏、陆诗作都数量大，读全集要费很多时间，那就不如移用于读唐人诗。宋以后的元明清，名作家如元好问、高启、吴伟业、王士禛、龚自珍等，人数不多，而且，与读唐宋诗相比，终非重点，看看选本，以管窥豹，见一斑也就可以了。当然，如果对某一位特别有兴趣，比如宣扬神韵的王士禛，那就找《渔洋山人精华录》，通体看看，也无不可。

读，有目的，也可以分为三级，一是理解，二是深入，三是仿作。理解是初步，但也不容易，因为与文相比，诗表现的是意境，不像文的意义那样实，用的语言也有特点，常是以点代面，甚至以此代彼。举例说，语句浅易的，如宋之问诗“北极怀明主”，孟浩然诗“青山郭外斜”，“北极”表示京城，“斜”表示立（凑六麻韵），都不宜于照字面解。深入是得确解之后，并能进一步品评高下，体会甘苦。比如杜甫和李白的七言绝句都提及长江景色，杜是“窗含西岭千秋雪，门泊（读仄声）东吴万里船”，李是“孤帆远影碧空尽，惟见长江天际流”，读后应该知道杜不如李，因为杜有拼凑痕迹，李自然；尤其是意境，杜板滞，无味外味，李博大，情韵不尽。显然，这深入才是欣赏和仿作的更重要的资本。

仿作的问题留到以后慢慢说，这里单说如何才能得确解和深入。我的经验，跟学其他学科一样，也要用《论语》说的老方法："学而不思则罔，思而不学则殆。"就是以多读为基础，在其上建筑自己的看法的宝塔。或说得再具体一些，要多读，包括读诗，读前人关于诗的意见，其间，尤其较后期，要多想想，分辨高下，并试图解答，高，为什么，下，为什么，最后信自己的，暂时拿不准，存疑。

这难吗？也难也不难。难，原因是，不只不能速战速决，还要思；思也要有本钱，本钱的一部分，或相当大的一部分，不能单单来于读诗。不难，因为只要锲而不舍，就会功到自然成。关于难，以后还会多处谈到，这里专说功到自然成。以游故宫为例，初游，比如忽而就走入养心殿，也看到建筑、陈设等，可是这些在故宫占什么地位，价值如何，说不清楚。游多次之后，比如兼通晓了明清宫苑的历史，再看养心殿，认识就不同了。读诗也是这样，初学，读"举头望明月，低头思故乡"，不会想到还有"庄生晓梦迷蝴蝶，望帝春心托杜鹃"式的语句。所以要多读。比喻头脑是一间空房，诗人、诗作是货物，读是往里装，日久天长，由此知彼并及彼（如由李商隐而知有西昆体，并找《西昆酬唱集》看看），许多诗人、诗作进来了，并逐渐排成合理的秩序。这是有了关于诗的"知识"。知识多了，加思（兼体会），就会产生"见识"，所谓不怕不识货，就怕货比货。为了加快培养见识，还要利用他山之石，即参考别人的看法。这看法，较少地表现在注释中，较多地表现在评论中。评论，旧的多见于诗话，新的多见于所谓解析或赏析（为了招引主顾，或名辞典）。诗话的首创者是欧阳修，曾作《六一诗话》。其后效颦的人越来越多，花样也越来越多。内容主要是两个方面：一是关于诗的己见，二是有关诗的遗闻轶事。所以读，大则有助于增长见识，小则可以消遣时光，总之，可以不费大力而有或多或少的收获。不过真想在这方面多吃几口，也不是没有困难。一是量相当大，且不说种数很多，有的还篇幅很长，早的如《苕溪渔隐丛话》(引多种诗话)，多到一百卷；晚的如《随园诗话》，变成铅字的也是几厚本。诗话也有比较难读的，如司空图《诗品》以及以禅理说诗的《沧浪（读平声）诗话》就是。在兴趣与难的夹缝中，处理的妙法是兴之所至加先尝后买。比如先想鸟瞰一下，就可以找《诗人玉屑》、吴景旭《历代诗话》看看，想专看看宋朝的，就可以找《宋诗纪事》看看，想多看几种，就可以翻翻何文焕《历代诗话》、新辑本《清诗话》；无论看哪一种，都可以觉得有意思就从头至尾，没意思就扔开。今人的解析，优点是婆婆妈妈地说，不厌其烦，缺点是可以不说的话太多，非流行的意见太少；但只要不尽信书，也无妨涉览一下。涉览，意思是要以己见为主，不可专靠它。

有见识是深入，也只有有了见识才能深入。深入有终点，或说有目的，是取得走入诗境的受用，即通常所谓欣赏。理解与得受用也许没有明确的界限。但也可以勉强分开。理解是知；得受用要进一步，动情。理解之后可以在外，即不关他人痛痒；得受用就必须入乎其内，即与作者同呼吸，共命运。也可以举例说说，读“海上生明月，天涯共此时”，知道这是指望日前后的黄昏时分，地多而时一，是理解；理解的同时感到别易会难，因而惆怅、愁苦，甚至落泪，是得受用。理解主观成分少，得受用主观成分多。仍以读这两句为例，傻大姐之流必是无所感；薛宝钗、林黛玉都会有所感，但必是薛浅而林深。浅深决定于性格和经历。不同的深还可以表现为质的变异，如也是读这两句，秦皇、汉武之流也许要感到书同文、车同轨吧？深入而至于有感，我们是更应该承认诗无达诂的。

最后说说声音方面的事。据传，唐人的绝句还是可以唱的，但那是当时歌伎的事，时移则事异，我们可以不管。昔人说读诗是吟咏，想来是有不同于说话的腔调的。什么腔调？没有规定，推想起初是适应情调，摸索着来；然后是师弟相传。三味书屋的寿老先生，读赋是有腔调的，读诗当然要更甚，可惜没有录下音来，供我们参考。比寿老先生年轻，现在已不年轻的有些人，据说茶余酒后，读诗还是用半唱式的吟咏法。这必要不必要？显然要看有没有好处。好处会有，我想，那是常说的吟味，吟必慢，会有助于味。但也会伴来困难：要学是一；所学究竟对不对，难知是二；还有三，是要费时间，还有是必须在孑然一身的时候。那就无妨从另一面考虑，不吟可以不可以。我看是不会有碍于境的化。这样，至少是为了多一事不如少一事，读，没有什么腔调也罢。但没有腔调，并不等于没有轻重缓急，抑扬顿挫。这，我们读文，以及说平常话，随着意义和情调的不同，也会表现得很明显，因而自己琢磨，不会有什么困难。困难集中在读音方面。例如杜甫诗“今夜鄜州月，闺中只独看”，后一句格律平平仄仄平，用普通话音读，guī zhōng zhǐ dú kàn，成为平平仄平仄，破坏了诗的音乐美。从古，颇麻烦，有所失，从今，牺牲不小，也有所失，怎么办？这是古今音以及如何处理才好的问题，内容过繁，只好留到以后专题谈。

# 读词

诗词有别，读的理无别，因而关于理，凡是诗可以移用于词的，上一篇说了，本篇就可以不说。那就着重说说读什么。

诗是老字号，就结集说，也是战国以前开业。词晚多了，开业时间在残唐五代。人缘也不同，诗，几乎凡是能拿笔的都作，词不然，有很多人作诗而不作词；还有，诗词都作的，以名家为限，如欧阳修、苏轼、黄庭坚、姜夔等，也是诗多而词少。其结果是诗量很大而词量不很大。量不很大，对不以研究词为事业的人有好处，是负担不太重，如果有志大举，不愁扛不动。具体说，找来林大椿《唐五代词》或张璋等《全唐五代词》、毛晋《宋六十名家词》或唐圭璋《全宋词》，叶恭绰《全清词钞》以及朱祖谋《彊村丛书》，就可以算作大体齐备，而所需地盘不过一个不很大的书橱而已。

这轻松话的本意只是，与诗相比，词终归是小门小户，而不是真赞成大举。不宜于大举的理由是，虽然小门小户，却不可小看。理由可以分作两个方面。一方面，小门小户是就与诗对比说的，如果不比，而只是为街头巷尾行有余力的人着想，小户就成为大户，全面铺开，必感到难于招架。另一方面，词表达方法复杂［格律变化过多，措辞委曲（尤其后期的慢词）］，意境绵邈，理解，体味，要边读边想，欲速则不达。所以也宜于用慢慢铺开法，或三级跳法。

第一级用选本。龙榆生《唐宋名家词选》和《近三百年名家词选》，量都不大，却全面而得要。选本，清代还有两种有名的，早的是朱彝尊《词综》，量大，晚的是张惠言《词选》(其外孙董毅编《续词选》，是增补性质)，量小，也可以翻翻。词以宋为重点，专收宋词的选本很多，量或大或小，其中《宋词三百首》为朱祖谋所选，有唐圭璋详细笺注，也宜于看看。

第二级兼第三级是浅尝之后的进一步，自然要多费些力。想依时间顺序说说，虽然读可以不这样拘泥。唐、五代是词的草创时期，存于今的作品不很多，有闻必录，不过一千多首。分两个系统。其一基本上来自民间，是出自敦煌石室的曲子词，王重民辑为《敦煌曲子词集》。其二来自作家，五代时已经有《花间集》《尊前集》《金奁集》诸选辑本，今人林大椿、张璋等先后广为搜罗，辑为《唐五代词》和《全唐五代词》，量不很大，有兴致无妨都看看。曲子词没有或很少经过文人润色，虽然内容也大多是谈情说恨，却朴而不华，与花间词的浓装艳抹有别。五代词篇幅不长，所写多为痴男怨女的春恨秋愁，只有南唐后主李煜破了格，也写破国丧家之痛。读这时期的作品，也可以有重点，如唐可以多读温庭筠和韦庄，五代可以多读南唐二主和冯延巳。南唐二主有专集，名《南唐二主词》，冯也有专集，名《阳春集》。又，读花间风格的词，也容易接受别人的有色眼镜，比如张惠言读韦庄《菩萨蛮》(起于“红楼别夜堪惆怅”，终于“忆君君不知”)，就觉得这是思念唐朝故国之作，那“君”当然指亡国之君，这样，场面由闺阁扩大为无限江山，作品价值就上升。今人不深文周纳，承认闺阁就是闺阁，可是作品就降价，因为无关于国计民生，或说没有思君。评价不同，原则一样，都是作品高下的评定，要以是否思君为标准。我看还是宽厚一些好，有人愿意思君，就让他思；有人宁愿思常人队里的意中人，也无妨任随君便。人心之不同，各如其面，不强求同，合情合理。我的看法，只要知道词的原始面目就是如此，下传，不要说北宋，南宋及其后，大流还是如此，就够了，把后人的帽子强戴在前人头上，是可以不必的。

其后到了词的全盛时期，宋朝，读过选本，会有扩大的兴趣，也应该扩大。办法是读重要作家的选集(如果有)，或全集，因为量都不很大。重要的有以下这些：张先《张子野词》、晏殊《珠玉词》、欧阳修《六一词》(有异名)、柳永《乐章集》、晏几道《小山词》、苏轼《东坡乐府》、黄庭坚《山谷琴趣外篇》(有异名)、秦观《淮海居士长短句》(有异名)、贺铸《东山词》、周邦彦《清真集》(有异名)、李清照(女)《漱玉词》、辛弃疾《稼轩长短句》(有异名)、姜夔《白石道人歌曲》(有异名)、史达祖《梅溪词》、刘克庄《后村长短句》、吴文英《梦窗词》、张炎《山中白云词》。这时期是词的体制和风格的大变时期，纵使不够百花齐放，也总是五花八门。总的变化是文人气逐渐增多。北宋早期，如张先与“二晏”，承接五代的余绪，下笔还求接近歌女的口吻，虽然不能不渐趋于雅，却仍是明白如话，如“花若胜如奴，花还解语无”“当时共我赏花人，点检如今无一半”就是；到南宋，尤其吴文英，如“障滟蜡，满照欢丛，嫠蟾冷落羞度”“盘丝系腕，巧篆垂簪，玉隐绀纱睡觉”，既不浅易，又不明朗，就只能看，不能听了。文人气增多的另一种表现是篇幅逐渐加长。词早期几乎都是小令，推想是求便于歌唱。据说篇幅加长始于柳永。对小令而言，字数多的是慢词，文人总是愿意在笔下多显一显吧，于是北宋中期以后，词作就多数成为慢词（最长的《莺啼序》长到二百四十字），再加上时兴剪红刻翠，委曲宛转，读，就不像五代时期那样浅易顺口了。不幸的是，这种风气的力量一直延续到清朝而有增无减，如朱彝尊选《词综》，创浙派，就尊吴文英为第一位；直到王国维写《人间词话》才唱了反调，那已是皇清、民国易代之际了。以上谈的是总的变异。还有分的变异。由苏起出了豪放派，前面已经谈过。南宋偏安江左，政治（照例）不见佳，有些文人难免有气，不敢直指，于是就表现于词，如张孝祥、刘过、刘克庄、刘辰翁等就是这样。又，北宋出了个柳永，据说好游狭邪，也就是多与歌伎、娼妓为伴，于是表现于词，就成为艳俗，甚至鄙俗，如“镇相随，莫抛躲，针线闲拈伴伊坐，和我，免使年少光阴虚过”，其他词人是不肯这样写的。时间长，作家多，体制、风格多变化，怎样分轻重？我的偏见是，先以北宋为主，多读二晏、欧阳修、秦观、贺铸、周邦彦以及易代之际李清照、辛弃疾诸家，然后是苏轼、柳永和南宋的姜夔、史达祖，再然后，如果也想豪放和剪红刻翠，就看看刘克庄、刘辰翁以及吴文英、张炎。这大致是《人间词话》的观点，不敢保必合适，总可以供参考吧。

宋之后兼之外，辽金元明不重要，如果时间、精力都不多，不看也关系不大；当然，最好能看看选本。清朝就不同了，词体忽而成为文人的热门，不只男士喜欢作，不少女士也喜欢作，并出了不少名家。所以读过选本之后，可以，也应该进一步，找名家的词集看看。计有以下这些：徐灿（女）《拙政园诗余》、陈维崧《湖海楼词》、朱彝尊《曝书亭词》、纳兰成德《通志堂词》（有异名）、厉鹗《樊榭山房词》、张惠言《茗柯词》、项廷纪《忆云词》、蒋春霖《水云楼词》、谭献《复堂词》、王鹏运《半塘定稿》、文廷式《云起轩词钞》、郑文焯《樵风乐府》、朱祖谋《彊村语业》、况周颐《蕙风词》、陈曾寿《旧月簃词》、吕碧城（女）《晓珠词》。大体说，清人词风近于南宋，于深和曲中求美。而成就最高的纳兰成德却例外，情深而风格近于五代、北宋，所以王国维在《人间词话》中说："纳兰容若以自然之眼观物，以自然之舌言情。此由初入中原，未染汉人风气，故能真切如此。北宋以来，一人而已。"可惜只活了三十一岁。另一位也不长寿的项廷纪，活了三十八岁，词风也偏于情深语浅一路。所以我的私见，无论是读还是学，都可以在这两位的作品上多用些力。清代词作，出于闺秀之手的也不少，如果想见识见识，可以找南陵徐氏《小檀栾室汇刻百家闺秀词》看看。

同读诗一样，无论是为了增长见识还是为了消遣，都应该看看词话。词话有早期的，如宋末张炎《词源》、元沈义父《乐府指迷》等是。词话多出于清人之手，其中还有不少很重要的，如周济《介存斋论词杂著》、陈廷焯《白雨斋词话》、况周颐《蕙风词话》、王国维《人间词话》等是。今人唐圭璋辑《词话丛编》，收词话八十五种，想多看，可以收一网打尽之功。此外，还有今人作的各种解析或赏析（为了多销，或名辞典），也无妨翻翻，原则还是说的说，听的听，不要尽信书为是。

最后说说读词比读诗难的情况。原因有外、内两个方面。外是表达形式复杂。总的说，诗基本是五言、七言两类，所以有人开玩笑说，只要会数（shǔ）数（shù），断句就没有困难。词，除少数如《生查子》（五言）、《浣溪沙》（七言）等以外，都是长短句，字数稍多的还要分片（一般上、下两片，还有三片、四片的），如果没有标点，又不熟悉格律，断句就大不易。缩小到句也是这样，以五字句为例，词语分组，“渐霜风凄紧”是上一下四（第一字是领字），平仄，“裁春衫寻芳”是通体平声，都是诗里没有的。幸而现在已是文学革命的大以后，标点符号通行，新印本经过整理，都有标点，初学不会有大困难。不易克服的困难，来于内的话委曲而意隐约；换个说法，我们读词会感到，有不少首，作者像是有难言之隐，所以写出来，与诗就成为两路，诗敞亮而词隐约。举下面两首为例：

思往事，渡江干，青蛾低映越山看（读平声）。共眠一舸听秋雨，小簟轻衾各自寒。

（朱彝尊《桂殿秋》）

乌丝画作回纹纸，香煤暗蚀（读仄声）藏头字。筝雁十（读仄声）三双，输他作一（读仄声）行。　　相看（读平声）仍似客，但道休相忆。索性不还家，落残红杏花。

（纳兰成德《菩萨蛮》）

两首都是名作，可是其中像是有“事”，什么事？摸不清，因而“情”也就如在雾中了。碰到这种情况怎么办？两种办法似乎都可用。一种是求甚解，如侦探之必求破案；另一种是印象派，比如读前一首，到末尾两句，像是有些感受，那是因隔而生的命运性的凄凉，于是见好就收，不再深追。我看是后一种办法好些，理由有二：一是求甚解就难免牵强附会；二是，迷离，不沾滞，可以看作词性质的一种重要表现，其缺点是较难悟入，优点是可以容纳更多的推想和联想，我们取其所长，当是颇为合算的吧？

# 古今音

上面两个题目谈读。读，一般表现为口动出声（邻近的人能感知的声）；也可以默读，表现为只有自己能感知的声。而提及声音，麻烦就来了。麻烦的本源是声音因时、地的不同而不同。严格说，也因人的不同而不同。如果我们有幸也常出入大观园的怡红院，就一定能够闭目分辨，这声音是晴雯的，那声音是袭人的，虽然两个人都是年龄差不多的北京姑娘。这分别是韵味性的，或者说，不是语音系统的，再或者说，比如表现为书面上的汉语拼音，就看不出分别来。由时、地而来的不同就不是这样，而是表现为语音系统的分别。时，有长有短，地，有远有近，长到、远到什么程度就有变易？变易有大小。小的变易，或说较难觉察的变易，也许时间相当短、地域相当近就会有吧？时间较难说，以地域为例，民国早年，老北京还保留故土难离的遗风，有个精细的老北京朋友告诉我，东城、西城的语音有小别，他能够觉察出来。由此类推，我们可以知道，回顾过去，所谓古汉语，以容易觉察的不同为限，由时的不同而来的，乘由地的不同而来的，那数目就太大了。举实例说，明朝唐寅和清朝沈复都是苏州人，可是语音必有别，因为不同时；孟浩然（湖北人）和王维（山西人）是同时人，可是语音必有别，因为不同地。这复杂的情况会推导出一个结论，是：我们信而好古，想详细知道古人语音的情况就太难了。这难似乎可以躲开，因为：其一，我们交流思想感情，用的是现代汉语，要求用普通话的语音；其二，看旧文献，汉字因形见义，可以躲过语音。这就一般情况说不错，比如读《庄子·养生主》“吾生也有涯，而知也无涯”，我们不知道这位古宋国、今河南的人的语音（如果也念）是什么样子，但知道意思是生命有限而知识无限，也就够了。问题来自旧文献里有一部分韵文；扣紧本题说，我们读诗词，因形见义，不管语音，有时候就会碰到坎坷。看下面的例：

猿鸟犹疑畏简书，风云常为护储胥。
徒令（读平声）上将挥神笔，终见降王走传（读zhuàn）车。
管乐有才真不忝，关张无命欲何如。
他年锦里经祠庙，梁父吟成恨有余。

（李商隐《筹笔驿》）

箫声咽，秦娥梦断秦楼月。秦楼月，年年柳色，灞陵伤别。　　乐游原上清秋节，咸阳古道音尘绝。音尘绝，西风残照，汉家陵阙。

（传李白《忆秦娥》）

前一首是诗，押平声六鱼韵，用今（普通话）音读，押韵字书、胥、车、如、余，韵母是ū、ū、ē、ú、ǘ，成为不押韵；又“令”旧也读平声líng，今读去声，不合格律。后一首是词，基本押入声九屑韵（只有“月”是六月韵，月和屑都属词韵第十八部，通用），用今音读，别、节、绝成为平声，不合格律。格律是音乐美的基础，不合格律的结果是丢掉音乐美，不好听。这样的坎坷要怎样对付？显然，从今，损失不小，至少爱美的人必不肯；那就只好从旧。从旧，就不能不先了解旧的情况，即诗词的语音情况。

“诗词的语音情况”与“诗词写作时，尤其写作者的语音情况”是两回事。简略地说，后者是系在口头上的，必致千差万别；前者是书面上的，可以百川归海，化零散为概括。事实上，诗词的大量作者，以及研究诗词语音情况的音韵学家，都在那里看概括，从概括，而不管口头的千差万别。这就给我们现时的读者，以及想学作的人，带来大方便，因为实际语音的千头万绪已经变为书面语音的少头少绪。具体说是，由时、地而来的无限之多已经减少为设定的中古音的一个系统。称为设定，设是假设，譬如杜甫《咏怀古迹五首》，“群山万壑赴荆门”一首用十三元韵，韵字是门、村、昏、魂、论（读平声）；王士禛《秋柳四首》，“秋来何处最销魂”一首也用十三元韵，韵字是魂、门、痕、村、论，一盛唐，一清初，语音像是无别，这是假设的。定是规定，由唐朝起以诗赋取士，官家总是热心于上发令而下服从，于是诗赋如何押韵也就有了规定，如唐有《唐韵》，宋有

《礼部韵略》之类，实际语音万变，在官定的韵书上成为一统，这一统是规定的。其结果，假设加规定，就使作诗词和读诗词的语音方面的麻烦化难为易，即容许以不变应万变。具体说，我们只要能够了解中古音的情况，就可以化坎坷为平坦大道。以下谈中古音的情况。

谈之前，还应该说说为什么可以不管中古以前和中古以后。中古以前是上古音，中古以后是近古音，加中古音是三种，为什么分得这样整齐，这样简单？原因是，具体的语音总是刹那生、刹那灭，我们能够抓住的只是书面上的汉字。由汉字“直接”推求“具体”音，比如《论语》“有朋自远方来”，我们想照孔老夫子那样说一遍，必做不到。不得已，只好退一步，由押韵的韵字下手，“间接”推求“概括”的语音情况，或说语音系统的情况。于是找合用的文献，中古以前找到《诗经》，中古以后找到《中原音韵》。在语音方面，两书各自成一系统，于是我们称《诗经》的语音系统为上古音,《中原音韵》的语音系统为近古音。读诗词，为什么可以不管这前后两端呢？

可以不管上古音的理由不止一项。一是情况如何，我们还不很清楚。以音的声、韵、调三部分而论，容易知道的，也是所知较多的，是韵，可是关于韵部，各家的看法不一致。大致是越分越细，如顾炎武分为十部，江永增为十三部，孔广森增为十八部，王念孙增为二十一部，到王力先生就增为二十九部或三十部。这样，如果要求知而后行，即弄清楚语音系统之后再读，就一般不钻研音韵学的人说，就只好不读。理由之二是，读，不了解语音情况也无大妨碍。例如读“所谓伊人，在水一方”，依照钱大昕“古无轻唇音”的说法，“方”应该读重唇音，可是我们一贯照今音读，也没有感到什么不合适。理由之三是，《诗经》可读的篇什量不大，读，也只是为欣赏，并不求仿作，语音方面放松一些不只可以，而且是应该的。

可以不管近古音的理由只是一项，即中古以来的诗词都是照中古音系统作（近古音平声分阴阳，没有入声，是另一系统），读，仿作，当然就用不着过问近古音。

以下谈中古音。实事求是，称为中古音未免夸大，不如干脆化繁为简，称为“平水韵”。因为，以有韵书的文献可征为限，从隋陆法言《切韵》到平水韵，时间超过六百年，不要说实际语音，就是韵书的书面语音也不是毫无变化。有变化而可以用平水韵以一概多，是因为平水韵，对其前而言，有适应力，具体说，唐宋人写诗词，基本上是依照这个系统；对其后而言，有约束力，具体说，金元以来直到现时人写诗词，必须依照这个系统。因此，无论是读还是作，通晓平水韵就可以通行无阻。平水韵有这样的优越性，主要原因是两个方面。一方面是借了时代的光，这包括两种情况：一是中古有韵书，于是上古的模棱（如《诗经》）变为明确；二是由韵书方面看，中古的语音系统变动不大，因而它就能够适应。另一方面是借了科举考试的光，功令要求照韵书押韵。比如到明、清，实际语音早已不同于平水韵，作诗却还要亦步亦趋，因而它就照旧有约束力。

以下介绍平水韵。它是中古时代韵书的殿军，想了解它，应该大致知道其前韵书的情况。中古的韵书，现在能见到或考知并有大影响的，始于隋陆法言《切韵》。这部韵书总汇古今南北，分韵比较细，共有一百九十三部，声调是平、上、去、入四种。稍后,《切韵》由唐人孙愐修订，成为《唐韵》，韵略有增加，是一百九十五部，声调相同。到宋朝陈彭年等增修，成为《广韵》，韵又增加（增到最多），是二百零六部，声调仍是平、上、去、入四种。韵分得这样细，是由科学性方面考虑的；由实用性方面考虑就不宜于这样。弥缝这个距离的办法是，作韵文，容许邻近的韵“同用”。比如唐人科举考诗、赋，容许冬韵、钟韵，支韵、脂韵、之韵等等同用，这样，同用的算作一部，实用时的韵部就不那样多了。宋朝科举考试还是用这个办法，如丁度等编的《礼部韵略》，是作为程式供考试时遵照的官书，把可同用的韵合并，成为一百零八部。其后不很久，韵部又减少两个，成为“平水韵”的一百零六部。平水是地名，今山西省的临汾市。这种分韵法所以称为“平水”，说法有二：其一是，这种分法见于金朝王文郁编的《平水新刊礼部韵略》；其二是，南宋编《壬子新刊礼部韵略》的刘渊是平水人。我们可以不管起因，只说这出身并不很高的平水韵却后来居上，由宋金到二十一世纪的现在，已经运行了八百年。其间还加了一次油，那是清朝康熙年间官修《佩文韵府》，分韵完全依平水韵，于是平水韵加官进禄，成为《佩文诗韵》，简称《诗韵》。这是官书，应科举考试当然要奉行；考场以外，也许奉行惯了想不到可以不奉行吧，总之，直到现在，我们在报刊的角落偶尔见到一两首，不在不通之列的，押韵还是清一色的《佩文诗韵》。

《佩文诗韵》的编排，以平、上、去、入四声为纲；每一声下列若干韵；每一韵下列该韵所属的字，常用的在前，罕用的在后。开头是上平声（平声不分阴阳，上是上卷的意思，因为平声字多，所以分为上下卷），包括一东（东是这一韵的代表字）、二冬、三江到十三元、十四寒、十五删共十五韵；下平声包括一先、二萧、三肴到十三覃、十四盐、十五咸共十五韵；总共平声三十韵。上声包括一董、二肿、三讲到二十七感、二十八俭、二十九豏共二十九韵。去声包括一送、二宋、三绛到二十八勘、二十九艳、三十陷共三十韵。入声包括一屋、二沃、三觉到十五合、十六叶、十七洽共十七韵。平声三十韵，上声二十九韵，去声三十韵，入声十七韵，相加是一百零六韵。各韵所属的字，多少不同，以平声为例，四支包括支、枝、移到蓁、郦、禔，多到四百六十四字；十五咸包括咸、鹹、函到杴、严、箝，只有四十一字。

显然，为了读，尤其为了仿作，就要熟悉《诗韵》；而如果能够熟悉，那许多由古今不同而来的麻烦就都可以迎刃而解。可是熟悉并不是很轻易的事，因为：一，字太多，上万，都记住要费大力；二，有些字读音与今音不同，靠以今度古不行，要硬记。克服困难的办法只有一种，勤。昔日的读书人把熟悉《诗韵》看作必修课，不能不勤，于是有不少人，或说绝大多数人，都熟到能背，就是某一韵包括哪些字，都记得。集会联句足以说明这种情况，如《红楼梦》第五十回所描述，用二萧韵作五言排律，不通文墨的凤姐以“一夜北风紧”开篇，李纨续，是“开门雪尚飘”。以下香菱、探春等续，韵字是瑶、苗、饶等，一共用了三十五个，因为二萧韵包括一百八十多个字，所以宝钗对湘云说：“你有本事，把二萧的韵全用完了，我才服你。”她们没用完，是因为“虽没作完了韵，腾挪的字若生扭了，倒不好了”，不是不记得。因为读书人有这种本事，所以楼头望月，陌上寻芳，惯于哼几句平平仄仄平，却不必怀揣《诗韵》。按照取法乎上的原则，如果对于诗词，我们不只想读，而且想作，就最好也能够这样。这显然不容易，原因是时代不同了，昔人可以用大部分精力干这个，我们只能“行有余力则以学”。条件不同，只好退一步。幸而退一步，变讲究为将就也未尝不可。以下谈将就的一些办法。

办法可以分为两类，一类是少记，另一类是重点记。先说少记，是记常用的，不记罕用的。比如平声一东韵包括东、同、铜等一百七十四字，常用的不过几十个，所以王力先生《诗词格律》后附《诗韵举要》，就只收东、同、童等六十多个。其实就是这六十多个，也还有多用、少用的分别，如中、风与酆、茏相比，显然后者就成为冷宫中人物，很少见到了。所以少记的原则之中还可以加个慢慢来，负担就可以变很重为相当轻。

再说重点记。这包括多种情况，而性质单一，不过是多注意古今有别的。

一种属于大批的声调变之类，必须多注意。其中的大户是旧入声字，为数不少，因为普通话没有入声，所以相当大的一部分变为平声；入声按平仄分类属于仄声，变为平声，就打乱了诗词的平仄协调的规律，也就破坏了音乐性。中古以后，入声分别变为阴平、阳平、上声（少）、去声（多），有规律，只是音韵学门外的人钻规律，也许比各个击破更费力，所以不如用“多见而识”的办法。也应该兼用少记加慢慢来的办法，如数目字常用，一、六、七、八、十、百、亿共七个，都是入声，就要先记住，其中一、七、八、十今读平声，尤其要记清，以免读诗，碰到“欲穷千里目，更上一（必仄）层楼”，读词，碰到“杯深不觉（读仄声）琉璃滑（读仄声），贪看六幺花十（必仄）八（必仄）”，不知从旧，破坏了音乐性。这种性质的变，还可以举出两个小户。其一是有不少字，旧读上声，今变为去声，如动、奉、是、市之类。其二是旧平声字，如一东韵的东、中、空、公，同、虫、红、蒙，旧算同韵，今则前四个读阴平，后四个读阳平。与入声字的大户相比，这两个小户关系不大，因为上声变为去声，没有跳出仄声的范围；平声上口分阴阳，由中古音的角度看是多此一举，客应随主便，我们取同（平声）舍异，甚至装作视而不见，也就混过去了。

一种是有些字，古今读音有别，要知道旧的念法。如“打起黄莺儿，莫教（读平声）枝上啼。啼时惊妾梦，不得（读仄声）到辽西”。读，要知道“儿”是四支韵，读ní，与属于八齐韵的“啼”“西”押韵。又如“长簟迎风早，空城淡月华。星河秋一（读仄声）雁，砧杵夜千家。节候看（读平声）应晚，心期卧已赊。向来吟秀句，不觉（读仄声）已鸣鸦”。读，要知道“赊”是六麻韵，读shā，与同韵的“华”“家”“鸦”押韵。这样的字不多，读多了，很容易记住。

一种是有些字，声音兼差，属于不同的韵，于是在这一首里可能读这个音，在那一首里可能读那个音。如“车”在六鱼韵里读jū，在（下平声）六麻韵里读chā；“簪”在十二侵韵里读zēn，在十三覃韵里读zān；“看”在十四寒韵里读kān，在（去声）十五翰韵里读kàn；“醒”在九青韵里读xīng，在（上声）二十四迥韵里读xǐng。音不同还有义也不同的，如动词“思”属四支韵，读sī，用作名词读sì，属（去声）四寘韵；“论”也是这样，用作动词读lún，属十三元韵，用作名词读lùn（旧读近于“乱”），属（去声）十四愿韵。这样的字也不多，多读就不难记住。

还有一种，是有些字今音相同，旧属不同的韵部，如“中”“风”是一东韵，“钟”“封”是二冬韵，“予”是六鱼韵，“于”是七虞韵，“官”是十四寒韵，“关”是十五删韵，等等。作近体诗，旧规矩是不许出韵，如果记不清，以今度古，就容易有出韵的失误。

如以上所说，杂七杂八不少，记住，要以时间长、渐渐熟悉为条件；时间还不够长，还不很熟悉，读，尤其仿作，总不免会碰到疑难，即某字读或用了，不知道声音对不对。解决疑难的办法只有一种，查。可以查《诗韵》，看看它入哪一韵。这有时会感到麻烦，因为一百零六韵，那么多字，找到不容易。那就不如查字书。民国早年曾印《校改国音字典》，小本本，字按部首排列，如第一个字“一”，下注端（三十六字母属端母）齐（齐齿呼）入（入声）质（四质韵），只几个字就把旧的声音方面的情况都注明。可惜这样的小本本已经不容易找，那就不得不利用旧版的《辞源》《辞海》之类，或再远些，《康熙字典》之类。那些书都注明某字属某一韵，比如自己诌几句平平仄仄平，把“说”字当作平声用了，忽然生疑，查《诗韵》，五歌韵里没有，查其他韵，大海捞针，就不如翻旧字书，在言部七画里找到，一看，是屑韵（入声九屑），恍然大悟，错了。错了有好处，这有如买了假货，上一次当，下次就可以不再上当。

## 关键字

诗词是依照中古音系统作的，为了保持音乐性，要依照中古音的系统读。（仿作是否也要照猫画虎，问题复杂，以后谈。）这是原则，或理想；真去读，就不能不顾事实的一面。事实是我们不能完全照办。理由很多，其中最有力的一项是，以普通话为标准，我们已经没有入声。笼而统之说，字字照《诗韵》发音，不只不可能，而且太麻烦。不可能，只好放松一些。放松还可以有宽严的等级之别：严是平仄（不是四声）完全从旧，宽是只有关键字从旧。以杜甫《咏怀古迹五首》“群山万壑赴荆门”一首为例：

群山万壑赴荆门，生长明妃尚有村。
一去紫台连朔漠，独留青冢向黄昏。
画图省识春风面，环佩空归夜月魂。
千载琵琶作胡语，分明怨恨曲中论。

加点的字都是读音古今有别的（当然还是就语音系统说），其中除“论”这里旧读平声以外，都是入声字。照入声读不可能，只好退一步，满足于维持仄声，即读如去声。这是严的一路，即凡入声字都读如去声。可以再放松，只关键字维持仄声，其他非关键字从今音。这样，变读的字就只剩下“识”“论”两个（“曲”读上声，不变为去声也可以）。为什么可以这样放松？以下谈谈这方面的情况。

问题由音乐性来，相当复杂，甚至相当微妙。前面说过，格律是音乐性的基础，这话没说清楚；想说清楚，就要理清音乐性和格律的关系。先打个比方，音乐性是道德性的，要求严而细；格律是法律性的，所谓大德不逾闲，小德出入可也。道德管得宽，兼及路遇佳人多看几眼的小事（所谓诛心）。法律就不能这样，只要没严重到动手动脚就不管。音乐性也是这样，也许情调的不同也应该算在内吧？如果竟是这样，那就，例如平声韵开朗，仄声韵沉闷，也就与音乐性有关了。还可以加细，如同是平声，十五删韵宜于表现豪放，五微韵宜于表现怅惘，也就与音乐性有关了。还可以再加细，甚至同是仄声，同是十灰韵，以杜甫的格调高的“花径不曾缘客扫，蓬门今始为君开”一联为例，上声的“扫”换为去声字，“开”换为“裁”，且不问意义，音乐性也会差一些吧？这类细微的地方，我们一向不管，是因为：一，不能知道得一清二楚，因而就抓不准；二，即使弄得清，法令如牛毛，负担太重，也必将苦于无所适从。于是不得不退一步，走切实可行的一条路，也就是粗略的一条路，只求合于格律。格律保证的是明显而重大的音乐性，此外就都交给作者去神而明之了。

格律，与声音有关的主要是两种：一是押韵，二是平仄协调。

先说押韵，这是用回环的方式以表现音乐美。韵字一般放在句尾。说一般，因为，如《诗·周南·关雎》“参差荇菜，左右流之，窈窕淑女，寤寐求之”，韵字是放在句尾的虚字之前。中古以来的诗词之作就不再有这种形式，所以也可以说，韵字都是放在句尾。押韵的格律要求是韵字要同韵（这是就近体说，古体和词限制较宽，详情留到后面说），所以读，遇到韵字古今音不同（主要是平仄不同）的，就要从旧，以保持押韵的音乐美。举下面几首为例：

暮云收尽溢清寒，银汉无声转玉盘。
此生此夜不长好，明月明年何处看？

（苏轼《中秋月》）

千山鸟飞绝，万径人踪灭。
孤舟蓑笠翁，独钓寒江雪。

（柳宗元《江雪》）

清明上巳西湖好，满目繁华。争道谁家，绿柳朱轮走钿车。　游人日暮相将去，醒醉喧哗。路转堤斜。直到城头总是花。

（欧阳修《采桑子》）

寒蝉凄切。对长亭晚，骤雨初歇。都门帐饮无绪，方留恋处、兰舟催发。执手相看（读平声）泪眼，竟无语凝噎。

念去去、千里烟波，暮霭沉沉楚天阔。　多情自古伤离别。更那堪、冷落清秋节。今宵酒醒何处？杨柳岸、晓风残月。此去经年，应是良辰好景虚设。便纵有、千种风情，更与何人说。

（柳永《雨霖铃》）

前两首是诗。第一首押平声十四寒韵，第四句“看”照今音读去声，不能与“寒”“盘”押韵；为了保持音乐美，要读平声。第二首押入声九屑韵，韵字照今音读，“绝”是平声，“雪”是上声，不能与“灭”押韵；为了保持音乐美，都要读如去声。后两首是词。前一首押平声六麻韵，上片末尾的韵字“车”，今读chē，不能与“华”“家”“哗”“斜”“花”押韵；为了保持音乐美，要读chā。后一首基本押入声六月和九屑韵（只有“阔”是七曷韵，词韵第十八部入声五物、六月、七曷、八黠、九屑、十六叶同用），“歇”“发”“噎”“别”“节”“说”今都读平声，不能与“切”“阔”“月”“设”押韵；为了保持音乐美，都要读如去声。

就押韵的格律要求说，韵字是关键字，关键字读音与中古音系统不合，就打乱了格律，也就破坏了音乐美。至于韵字以外，如果没有其他规律（指平仄协调，下面谈）拘束着，就放松些也未尝不可，至少是关系不大。例如上面举的四首，第二首的“独”是入声字，照今音读为平声，也不会感到怎么难听；同理，第三首“直”也是入声字，照今音读为平声，也不会感到怎么难听。这是宽的一条路，只求合乎格律，或只管关键字，用大话说是得凑合且凑合主义。目的是减轻负担，让大量有志于学的人不费过多的心思也过得去。当然，如果自愿走严的一条路，像刚才提及的"独"和"直"，因为记得是入声字，就读如去声，于是"独钓寒江雪"就还原为仄仄平平仄，"直到城头总是花"就还原为仄仄平平仄仄平，那就成为与古人更近，是连今人也不会反对的。

再说平仄协调。汉语语音有声调，声调可以分为平仄两类，"事实"是本土有的，"理论"是外国来的。三国时曹丕写信，说"节同时异，物是人非"（仄平平仄，仄仄平平），东晋王羲之著文，说"天朗气清，惠风和畅"（平仄仄平，仄平平仄），等等，正如沈约在《宋书·谢灵运传论》中所说："高言妙句，音韵天成，皆暗与理合，匪由思至。"这"高"，这"妙"，这"理"，不过是玩平仄变化的花样（或无意）。到南朝，沈约、谢朓等不但变本加厉，还吸收翻译佛经中梵语拼音的道理，创四声、八病说，平仄变化的要求就由"暗与理合"变为有意追求。追求什么？笼统说是声音美。具体说就比较麻烦，因为必须讲清楚，李纨的"开门雪尚飘"（平平仄仄平）好听，凤姐的"一夜北风紧"（仄仄仄平仄）差些，如果换为"一夜瑞雪降"（仄仄仄仄仄）就更差。为什么？可以推想，我们的耳朵不愿意接受千篇一律，正面说是爱听有变化的。这里变是平仄变。用最简明的说法，平声的性质是扬，仄声的性质是抑，正好对立，变就是扬后有抑，抑后有扬。何以这样变就好听？也许音乐理论家能够说明，至于我们“家”以外的人，就无妨安于“天性使然”。换个说法，对于耳朵欢迎平仄变，我们容易知其当然，而不容易知其所以然。

还有不容易知其所以然的，是要求的变不是乱变，而是基本上以两个音节（有人称为“音步”，有人称为“节”）为一个单位的变。以五言的近体诗为例，要求的变不是仄平仄平仄或平仄平仄平，而是仄仄平平仄或平平仄仄平。这样的变扩张到句外，就成为上下联的变：

五言

仄仄平平仄

平平仄仄平

七言

平平仄仄平平仄

仄仄平平仄仄平

这是在一联中，两个平仄相同的音节结合为一体之后才要求变；而且要求得彻底，两个方向（左右、上下）的邻居都要变。有极少数诗作是这样循规蹈矩的，如：

爱此江边好（仄仄平平仄），

留连至日斜（平平仄仄平）。

眠分黄犊（读仄声）草（平平平仄仄），

坐占白（读仄声）鸥沙（仄仄仄平平）。

（王安石《题舫子》）

爆竹（读仄声）声中一（读仄声）岁除（仄仄平平仄仄平），

春风送暖入屠苏（平平仄仄仄平平）。

千门万户曈曈日（平平仄仄平平仄），

总把新桃换旧符（仄仄平平仄仄平）。

（王安石《元日》）

这是字字合乎格律，一点不含胡。得到的酬报是，读来会感到抑扬顿挫，确是好听。

可是字字合乎平仄格律的整齐的变，常常不能与意义水乳交融。举例说，一阵有所感，诌了这样一句，“宝祐伤心事”，恰好是仄仄平平仄，字字合乎格律，如意得很；可是想想，事不是出于宝祐，而是出于淳祐，不得不改为“淳祐伤心事”，成为平仄平平仄，怎么办？在这种地方，古人也不敢强硬，于是迁就意义，放弃点声音方面的地盘，甘心顾后不顾前，即承认两个音节，后一个是重点，不得已就放弃前面那个轻的。这还有个名堂，曰“一三五不论，二四六分明”。这名堂是就七言说的，如果是五言，要改为“一三不论，二四分明”。

我们翻看诗集，会发现有不少诗句是这样将就的。举以“诗律细”自负的杜甫为例：

江动月移石（读仄声），溪虚云傍花。
鸟栖知故道，帆过宿谁家？

（《绝句六首》之一）

草阁（读仄声）柴扉星散居，浪翻江黑（读hè）雨飞初。
山禽引子哺红果，溪女得（读仄声）钱留白（读bò）鱼。

（《解闷十二首》之一）

加点的字，“江”“云”“帆”“星”“江”“溪”“留”是应仄而平，“月”“鸟”“浪”“哺”“得”是应平而仄，位置有的是一，有的是三，有的是五，都是一个单位的前一个音节。这样，萧规曹随，比如读这位杜老的以下两首：

国破山河在，城春草木深。
感时花溅泪，恨别（读仄声）鸟惊心。
烽火连三月，家书抵万金。
白头搔更短，浑欲不胜（读平声）簪。

（《春望》）

朝回日日典春衣，每日江头尽醉归。

酒债寻常行处有，人生七十（读仄声）古来稀。

穿花蛱蝶深深见，点水蜻蜓款款飞。

传语风光共流转，暂时相赏莫相违。

（《曲江二首》之一）

加点的字，在一位置上的“国”“白”，在三位置上的“七”“蛱”，都是入声字，就可以依照放松轻、抓紧重的原则，照今音读。也是依照放松轻、抓紧重的原则，在二位置上的“别”和在四位置上的“十”，也是入声字，就要依照中古音系统，读如去声。

上面举读音可以通融的例，五言句没有在三位置上的，七言句没有在五位置上的，意思是想补充说明，在这两个位置上的，即使不是非论不可，也总是以论为好。原因是如果不论，就会成为这样：

五言

仄仄仄平仄

仄仄平平平

平平仄仄仄

平平平仄平

七言

平平仄仄仄平仄

平平仄仄平平平

仄仄平平仄仄仄

仄仄平平平仄平

读读试试，不好听。为什么五言句的三，七言句的五，要另眼看待？理难说，无妨设想个现象性质的规律，是也如积薪然，“后来居上”。居上，在耳朵里占重要地位，贵宾不可慢待，因而放松就不妥当了。本诸此理，像这样的诗：

花枝出建章，凤管发昭阳。
借问承恩者，双蛾几许长？

（皇甫冉《婕妤怨》）

银烛（读仄声）秋光冷画屏，轻罗小扇扑流萤。
天街夜色凉如水，卧看牵牛织女星。

（杜牧《秋夕》）

四个加点的字都是入声字，今读平声，位置或三或五，从今读不好听，最好是不惮烦，从旧，读如去声。（平平仄仄平五言句的第一字，仄仄平平仄仄平七言句的第三字，也要论，以后谈作的时候谈。）

还要顺着后来居上的情况往下说，那是与韵字对称的字，五言句在五位置上的，七言句在七位置上的，虽然也是单数，因为必须与韵字平仄不同，所以非论不可。例如：

青山横北郭，白水绕东城。
此地一（读仄声）为别，孤蓬万里征。
浮云游子意，落日故人情。
挥手自兹去，萧萧班马鸣。

（李白《送友人》）

水流花谢两无情，送尽东风过楚城。
蝴蝶（读仄声）梦中家万里，杜鹃枝上月三更。
故园书动经年绝，华发春催两鬓生。
自是不归归便得，五湖烟景有谁争。

（崔涂《春夕旅怀》）

四个加点的字都是入声字，今读平声，因为在句末，与韵字对称，所以要从旧，读如去声。

以上谈平仄协调都是以近体诗为例。读词呢？“基本上”也要求诗那样的平仄变化，关键字为二、四或二、四、六以及句末。如：

轻舟短棹西湖好，绿水逶迤。芳草长堤。隐隐笙歌处处随。　无风水面琉璃滑（读仄声），不觉（读仄声）船移。微动涟漪。惊起沙禽掠岸飞。

（欧阳修《采桑子》）

薄雾浓云愁永昼，瑞脑销金兽。佳节（读仄声）又重阳，玉枕纱厨，半夜凉初透。　东篱把酒黄昏后，有暗香盈袖。莫道不消魂，帘卷西风，人比黄花瘦。

（李清照《醉花阴》）

可以通融的大致是靠前的单数字。

说“大致是”，或说“基本上”，是因为词的平仄要求比诗严格，平仄变化比诗复杂。差异由词的句法和音律与诗有别来。先说句法。诗，尤其近体，无妨说，只有五言、七言两种（六言的作品极少）。词就不同，由一字到十字都有。只举例说说两端的较少见的。一字的有大断、小断两种，如《十六字令》的开头一字要断句，入韵，是大断；许多领字，如“渐霜风凄紧”，“怅客里光阴虚掷”，加点的字读时要顿，是小断。二字的不少，多用在换头处，如“明月，明月”，“江国，正寂寂”。三字的更多，如“萧声咽”“秦楼月”。超过七字的数量不大，如“更那堪冷落清秋节”“英雄无觅孙仲谋处”是八字句，“斜阳正在烟柳断肠处”是九字句，“君不见玉环飞燕皆尘土”是十字句。再说音律。深追，可以细到如李清照在《词论》中所说：“盖诗文分平侧（仄），而歌词分五音，又分五声，又分六律，又分清浊轻重。”我们不敢这样要求，但也不能退到像诗那样，只满足于平平仄仄的变化。超出诗以外的情况，大致可以分为两类。一类较粗，是平仄的变化不是平平仄仄式。还可以分为缩短和延长两种：缩短是不到两个字就变，如《如梦令》的“如梦，如梦”（平仄，平仄），《天仙子》的“泪珠滴”（仄平仄），《六丑》的“愿春暂留”（仄平仄平），都是；延长是超过两个字才变，如平韵《忆秦娥》的“桃花红”（平平平），《兰陵王》的“似梦里，泪暗滴”（仄仄仄，仄仄仄），《黄莺儿》的“黄鹂翩翩”（平平平平），《声声慢》的“惨惨戚戚”（仄仄仄仄），《夜半乐》的“渔人鸣榔归”（平平平平平），《倒犯》的“驻马望素魄”（仄仄仄仄仄），都是。另一类加细，是不只辨平仄，有些地方还要限定用仄声的哪一种。如《永遇乐》的“尚能饭否”，“否”一定要用上声；《瑞鹤仙》的“又成瘦损”，“瘦”一定要用去声；《红林檎近》的“萧索水云乡”，“索”一定要用入声。（《忆秦娥》《贺新郎》等习惯押入声韵的词调，韵字当然要用入声。）这么琐细，初学怎么办？有劳、逸两种办法：劳是对照词谱，逸是大致照读诗那样读（注意平仄变化和韵字）。当然，如果仿作，就只能走劳的一条路。

总括以上所说，以下面两首为例，加点的字，读音就应该从旧，以求不破坏音乐美。

好雨知时节（jiè），当春乃发（fà）生。
随风潜入夜，润物细无声。
野径云俱（jū）黑（hè），江船火独（dù）明。
晓看（kān）红湿（shì）处，花重锦官城。

（杜甫《春夜喜雨》）

正单衣试酒，怅客里、光阴虚掷（zhì）。愿春暂留，春归如过翼。一去无迹（jì）。为问花何在？夜来风雨，葬楚宫倾国（guò）。钗钿堕处遗香泽（zè）。乱点桃蹊，轻翻柳陌。多情为谁追惜（xì）？但蜂媒蝶（diè）使，时叩窗槅（gè）。　东园岑寂。渐蒙笼暗碧。静绕珍丛底，成叹息（xì）。长条故惹行客。似牵衣待话，别（biè）情无极（jì）。残英小、强簪巾帻（zè）。终不似、一朵钗头颤袅，向人欹侧。漂流处、莫趁潮汐（xì）。恐断红、尚有相思字，何由见得（dè）？

（周邦彦《六丑》）

最后说说理论上没啥，实际上也许会碰到的一个问题，是：读，从旧（就说是为数不多）有困难，完全从今不成吗？困难有不同的来源。一个小的是与“省力”有矛盾。这在前面已经谈过，图省力，就只好牺牲音乐美。两条路只能走一条，走哪条是个人的自由，不必勉强，勉强也没有用。另一个大的是与推广普通话有矛盾。据我所知，电台和电视中读诗词，就以此为理由，一律照今音读。这是集体的自由，也不必勉强。但这会引来一个小矛盾，是：读，大多是描画某一首如何美，这美包括意境美和声音美，而如果照今音吟诵，比如与“今夜鄜州月”对称的“闺中只独看”，读为guī zhōng zhǐ dú kàn，那声音就成为相当难听了。怎么解决才好？难免左右为难。这就更足以证明，读诗词怎样发音还是个值得研究的问题。

# 偏爱

偏爱常用于人对人。元稹诗："谢公最小偏怜女，自嫁黔娄百事乖。"这是说这位谢老丈人对儿女不是一视同仁，而是特别喜欢最小的一个。想来谢婆必更是这样。读诗词是不是也会如此？我想不只"会"如此，而且"必"如此。也"应该"如此。谈诗词，有没有偏爱不是什么大事。甚至深一层，有没有偏见也不是什么大事。不过既然有所偏，就难免引起争论，这就会牵涉是非问题，至少是哪一种好些、哪一种差些的问题。是非、好坏是评价范围内的事，因而如果成为问题，问题就不简单。所以无妨费点笔墨，也谈谈。

仍以诗词为限，偏爱有范围大小之别。可以大到在诗词间有所偏爱，比如同样是抒情，有的人对软绵绵特别感兴趣，那就无妨多读"执手相看（读平声）泪眼""斜阳正在烟柳断肠处"之类而一唱三叹。同是诗或词，可以对某一体有偏爱，比如诗特别喜欢近体，词特别喜欢长调就是。体还可以加细，一直细到喜欢近体的七律，长调的《满江红》《贺新郎》之类。偏爱的还可以是时代，如诗特别喜欢盛唐，词特别喜欢北宋之类。时代还可以缩小到人，如盛唐特别喜欢老杜，北宋特别喜欢小晏之类。更常见的偏爱集中于作品，如诗特别喜欢《古诗十九首》、杜甫《秋兴八首》，词特别喜欢柳永《雨霖铃》、贺铸《青玉案》之类。这方面也可以缩小，如诗可以特别推重“春风又绿江南岸”的“绿”字，词特别推重“红杏枝头春意闹”的“闹”字之类。这多种偏爱的分歧自然只是举例，就绝大多数读者说，都多多少少是墨子的信徒，（有条件的）兼爱，正如对于佳人，窈窕的赵飞燕，丰满的杨玉环，都觉得好。那就无妨说，读诗词，时间长了，篇数多了，总难免偏爱这些，不偏爱那些；不偏爱的那一堆里，也许有一些，甚至不很少，轻则不喜欢，重则厌恶。这好不好？

我看是没有什么不好。理由有主观、客观两种。主观是就读者说，各有性之所近，正如饮食大欲，有人爱吃甜的，有人爱吃辣的，不必勉强，勉强也难于奏效。以读诗为例，陶诗和西昆体之间，如果容许打破时代的拘束，巢父、许由一流人一定选择前者，徐陵、江总一流人一定选择后者。这类事说不上什么对错，人生是复杂的，大道理之下应该包容多种小自由。客观是就作品说，古今大量的不通的不算在内，只说漂在水面以及之上的，如朱庆馀的《近试上张水部》：“洞房昨夜停红烛（读仄声），待晓堂前拜舅姑。妆罢低声问夫婿，画眉深浅入时无？”李商隐的《寄令狐郎中》：“嵩云秦树久离居，双鲤迢迢一纸书。休问梁园旧宾客，茂陵秋雨病相如。”两首诗都见于《唐诗三百首》，都是写给某一人意在讨好的，不知别人怎么看，我看是有高下之分，因为读前一首总感到肉麻，后一首没有乞怜的谄媚态，不诛心就过得去。由此可见，作品确是有好坏之分，至少是高下之分，对应好坏、高下，有偏爱正是当然的，虽然所偏未必就是适当的。

进一步说，读诗词，偏爱还有优点，是可以证明已经深入一步。理由可以想见。其一，偏爱由比较来（除性之所近以外），固执的偏爱由多次比较来。儿童开始接触诗词，比如只念了三五首绝句，“床前明月光”“两个黄鹂鸣翠柳”之类，觉得还有点滋味，这够不上偏爱，因为没有觉得这比什么什么好。读多了，比如唐以前，尤其南朝五言诗读了不少，越来越感到，还是《古诗十九首》好，因为语质朴而情真挚。这是由比较来的偏爱，与儿童的浅尝相比，获得增多，所以是深入一步。其二，偏爱还由深入领会，或说与作者的诗情（作品蕴含的情怀）同呼吸、共苦乐来。陶诗“众鸟欣有托（读仄声），吾亦爱吾庐”，杜诗“夜阑更秉烛（读仄声），相对如梦寐”，都用朴实的笔墨写常事常情，可是这情是由颠簸的经历和哲人式地体味人生来，其中有理，也有泪，如果我们读了，生偏爱之心，就证明我们已经透过字面，心中也有了理，眼里也有了泪。用前面说过的话说，这是已经进入诗境，或取得境的化。

上面说，偏爱的所偏未必就适当。适当比不适当好，可是分辨适当与不适当，不容易，因为要有标准。偏爱主要由感受来，感受却不能单独充当标准，至少是不能单独充当基本的或稳固的标准。所以最好还是再深入，问问所偏爱的作品为什么是值得偏爱的，或者说，去找那个基本的或稳固的标准，以支持偏爱。我的经验，这样的深思，有如掘井，可以分层，最有力的泉源总是在靠下一层。还是以读诗词为例。李白与杜甫相比，是长于写绝句的，拉他的两首绝句来比比看：

云想衣裳花想容，春风拂槛露华浓。

若非群玉山头见，会向瑶台月下逢。

（《清平调》三首之一）

故人西辞黄鹤楼（“人”字平声，不合格律），烟花三月下扬州。

孤帆远影碧空尽，惟见长江天际流。

（《送孟浩然之广陵》）

前一首写佳人，后一首送诗人。佳人容易引起男士的热，可是这位佳人是有主的，而且主不是普通人，是有生杀予夺之权的皇帝，于是可能的热就难得热起来。但这样的诗必须歌颂、美化，无力而不得不装作有力，只好拉西王母来凑凑热闹。后一首就不然，“惟见”云云，表示极不愿离别而终于不得不离别，其中不只有热，而且有泪。这样，两首相比，后一首真，前一首假，或说得委婉些，以酒为喻，后一首醇，前一首是掺了水的。醇好，掺水不好，这是比感受深一层的理。深一层的理还可以表现在旁的方面，举《古诗十九首》的两首为例：

今日良宴会，欢乐难具陈。
弹筝奋逸响，新声妙入神。
令德唱高言，识曲听其真。
齐心同所愿，含意俱未申。
人生寄一世，奄忽若飙尘。
何不策高足，先据要路津？
无为守穷贱，轗轲长苦辛。

（其四）

迢迢牵牛星，皎皎河汉女。
纤纤擢素手，札札弄机杼。
终日不成章，泣涕零如雨。
河汉清且浅，相去复几许？
盈盈一水间，脉脉不得语。

（其十）

两首诗感情都真实，可是，至少我觉得，有高下之分。前一首写人生短促，这几乎是人人都会感到的，分别在于怎样对待。积极的态度是少壮努力，或退为消极，“对酒当歌”。这首诗不然，而是“抢先”，求居人上。后一首写可望而不可即的思情，欲语而不得语的苦，像是由人生的定命来的，所以有普遍性，难忍而终于不得不忍，所以又有长久性。两首相比，虽然感情都不假，可是前一首浅，后一首深。深好，浅不好，这是另一种深一层的理。这样的理还可以表现在许多方面，如谢灵运诗，“池塘生春草，园柳变鸣禽”，上联比下联好，因为自然，没有拼凑痕迹；杜甫诗，“江天漠漠鸟双去，风雨时时龙一（读仄声）吟”，也是上联比下联好，因为形象生动，意境清远，至于龙，谁也没见过，加上吟，就难于知道是怎么回事了。自然好，有鲜明意境好，这些也是深一层的理。其他可以类推。

这样的多方面的理，能不能统一为更深一层的理？我想是可能的，而且是应该的。但这比较玄远，想只简略地说说我的蠡测。我的一点不成熟的想法是由有关道德学和美学的粗浅认识来。道德学是研究善恶的性质的，美学是研究美丑的性质的，我惯于小本经营，总愿意把无极、太极（即使有）画在胸前或背后，就是说，人本位，所以认为，不管善恶两端、美丑两端看来如何微妙，深挖，根柢总不能不在饮食男女的大欲之内。直截了当地说，人所喜爱的、推重的，总是有利于人生的。何谓“利”？一言以蔽之，不过是能使生活（指总的，枝枝节节的未必然）向上而已。这“上”包括多方面的内容，难于类举，只举两个方面为例。一方面是对己，丰富比贫瘠好，清新比混乱好，等等，好的一面是向上的。另一方面是对人，爱比恨好，聚比散好，等等，好的一面也是向上的。好的诗词作品之所以为好，我的想法，也是有使生活向上的感染力量，所以表现为情，要真，表现为境，要净，总的精神是执着于人生，或者再简化为一个字——厚。这厚是更深一层的理，读诗词，不知道也许关系不大，但既然不免于偏爱，能够问问所以然，总比不识不知好一些吧？

追深一层的理，要靠思。孔老夫子说，“思而不学则殆”，所以思还要以学为基础。任何思方面的高的造诣都是以前人的思为阶梯爬上去的。所以思之前，先要多参考别人的意见。就诗词而言，别人的意见，有泛泛的，如上面提到的道德学和美学就是；还有专业的或切近的，那是有关诗词的述说和议论，因为直接，所以更重要。举王国维《人间词话》的两则为例：

> 尼采谓：“一切文学，余爱以血书者。”后主之词，真所谓以血书者也。宋道君皇帝《燕山亭》词亦略似之。然道君不过自道身世之戚，后主则俨有释迦、基督担荷人类罪恶之意，其大小固不同矣。
>
> 南唐中主词，“菡萏香销翠叶残，西风愁起绿波间”，大有众芳芜秽、美人迟暮之感，乃古今独赏其“细雨梦回鸡塞远，小楼吹彻玉笙寒”，故知解人正不易得。

这都见得深，能够启发我们深入一层去领会。

可是这论南唐中主词的一则会引来一个问题，是：看法不同，不能都对，怎么能避免失误？我的想法是不会严重到失误。理由有二。其一是不怕不识货，就怕货比货，读多了，日久天长，好货自然会占上风。其二，万一出点小差错，比如把不很美的看作很美，推想也总是小德可以出入之类的，无妨放宽一些。至于再轻些，如有人喜欢“菡萏香销”，有人喜欢“细雨梦回”，则是公说公有理、婆说婆有理之类的，就更可以任随君便了。

最后说说，偏爱还会连贯地产生另外两种“利”。一种是有利于“熟”。因为爱就不忍释，于是霜晨月夕，路上窗前，就不免随口哼几句，这样日久天长，许多篇什就印在记忆上。这就会引来另一种利，正如俗话所说：“熟读唐诗三百首，不会作诗也会吟。”就是说，仿作就不怎么难了。语言的巧妙、繁富来于熟之后的拆改，诗读多了，熟了，也就不难拆改。大拆改是用零件拼，没有盗用的痕迹，可不在话下；小拆改呢，如“水田飞白鹭”变为“漠漠水田飞白鹭”，昔人也容许，甚至美其名曰点化。这些，以后还要谈到，这里从略。

# 旧韵新韵

前面主要谈“读”诗词的概括方面。具体呢，比如李商隐《锦瑟》，历来视为难解，要怎样悟人？这不胜说，也不好说，还不必说。因为嚼饭哺人，总不如用自己的牙切实有味。所以想照应书题，由“读”往下走，谈“写”。可以现身说法。我昔年读了些诗词，自知东施效颦，难免人冷笑而己出丑，不敢写。“文化大革命”来了，本职工作受命停顿，而昼夜仍是二十四小时，举小红书从众呼万岁之余，难消永日永夜，饥不择食，于是试写诗词。人，万马齐喑的时候是也会出声的，于是无病或有病呻吟之后，有时还抄三首两首效颦之作给过熟的朋友看看。其中一位比我年轻得多，富有维新气，看我写诗仍是百分之百的平水韵，填词仍是百分之百的《词林正韵》，也许是想“己欲达而达人”吧，写信给我，劝我扔掉“守旧”的枷锁，以享受解放的自由。我想了想，复了一封长信，感谢善意之外，说了些碍难从命的理由。记得其中总括的意思是：你说我守旧，我不是守旧，是守“懒”，或守“易”。现在谈写，必碰到的头一个问题是，要不要以昔日的格律为准绳，亦步亦趋。这个问题不简单，幸而过去考虑过一次，现在无妨炒炒冷饭，把那封信的意思重说一遍。

我的仍旧贯的理由不是来自理论，而是来自实际。理论上，从今像是有好处，甚至是当然的。其一，我们是现代人，说普通话，或要求说普通话，一旦有在心为志，需要发言为诗，当然要用普通话的言，而平水韵式的言是《清明上河图》里的人物说的，舍此时而追彼时，即使可能，也总是颠倒衣裳一类的事。其二，如果决定从今，即不依平水韵而依今韵，那背平水韵、硬记许多今昔不同音的字、一些关键字变读之类的麻烦就都烟消云散。其三，今人读，以张目所见为喻，倭堕变为烫发，绣履变为高跟，就是程、朱、陆、王的信徒也当感到亲切得多吧？

但这是单纯用理论的眼看出来的，用或兼用实际的眼看就未必然。而如果两个来路有分歧，甚至扩大为争论，弃甲曳兵而走的经常是理论，因为手中的一文钱总比天上的聚宝盆更为有力。仿作诗词，维新难，症结在于下笔之前，我们接受了平平仄仄平的格式，而这格式正如九斤老太，守旧至于极端顽固，不要说通体（身加心）变革，就是星星点点，她也绝不会同意。这不是理论上不可能，是实际上困难很多。以下具体说这很多。

困难之一，学什么要唱什么，趸什么要卖什么，如果学梅兰芳，上场要唱毛阿敏，趸石榴裙，开门要卖牛仔裤，即使非绝对不可能，也总当很费力。我们读旧诗词，是哼惯了“春草年年绿”“环珮空归夜月魂”“对花前后镜”“但目送芳尘去”一类文句的，及至写，要改弦更张（主要指能表现的词语），或者说，用新的一套，这困难是可以想见的。这近于总的说，以下分别说说诸多方面。

困难之二，守旧不如从今，这意见开始是从“音”那里来的；音之中，主要是从“押韵”那里来的。举实例说，比如写一首五律，用二冬韵，韵字用了“农”“同”“容”“逢”四个，用旧眼看，这是出了韵，不合格律，因为“同”是一东韵；用维新的眼看，这四个字今音同韵，用在一首诗里正是天衣无缝。单就这一点说，维新的办法确是不坏。可是这变通的行动虽然简单，意义和影响却并不简单，因为是旧向新开门；门既然开了，“同”走进来，就很难阻止其他也想进来的种种挤进来。紧接着进来的是，十一真韵的“茵”“津”之类和十二侵韵的“心”“衾”之类押了韵。这还是小节，接着就来了不能算作小节的，五微韵的“衣”“稀”之类和入声四质韵的“漆”“七”之类也押了韵。维新派会说，不少入声字早已变为平声，让它与平声押韵又有何妨？就姑且承认是无妨。但这从今会成为原则，也不能不成为原则，因为我们总不当（而且是理论上）从心所欲，例如“白”，在这首诗里和“柴”押韵，在那首诗里和“黄”对偶，就是说，既然从今，就一定要任何地方都念bái，不念入声。“白”这样，其他会用到的字也必须这样，这就是成为原则，从旧，从今，两条路只能走一条。

困难之三，这法律上人人平等的办法在理论上没有什么困难；实行呢，还要试试看。例如“露从今夜白，月是故乡明”不行了，是否可以改为“月是故乡亮，露从今夜白（bái）”？用格律衡量，没有问题。问题来自我们已经习惯于平水韵式的平平仄仄平，看到“露从今夜白”充当下联，总感到别扭。据说思想还可以改造，何况习惯？且不说这个，还有麻烦，是许许多多旧调调都不能用了。由小到大说几种。一，“还与韶光共憔悴，不堪看”之类不行了，因为当注目讲的“看”今音是kàn。二，“绿树村边合，青山郭（读仄声）外斜”之类不行了，因为“合”今音是平声，不能与也是平声的“斜”对偶。三，“合”的问题扩大，成为仄声字减少了不少，必致给拼凑平平仄仄平带来不方便。四，以六鱼韵为例，“嵩云秦树久离居，双鲤迢迢一（读仄声）纸书”之类不行了，因为“居”和“书”，今音不同韵。五，有人说，用今韵，韵部大大减少，方便得多。且不谈韵部减少是否就方便的问题，只说增减，用今韵还有增加的，因为平声，平水韵不分阴阳，所以“花近高楼伤客心，万方多难此登临”算押韵；从今音就不行，因为“心”读阴平，“临”读阳平，声调不同不能押韵。这样，如果依《中华新韵》平声十八部，分阴阳就成为三十六部，反而比平水韵多六部。此外还有儿化韵怎么处理的问题。这些都是会有损失的一面，可以用狠心法解决；或有失有得，用打算盘法解决。但是问题还不只此也。

困难之四，字、形、音、义是一体，音从今，会不会把今词也带进来？推想有时就难免。以常用的“别”为例，表分离的意义，旧单用，如“恨别（读仄声）鸟惊心”，“红楼别夜堪惆怅”，等等，今不单用，如不能说“我们是在北京站别（bié）的”，那么，把它谱入平平仄仄平，从今音，就要一扩大为二，或写分别，或写离别，才合情合理。可是这样一来，作为原则推而广之，不少今词入旧的平平仄仄平，困难就来了。一种是，旧词短的多，五、七言容得下；今词长的多，不要说五言，七言也难于容纳。另一种是，今词会使现实性增多，连带的就会使诗意、诗境相对地减弱。前面说过，诗境是我们向往而难于在现实中找到的，因而它就不能不与现实保持或远或近的距离。金钏诗意多，瑞士手表诗意少，油碧香车诗意多，丰田汽车诗意少，原因就是由这里来的。怎样显示这种距离？诗词多有一种优越性，是用旧词语，比如“忽逢青鸟使，邀入赤松家”，不过是说对方来人送信，约我到道士家玩玩，用现代语直说，迷离渺远化为明晰切近，诗意就差了。当然，用现代语也能够写诗，那通常是乞援于轻点和暗示，甚至故意朦胧；旧诗词就不必过分地这样，因为用语本身就蕴含了距离。还有一种困难，来于我们看惯了李、杜和秦七、黄九等等，如果维新的平平仄仄平里出现“啤酒送别离”，“谷一唱罢看排球”之类的句子，总觉得不像诗。这或者是偏见，但既然不少人有此见，装作不见总是不合适的。

困难之五，与诗相比，词限制更严（变通，如上、入代平，也要依惯例，不可随随便便），由音引起的困难，除上面提到的以外，还有，有些词调，如《好事近》《忆秦娥》《满江红》《兰陵王》等，习惯押入声韵，从今音就无法作。一种维新的想法，还是以自由代替旧的枷锁。自由可以小些，改为押今音的去声；可以大些，改为（如报刊上常常见到的）既往不“究”，我行我素。我的想法，既然解放到我行我素，那就不如干脆把所有词调都一脚踢开，彻底解放，写行数、字数都没限制，也可不押韵的自由体新诗；标题为《念奴娇》《疏影》等而不照谱填，弄得非驴非马，总是不合适的吧？而一旦决心照谱填，用今韵就不行了。

困难之六，仿作，说“只可自怡悦，不堪持赠君”是客气，君不见，许多令人齿冷的不通之作，不是也常在报刊上占一席地吗？而既然要给“人”看，就不能不重视赏光人的观感。推想遇见平平仄仄平也扫一眼，甚至摇头晃脑吟咏一番的，大多是也熟悉并喜欢平平仄仄平的，若然，比如有这样一联，“旧史传白傅，新词忆柳七”，赫然入目，十分之九会大吃一惊吧？

困难之七，也许是最严重的，是仿作成为更难。语言，包括诗文，用的时候，都是适应当前的情势，利用印在脑子里的语句拆改的。专说诗文，旧时代的注释家，远的如李善（注《文选》）等，近的如黄节（注阮籍、谢灵运等人诗）等，就曾泄漏此中奥秘，就是指明某词语，昔人在某处用过。折旧句嵌入新句，先后句要是一个系统；不同系统的就会不能水乳交融。诗词就是这样，读多了，旧语句印在脑子里，拆成词语，有些要变音，嵌入旧的平平仄仄平，圆凿方枘，是难得合在一起的。举诗词各一首为例：

风急天高猿啸哀，渚清沙白鸟飞回。
无边落木萧萧下，不尽长江滚滚来。
万里悲秋常作客，百年多病独登台。
艰难苦恨繁霜鬓，潦倒新停浊酒杯。

（杜甫《登高》）

寻寻觅觅，冷冷清清，凄凄惨惨戚戚。乍暖还寒时候，最难将息。三杯两盏淡酒，怎敌他晚来风急。雁过也，正伤心，却是旧时相识。　　满地黄花堆积，憔悴损、如今有谁堪摘？守着窗儿，独自怎生得黑。梧桐更兼细雨，到黄昏、点点滴滴。这次第，怎一个愁字了得。

（李清照《声声慢》）

加横线的词语，从今音，就都不能嵌到这样的格式里用。读，熟了，有方便条件却不许方便，是必致大伤脑筋的。

以上说了维新的多种困难。对付困难，原则上有两种办法，一种是知难而进，另一种是知难而退。进，也许能闯出一条路，但那要用大力尝试。我既无此精力，又无此魄力，还有，试作诗词，不过是如梅兰芳之反串黄天霸，偶尔一次，好玩，转过天来，是还要演杨玉环或穆桂英的。所以我宜于走，也不能不走“懒”或“易”的一条路。说懒，意思是我不必为闯新路费心思；说易，意思是路已经有李、杜、温、韦等铺好，我可以坐享其成。

那位富于维新气的朋友会说，迂就懒和易是个人的事，可以存而不论；“能不能撇开个人，考虑一下知难而进那条路能否通的问题?”我想过，维新可以有等级之差。上者是全旧变全新，即只有五、七言等句法和平仄格式是旧的，音和词语都是新的。这条路很难走，或干脆说是不通（打油、牛山等体可能是例外）。中者是词语仍从旧，只是读音从新，譬如说，让“别”单用，跟“鞋”押韵。这条路可通，只是一，成篇之前，很费力；成篇之后，至少用旧眼看，不协调。下者是基本从旧，只是大原则之下加一点韵字的小自由，比如“居”“书”通押，“知”“儿”通押，“东”“同”通押，都从旧；只是写近体诗大致模仿古体办法，如一东、二冬的分界，三江、七阳的分界，不要了。这条路容易走，但情况是，必致并立两种小自由：一种是维新派的，一东、二冬用在一首诗里的自由；一种是守旧派的，看了感到不习惯的自由。我是这样想的，以装束为喻，诗词是旧的一套，既然还想穿，就最好接受全套；翠袖、罗裙、绣履，头上忽然变为烫发是可以不必的。因此，跳到己身之外，“己欲立而立人”，对于步韩文公之后，也想“余事作诗人”的诸位，我敢奉劝，既然有兴趣读诗词，并仿作诗词，那就还是走懒和易的一条路好。

有人会说，那旧的路限制太多，并不容易。我想，难易是量的差别，关系并不太大。饭来张口易，可是还要张口，何况张口之后还要咀嚼？仿作诗词难，大难点不是来自格律的限制。格律有如一个空袋子，重要的是你能够拿什么东西把它装满。装，要有诗意诗情，还要有表现诗意诗情的语言。情意，要靠天资和修养，语言，要靠多学，都非一朝一夕之功，这都留到后面专题谈。这里只说两点，一是记，进而熟悉格律，并不很难，有知难而进的精神，几乎可以速战速决。二是即使不易，也有好处，这就是，费大力求得的什么，比得来全不费功夫的什么，总是显得特别贵重；而一旦得到，就会感到特别高兴。即如律诗的中间两联，通例要对偶，对得恰当而巧是比较难的，也就因为难，作者都愿意在这上面用大力量，以求成功后自己的欣喜、他人的赞赏。举杜诗的两联为例：

> 如何关塞阻，转作潇湘游？
>
> 酒债寻常行处有，人生七十（读仄声）古来稀。

前一联是流水对（上下联合成一句话），后一联“寻常”（八尺为寻，二寻为常，有数量义）与“七十”对偶是借对，这显然都是有意取巧，但巧得自然，想来杜老必是相当得意的。本诸此情此理，这里无妨借用广告家的口吻，说仿作诗词，用旧韵，可以得大便宜而花钱并不多的。

## 奠基

诗词读多了，难免自己也想拿笔试试。人，尤其可不做而做的事都有所为。想试试的所为可以有多种。一种是附庸风雅，用大白话说是，让人看看，“我也能作旧诗、填词，可见是造诣高，多才多艺”。另一种由野狐禅走入正经，是确有“故国（读仄声）平居有所思”之类或“为伊消得（读仄声）人憔悴”之类的情怀，读别人的，借他人酒杯浇自己块垒，不直接，或吃不饱，于是只好自己拿笔。还有一种，胃口更大，有情怀，抒发了，还不满足，立志要写得多，写得好，以期追踪李、杜，步武秦、周，在下代人写的文学史里占一席地。这里可以不管所为的高低，只说行动，反正要拿笔写。写，不像买一两种唐诗、宋词鉴赏辞典之类那么容易，只是衣袋里有钞票就成；要有比纸笔多得多的资本。本篇想说说最基本的资本，可分为内外两个方面。

先说内，指心理状态或生活态度。欧阳修词：“人生自是有情痴，此恨不关风与月。”这“情痴”两个字说明内的资本最合适。要有情，但只是有还不够；要至于痴才是最上乘。痴是完全不计利害，以至于不可理喻。“举头望明月，低头思故乡”是有情；“记得（读仄声）绿罗裙，处处怜芳草”是有情而至于痴。情痴是诗词的资本，理由有二：一，由前因方面看，它是原动力；二，由后果方面看，它是好篇什的必要条件。

先说它是原动力。引旧文为证，《毛诗序》：“诗者，志之所之也，在心为志，发言为诗。情动于中而形于言，言之不足，故嗟叹之，嗟叹之不足，故永（咏）歌之，永歌之不足，不知手之舞之足之蹈之也。”这是说，有深厚的感情，压抑不住，所以要表现；表现为言（说话）还不够，所以要唱叹，也就是表现为诗的形式，“窈窕淑女，寤寐求之”之类是也。我们的常况也可以证明这种看法确是不错。人心之不同，各如其面。有的人心软，易动情，想到浮世，看到落英，就不免眼泪汪汪，手有缚鸡之力而不忍杀，对人更是这样，因为多情所以伤离别，见月就不免暗诵“但愿人长久，千里共婵娟”，等等，如果这样的他或她也熟于平平仄仄平，那就会“被迫”而作诗或填词，以吐心中的什么什么气。有的人心硬，甚至对己，视“门外草萋萋，送君闻马嘶”为无所谓，对人，视挨整至于跳楼为无所谓，这样的好汉大概想不到作诗填词，因为没有感情需要表达。《红楼梦》中林黛玉作诗，傻大姐不作，文化程度不同之外，情痴不情痴想当也是个原因。这是一，由人方面看。由作品方面看也是如此，杜甫《羌村三首》，“夜阑更秉烛（读仄声），相对如梦寐”，“歌罢仰天叹，四座泪纵横”，李后主词，“别巷寂寥人散后，望残烟草低迷”，“小楼昨夜又东风，故国（读仄声）不堪回首月明中”，都是一字一泪，而所以要写出来，可以借《庄子·天下》篇里一句话说明，是“彼其充实，不可以已”，即成语所谓欲罢不能。所以我们可以说，不情痴，诗词是难得写出来的，或者说，“好”诗词是难得写出来的。

这就过渡到第二个理由，情痴是诗词写好了的必要条件。由“行有余力，则以学文”说起。诗词是文的一种形式或两种形式，与文有同有异。专说异，除了外壳的有格律、无格律之外，重要分别在于与情的关系：文中经常有情，但也可以无情。举辉煌的为例，相对论，是不带个人感情的纯知识；诗词就必须有感情，所以不合理的“白发三千丈”是诗，合理的“一二相加恰是三”反而不能成为诗。由这里进一步看，诗词的好坏，无妨说，评定标准主要是情真不真、厚不厚。王国维《人间词话》曾一再说明这个道理，举两则为例：

> 词人者，不失其赤子之心者也。故生于深宫之中，长于妇人之手，是后主为人君所短处，亦即为词人所长处。
>
> “昔为倡家女，今为荡子妇，荡子行不归，空床难独守。”“何不策高足，先据要路津，无为守穷贱，轗轲长苦辛。”可谓淫鄙之尤，然无视为淫词鄙词者，以其真也。

真好，假不好，所以《人间词话》又说：

> 读《会真记》者，恶张生之薄幸，而恕其奸非。读《水浒传》者，恕宋江之横暴，而责其深险。此人人之所同也。故艳词可作，唯万不可作儇薄语。龚定庵诗云："偶赋凌云偶倦飞，偶然闲慕遂初衣。偶逢锦瑟佳人问，便说（读仄声）寻春为汝归。"其人之凉薄无行，跃然纸墨间。余辈读耆卿、伯可词亦有此感，视永叔、希文小词何如耶？

这是从有无方面看，钟情好，薄情（逢场作戏之类）不好。更下，还有公然不言情的。最典型的是佛家所谓"偈"，如：

> 四大由来造化功，有声全贵里头空。
> 莫嫌不与凡夫说（读仄声），只为宫商调不同。
>
> （赵州和尚《鱼鼓颂》）
>
> 日用事无别（读仄声），唯吾自偶谐。
> 头头非取舍，处处没（读仄声）张乖。
> 朱紫谁为号？北山绝（读仄声）点埃。
> 神通并妙用，运水及般（搬）柴。
>
> （庞居士《偈》）

这是用诗的形式说理，我的看法，严，应该说不是诗，宽，也总当目为外道。类似的，如六朝的玄言诗，唐朝王梵志、寒山等所作，宋理学家借事明理的，至少其中的一些，都可以作如是观，因为没有情，更不要说痴了。痴之为重要，还可以从另一个方面看出来，就是，同是有情，还可以分高下，标准是轻重。重就是到了痴的程度。李商隐诗技巧高，也富于情，可是，至少我看，像《韩碑》，学韩愈以文为诗，可谓比韩愈更韩愈，其中也有右此左彼的一些情，可是我们读，总不能如《无题》诗“春蚕到死丝方尽，蜡炬成灰泪始干”，“春心莫共花争发（读仄声），一寸相思一寸灰”等句那样感人，关键就在于，后者到了痴的程度，前者还清醒，用心在史事上打算盘。以上是就作品说。就人说也是这样。以宋代作家为例，诗，我觉得王荆公不如陆放翁，词，我觉得姜白石不如辛稼轩，关键也就在于痴的程度，前两人没有后两人那样深。

关于情，还要补说一点意思。人，受命于天，求生，总是怀有多种欲望的。有欲望，求满足，求之时，得不得之后，都伴随着喜怒哀乐，也就是表现为情。这样说，有情是自然的事；执着于满足，至于痴也并不稀罕。可是，例如醉心于享受、发财，以至于无所不为，为之时，得不得之后，也必是伴随着情，甚且至于痴的，这可以表现为平平仄仄平，或谱入《水调歌头》之类吗？所以谈诗词负载之情，除上面提及的“真”和“厚”之外，还要加一种限制，曰“正”。什么是正？常识似乎都知道，讲明白却不容易。这有如，或者竟是，道德学的“善”，也是似乎人人都知道，说明其所以然就要大费周折。不得已，只好大事化小，或以点代面，说正情是来于执着于人生的情。

这执着表现在许多方面，如内向，是热爱自己的生活，外向，也热爱、至少是同情他人的生活。总的要求是人生的丰富、向上，现实的，遐想的，都成为合于善和美的原理的适意的什么，或求之不得的什么。与此相反，例如爱权势，爱金钱，发展为嫉视、仇恨，落井下石，籍没株连，也是情，因为不正，就必须排斥于诗词之外。

以上说真、厚、正的情（最好至于痴）是试作诗词的资本，都是泛论。诗词是某一个人写的，所以还要谈谈个人的情的有无、多少问题。再说一遍，人心之不同，各如其面。情也必是这样，有人多，有人少；有人如此，有人如彼。多少、彼此等分别都来自什么？恐怕多半要取决于“资质”，少半取决于“修养”。资质非人力所能左右，所以，如果需要，只能在修养方面多下功夫。说“如果需要”，意思是，诗词非柴米油盐，情不多也无关紧要，可以不作。但古有多种诗媒的传说，放过这可能的机会也许损失太大吧？或者还有其他种种钓饵，使许多本不情痴的也禁不住拿笔，怎么办？我想，只能以人力补天然。这可以分作前后两步：前是多吟咏，多体会，由接近作者和作品之情而培养感情；后是拿起笔，争取萧规曹随，走昔日名作家以及名作品的路。这样做，也许比之天生情痴终于要差一着，语云，尽人力，听天命，如是而已。

以上是说内的资本。但只有内还不成，有个歇后语说，哑巴吃黄连，有苦说不出来，所以还要“外”，会说，就是用平平仄仄平一类形式表现出来。平平仄仄平是格式，比喻是个空架子，更重要的是上面要摆点什么。有关格律的知识，后面还要专题说，这里只说亮出情意的“表现”。前面说过，作诗词，走懒或易的路，宜于用旧词语。用旧词语，同我们日常处理事务、交流思想用新词语一样，要学，就是多听、多读。学作诗词，多听可以免，就只剩下多读。多读，撇开欣赏不说，为了仿作，是学习，某种情怀，某人在某一首诗里是怎么表达的；某种情怀，某人在某一首词里是怎么表达的。这学习法，既是数学式的，又不是数学式的。一个一个往头脑里装，是数学式的；到头脑里，有掺和，有取舍，终于混成刀剪锯锉、竹头木屑似的一团，不是数学式的。储存这些是为了用。用，很少是原样用（偶尔也可以懒一次，但要注明，这是用某人成句），要拆成零件，改装。改装的技艺有高低之别，至高的，如李义山、苏东坡之流，大概是并不搜索枯肠，那些零件就自己拼合，顷刻之间冒出来。这就是苏东坡自己说的“意之所到，则笔力曲折，无不尽意”。这无不尽意的境界是“多”而“熟”的结果。有什么办法能够上升到此境界？天资的话不好说，且不管；只说人力，不过两个字，“多读”而已。读什么？

当然要读诗词。俗话说，熟读唐诗三百首，不会作诗也会吟。这话对了一半：熟读能写，对了；只是三百首，说得太轻易，错了。总是要多、要熟，以期头脑里装得多，到用的时候能够自己拼合，不多费力就冒出来。关于读，前面已经谈过，这里补说一点意思是，多读、熟读诗词，还为了熟悉诗词的特殊句法。诗词，一为格律所限，二为了表现诗的意境，常常要不平实详尽地说，如“凌波不过横塘路，但目送芳尘去”，谁不过，谁目送，未点明，文就不许这样；又常常变换句式，如“香稻啄馀鹦鹉粒，碧梧栖老凤凰枝”，文也不许这样。仿作诗词，不能不从昔人那里讨些巧，巧来于多和熟，所以非多读不可。

多读，只是在诗词的圈子里打转转，成不成？不成，至少是不大成。这意思正面说，是读的范围要扩大，兼及文，以求能够通文言，熟悉文言。这当然要费不小的力，经史子集，就是撮要，也是汗牛充栋。但也无可奈何。原因很多，只说一点点重大的。其一，有情意要表达，严格讲，某人某时的情意是独特的，而词语是通用的，以通用表现独特，恰如其分不容易，补救之道是由多数里选，可供选择的数量越大，恰如其分的可能性也就越大，这数量大，只靠诗词的积累不够，所以要翻腾老家底——文。举苏诗咏雪后的一联为例，“冻合（读仄声）玉楼寒起粟，光摇银海眩生花”，据传王荆公的儿子看到，不知道“玉楼”“银海”是怎么回事，荆公告诉他，玉楼是项肩骨，银海是眼，出于道经，并深表赞赏之意。这里且不管如此用典好不好，专说表现，如果不博览群书，这一联就凑不起来。其二，诗词的句法，通常的，由文来；特殊的，也由文来，只是略加变化。因此，写诗词，想在句法方面应付裕如，甚至出奇制胜，也要熟悉老家底——文。其三，依诗词惯例，仿作，有时也不免要用典，而典的古语、古事，都是由文里来的，不熟悉文，这一关就难得闯过去。

写到此，想到，也许有些人，想用小本钱做大生意吧？若然，他们会问，生意是做定了，本钱最低要多少？我的想法，既然是“余事作诗人”，那就无妨放长线，钓大鱼。这是说，不求速成，时间长些，比如十年八年也好。但也要坐在水边不离开，勤，比如每天挤出半点钟也好，不间断，读。期在必成，我的经验，还可以找两个心理上的保人：一个是兴趣，这要靠习惯来培养，及至培养成，就会碰见大部头的也不以为苦。另一个是不急，行所无事，十年八年也会一晃就过去。而一旦瓜熟蒂落，自己笔下，应时文之外，也间或平平仄仄平，想到有志者事竟成，也当破颜为笑吧。

# 近体诗格律

上一篇谈奠基，基的一种，多读，目的是日积月累，培养成熟练的表达能力，这既要勤，又不能时间太短。勤加长时间，所以难，至少是不容易。可是很奇怪，有意效颦的，就我熟悉的一些人说，都没有喊这一方面的难，而喊另一方面的难。这另一方面的难，大致包括两种。一种是分不清平仄，我的体会，不是指总的何谓平声，何谓仄声，而是指有些字，依旧诗韵，不知道是平声还是仄声。另一种是不清楚格律，比如最简单的五言绝句，不知道第一句可以怎样排列平仄；又即使已经知道是仄仄平平仄，也不知道第二句应该怎样接续。分清平仄是为了合格律，所以无妨统称这另一方面的难为格律的难。格律的难就真值得喊吗？我看不值得。不值得喊而喊，是因为，与多读的难相比，这方面的难（或说知识）鲜明而具体，因而就像是硬邦邦，啃不动。其实呢，也就因为鲜明而具体，容易抓住，它就不难，或并不像想象的那样难。这个看法可以从比较那里取得支持。一方面可以比较需要看看的本本，格律，最多有三本两本就成了吧；而多读，那就不能不汗牛充栋。另一方面可以比较完成的时间，格律，我的经验，少数字属平属仄，无妨临时抱佛脚，查《诗韵》或旧字书，可以不计外，弄清楚仄仄接平平、对平平，以及一些常见的变通情况，只要肯钻，略勤，大致不出一个月就够了；而多读呢，如前面所说，用剩余时间锲而不舍，也总要几年吧。这样说，不难而喊，我看来由是用了宋人的守株待兔法，自己去捉，要哼几天仄仄平平仄，平平仄仄平……不耐烦。不耐烦，坐待而兔不来触株，于是就不能得兔，所以就感到太难了。

有人也许会说，把熟悉格律说得这样轻易，是故意大事化小，取粗舍精。大、精，想是指过去不少书上讲的。这类书，如唐白居易《金针诗格》、皎然《诗式》，清王士禛《律诗定体》、赵执信《声调谱》，日本遍照金刚《文镜秘府论》，等等，都很有名。我知道这些，为什么偏偏大事化小呢？是因为考虑到：一，有些求甚解的讲法，如仄声的分辨上、去、入，声的辨清浊，即使不是无中生有，也总是所求过细，坐而可言，起而难行，不如，至少是暂且放下；二，为“余事作诗人”的初学着想，最好还是卑之无甚高论，就算是浅尝也罢，重要的是能够学会，易于学会，所以也宜于取大略而舍去特殊和繁琐，入门以后，前行，如果有兴趣，再看看特殊和繁琐也不迟。

自然，就是格律的大略，也不是三言五语就能讲清楚的。处理的办法有二：一是不乞诸邻，这里细讲；二是乞诸邻，请读者去看合适的书，这里不讲。两种极端的办法都有缺点。细讲，不妥有二：一是与本书的性质不合，因为如书名所示，本书的重点是讲怎样读，怎样写，不是讲格律；二是用不着，因为市面上不乏介绍这类常识的书。不讲呢，显然就像是缺点什么，甚至怎样写就成为“在虚无缥缈间”。两极端不成，限定要折中，这中间的路是：这里提个纲要；欲知其详，请找一两种讲格律的书看看。先说找书看。这样的书，我觉得，王力先生的《诗词格律》（中华书局出版）简明扼要，如果时间不多，所求不多，看这一本就可以凑合了。启功先生写过一本《诗文声律论稿》，也是中华书局出版，手写影印，能够找来看看也好，体讲得多，还可以欣赏书法。王力先生还写过一本《汉语诗律学》，是深钻性质的，初学，或只想用平平仄仄平抒发自己间或有的较浓的情意，以图获得片刻的飘飘然，至少我看，不随着深钻也好。再说讲，即提个纲要，就本篇说是正文，以下慢慢说。

诗，有古体（《诗经》及其后的四言，一般不讲），有近体，近体格律严格，严格的讲清楚了，不严格的就更加好讲。所以由近体讲起。与古体诗相比，近体诗是有严格格律的诗，所以早期也可以都称为律诗，包括八句的律诗和四句的绝句。这里从后来的习惯，只称八句的为律诗。

字音的平仄，以及平仄如何协调，前面谈读的时候已经说过，不重复。近体诗就句数说分为三类：一首四句的是绝句，八句的是律诗，超过八句的是排律。绝句和律诗常用，排律少用。绝句和律诗，就一句的字数说有五言、七言两种（六言的极少），两两相乘，成为四种：五言绝句，七言绝句，五言律诗，七言律诗。排律，几乎都是五言；句数，除试帖，唐人十二句（称为五言六韵）、清人十六句（称为五言八韵）以外，没有限制，只要韵凑成双数就可以。所有近体的几类，几乎都押平声韵，韵字只用属于一韵的（第一句间或用邻韵，不多），否则算出韵，犯规。以下讲格律，由简而繁，始于五言绝句（后附的诗作，个别字平仄有变通）。

五绝（1）第一句仄起不入韵　　　　张祜《何满子》

| | |
|---|---|
| 仄仄平平仄 | 故国三千里 |
| 平平仄仄平 | 深宫二十年 |
| 平平平仄仄 | 一声何满子 |
| 仄仄仄平平 | 双泪落君前 |

这平仄调调是标准的或理想的格式，即个个字平仄都合适。实际是这样的很少，因为迁就字义，非关键字难免通融，此外还有所谓“拗”（以后讲）。所谓“仄起”“平起”，是指第一句第二个字是仄声或平声（两个音节是一个单位，以后一个为重点，前面讲过）。仄起，全首的平仄排列是一种形式；平起，全首的平仄排列是另一种形式。第一句可入韵可不入韵，五言以不入韵为常；入韵与否只影响第一句的平仄排列，入韵就变为仄仄仄平平。第二、四句尾字必须押韵（用加点表示）。就前后次序说，单数句与其下的双数句必须“对”，即平平对仄仄，仄仄对平平；单数句与其上的双数句必须“粘”，即双数句平起，其下单数句也要平起，双数句仄起，其下单数句也要仄起。粘的目的也是求变，

即两联的平仄排列形式不重复。这样，以仄起五绝的第三句为例，因为一，必须平起，二，必须仄脚，所以不得不变平平仄仄平为平平平仄仄，连带而下，第四句就变仄仄平平仄为仄仄仄平平了。格律的应然以及所以然，不过就是这样一点点，因而学就相当轻易。还有个更轻易的办法，是只背应然，不问所以然，那样，有个把钟头就足够了吧？其次是试作，拿汉字往格式里填，如果不知道对不对，可着重检查三个方面：一方面，某一个字，平仄记不清了，要查；另一方面，韵字是否属于一韵，拿不准，也要查；还有一个方面，为了防备万一失粘，要看看第一句和第四句，第二句和第三句，平起、仄起是否相同，相同，对，不同就错了。以上情况都清楚了，可以接着背其他几种格式。

| 五绝（2）第一句平起不入韵 | 李端《听筝》 |
| --- | --- |
| 平平平仄仄 | 鸣筝金粟柱 |
| 仄仄仄平平 | 素手玉房前 |
| 仄仄平平仄 | 欲得周郎顾 |
| 平平仄仄平 | 时时误拂弦 |

| 五绝（3）第一句平起入韵 | 王涯《闺人赠远》 |
| --- | --- |
| 平平仄仄平 | 花明绮陌春 |
| 仄仄仄平平 | 柳拂御沟新 |
| 仄仄平平仄 | 为报辽阳客 |
| 平平仄仄平 | 流芳不待人 |

| 五绝（4）第一句仄起入韵 | 西鄙人《哥舒歌》 |
|---|---|
| 仄仄仄平平 | 北斗七星高 |
| 平平仄仄平 | 哥舒夜带刀 |
| 平平平仄仄 | 至今窥牧马 |
| 仄仄仄平平 | 不敢过临洮 |

七绝第一句以入韵为常，也是四种格式。

| 七绝（1）第一句仄起入韵 | 王昌龄《春宫怨》 |
|---|---|
| 仄仄平平仄仄平 | 昨夜风开露井桃 |
| 平平仄仄仄平平 | 未央前殿月轮高 |
| 平平仄仄平平仄 | 平阳歌舞新承宠 |
| 仄仄平平仄仄平 | 帘外春寒赐锦袍 |

| 七绝（2）第一句平起入韵 | 王翰《凉州曲》 |
|---|---|
| 平平仄仄仄平平 | 葡萄美酒夜光杯 |
| 仄仄平平仄仄平 | 欲饮琵琶马上催 |
| 仄仄平平平仄仄 | 醉卧沙场君莫笑 |
| 平平仄仄仄平平 | 古来征战几人回 |

| 七绝（3）第一句平起不入韵 | 徐凝《忆扬州》 |
|---|---|
| 平平仄仄平平仄 | 萧娘脸薄难胜泪 |
| 仄仄平平仄仄平 | 桃叶眉长易觉愁 |

| | |
|---|---|
| 仄仄平平平仄仄 | 天下三分明月夜 |
| 平平仄仄仄平平 | 二分无赖是扬州 |

| 七绝（4）第一句仄起不入韵 | 杜甫《绝句》 |
|---|---|
| 仄仄平平平仄仄 | 两个黄鹂鸣翠柳 |
| 平平仄仄仄平平 | 一行白鹭上青天 |
| 平平仄仄平平仄 | 窗含西岭千秋雪 |
| 仄仄平平仄仄平 | 门泊东吴万里船 |

律诗，专就格式说，不过是绝句的重叠（第一句入韵的例外，第五句要换为仄脚）。为了按图索骥，容易背，不避辞费，也写出来。与绝句一样，也是五言第一句以不入韵为常，七言第一句以入韵为常。先说五律，也是四种格式。

| 五律（1）第一句仄起不入韵 | 王湾《次北固山下》 |
|---|---|
| 仄仄平平仄 | 客路青山下 |
| 平平仄仄平 | 行舟绿水前 |
| 平平平仄仄 | 潮平两岸阔 |
| 仄仄仄平平 | 风正一帆悬 |
| 仄仄平平仄 | 海日生残夜 |
| 平平仄仄平 | 江春入旧年 |
| 平平平仄仄 | 乡书何处达 |
| 仄仄仄平平 | 归雁洛阳边 |

| | |
|---|---|
| 五律（2）第一句平起不入韵 | 李白《送友人》 |
| 平平平仄仄 | 青山横北郭 |
| 仄仄仄平平 | 白水绕东城 |
| 仄仄平平仄 | 此地一为别 |
| 平平仄仄平 | 孤蓬万里征 |
| 平平平仄仄 | 浮云游子意 |
| 仄仄仄平平 | 落日故人情 |
| 仄仄平平仄 | 挥手自兹去 |
| 平平仄仄平 | 萧萧班马鸣 |
| 五律（3）第一句平起入韵 | 李商隐《风雨》 |
| 平平仄仄平 | 凄凉宝剑篇 |
| 仄仄仄平平 | 羁泊欲穷年 |
| 仄仄平平仄 | 黄叶仍风雨 |
| 平平仄仄平 | 青楼自管弦 |
| 平平平仄仄 | 新知遭薄俗 |
| 仄仄仄平平 | 旧好隔良缘 |
| 仄仄平平仄 | 心断新丰酒 |
| 平平仄仄平 | 销愁斗几千 |
| 五律（4）第一句仄起入韵 | 杜审言<br>《和晋陵陆丞早春游望》 |
| 仄仄仄平平 | 独有宦游人 |

| | |
|---|---|
| 平平仄仄平 | 偏惊物候新 |
| 平平平仄仄 | 云霞出海曙 |
| 仄仄仄平平 | 梅柳渡江春 |
| 仄仄平平仄 | 淑气催黄鸟 |
| 平平仄仄平 | 晴光转绿蘋 |
| 平平平仄仄 | 忽闻歌古调 |
| 仄仄仄平平 | 归思欲沾巾 |

七律也是四种格式。

| 七律（1）第一句仄起入韵 | 李商隐《锦瑟》 |
|---|---|
| 仄仄平平仄仄平 | 锦瑟无端五十弦 |
| 平平仄仄仄平平 | 一弦一柱思华年 |
| 平平仄仄平平仄 | 庄生晓梦迷蝴蝶 |
| 仄仄平平仄仄平 | 望帝春心托杜鹃 |
| 仄仄平平平仄仄 | 沧海月明珠有泪 |
| 平平仄仄仄平平 | 蓝田日暖玉生烟 |
| 平平仄仄平平仄 | 此情可待成追忆 |
| 仄仄平平仄仄平 | 只是当时已惘然 |

| 七律（2）第一句平起入韵 | 卢纶《晚次鄂州》 |
|---|---|
| 平平仄仄仄平平 | 云开远见汉阳城 |

| | |
|---|---|
| 仄仄平平仄仄平 | 犹是孤帆一日程 |
| 仄仄平平平仄仄 | 估客昼眠知浪静 |
| 平平仄仄仄平平 | 舟人夜语觉潮生 |
| 平平仄仄平平仄 | 三湘衰鬓逢秋色 |
| 仄仄平平仄仄平 | 万里归心对月明 |
| 仄仄平平平仄仄 | 旧业已随征战尽 |
| 平平仄仄仄平平 | 更堪江上鼓鼙声 |

七律（3）第一句平起不入韵　　杜甫《野望》

| | |
|---|---|
| 平平仄仄平平仄 | 西山白雪三城戍 |
| 仄仄平平仄仄平 | 南浦清江万里桥 |
| 仄仄平平平仄仄 | 海内风尘诸弟隔 |
| 平平仄仄仄平平 | 天涯涕泪一身遥 |
| 平平仄仄平平仄 | 惟将迟暮供多病 |
| 仄仄平平仄仄平 | 未有涓埃答圣朝 |
| 仄仄平平平仄仄 | 跨马出郊时极目 |
| 平平仄仄仄平平 | 不堪人事日萧条 |

七律（4）第一句仄起不入韵　　杜甫《阁夜》

| | |
|---|---|
| 仄仄平平平仄仄 | 岁暮阴阳催短景 |
| 平平仄仄仄平平 | 天涯霜雪霁寒宵 |
| 平平仄仄平平仄 | 五更鼓角声悲壮 |
| 仄仄平平仄仄平 | 三峡星河影动摇 |

| | |
|---|---|
| 仄仄平平平仄仄 | 野哭千家闻战伐 |
| 平平仄仄仄平平 | 夷歌几处起渔樵 |
| 平平仄仄平平仄 | 卧龙跃马终黄土 |
| 仄仄平平仄仄平 | 人事音书漫寂寥 |

以上近体诗格式，五绝四种，七绝四种，五律四种，七律四种，共十六种，是标准或理想的，要能“背诵”，至于一些变通办法，如一三五不论之类，拗救以及拗体之类，只要求“明白”有那么回事，用不着背诵，所以总而言之，并不难。

排律少用，格式没什么新奇，只是首联、尾联中间的那部分扩大，依律诗习惯，对偶句增多而已。

最后说说，理想的格式并不等于不能实现的格式。不过想实现，字义和字音常常出现不合（义合用，音不合用），就要费心思换；换，有时不很难，有时很难。作诗，肯这样费力的人几乎没有，所以偶尔有十全之作，大概是碰巧加点心机。也就因此，想找些看看，连绝句都不多见，律诗就更难找了。以下几首是从手头书上找到的，可聊备一格。

五绝（3）

花枝出（读仄声）建章，凤管发（读仄声）昭阳。

借问承恩者，双蛾几许长？

（皇甫冉《婕妤怨》）

七绝（1）

岁岁金河复玉关，朝朝马策与刀环。
三春白（读bò）雪归青冢，万里黄河绕黑（读hè）山。

（柳中庸《征人怨》）

五律（1）

踏遍西郊路，初登望海楼。
重门金兽暗，古柏碧云稠。
缔构垂千载，倘（同徜，读cháng）佯足（读仄声）一丘。
伤春无限意，与子共淹留。

启功《偕友游钓鱼台，
盖金之同乐园也，望海楼遗址在焉》）

七律（4）

暮齿年年当去客，新诗句句现前心。
西来只有无生忍，蚤起犹能负手吟。
暇（读仄声）日登楼唯四望，临风辨曲总商音。
停杯独（读仄声）坐寻常惯，那复闲情忆竹（读仄声）林。

（马浮《禊日》）

仿作，怎样对待这标准的格式呢？我的意见，要以想表达的情意为主，变通方便就变通，不必强求平仄全合，以致削足适履。不过，如果有兴趣，愿意费心机来一下，至少是作为练习，求好玩，也无妨试试。但这有如吃燕窝鱼翅，就一般人说，是可偶尔而不宜于经常的。

# 变通

近体诗格式，标准的或理想的，上一篇举了十六种。称为理想的，因为实际的诗作经常不是这样。不这样而可以成篇，是依传统可以用变通的办法。变通，有程度浅的，这一篇谈；有程度深的，即所谓“拗”，下一篇谈。程度浅的，由轻而重，谈四种。

## 一、一三不论

作诗，照标准的平仄格式填入汉字，不容易，因为某一个汉字，义合适，音未必合适。可以换义和音都合适的。但这有时候不难，如需要仄声，可以把“双”换成“两”；有时候很难，如也需要仄声，“今雨故人来”的“今”就不能换，因为是用杜甫《秋述》的典。难，怎么办？一种办法是硬碰硬。古人也没有这样硬，而是走了可将就处且将就的路。所谓可将就处，是指非关键字，即一句里靠前的单数字。这里不肯定旧语“一三五不论”，因为情况不像说的那样简单。旧语的缺漏主要是两个方面。一是为避免“孤平”，五言“平平仄仄平”的格式，一要论，七言“仄仄平平仄仄平”的格式，三要论，就是必须用平声，不得改为用仄声；如果用了仄声，成为“仄平仄仄平”，“仄仄仄平仄仄平”，就成为“孤平”（除韵脚以外），乃诗家所忌，忌，理由也只是不好听。另一方面的缺漏是一三五平等对待，事实是，音的重要程度后来居上，所以五言，三以论为常，七言，五以论为常（不是绝不许）；不论，例如出现这样的调调，“仄仄仄平仄”，“平平平仄平”，“平平仄仄仄平仄”，“仄仄平平平仄平”，显然也是不好听。

以下正面谈变通的情况。

五言第一字变通（宜平而仄，或宜仄而平，下同）：

| 格式 | 例句 |
|---|---|
| 平仄平平仄 | 闻道黄龙戍 |
| 仄平平仄仄 | 我行殊未已 |
| 仄平仄仄平（孤平） | |
| 平仄仄平平 | 何日复归来 |

七言第一字变通：

| 格式 | 例句 |
|---|---|
| 平仄平平仄仄平 | 河上仙翁去不回 |
| 仄平仄仄仄平平 | 指挥若定失萧曹 |
| 仄平仄仄平平仄 | 寄身且喜沧洲近 |
| 平仄平平平仄仄 | 山色遥连秦树晚 |

七言第三字变通：

| 格式 | 例句 |
| --- | --- |
| 仄仄仄平仄仄平（孤平） | |
| 平平平仄仄平平 | 风云常为护储胥 |
| 平平平仄平平仄 | 沙场烽火侵胡月 |
| 仄仄仄平平仄仄 | 借问路旁名利客 |

七言第一、三字变通（也就成为下面谈的补救）：

| 格式 | 例句 |
| --- | --- |
| 平仄仄平仄仄平（孤平） | |
| 仄平平仄仄平平 | 汉文皇帝有高台 |
| 仄平平仄平平仄 | 九天阊阖开宫殿 |
| 平仄仄平平仄仄 | 云里帝城双凤阙 |

变通，一句里有了平仄增减的变化，仄变平是平增仄减，平变仄是平减仄增。这样像是关系也不大，可是有不少古人，大概是感到遗憾吧，却喜欢用补救之法，以求对称。补救之法可以分为三类：一类是本句补救，另一类是对句补救，还有一类是本句、对句都补救。举例如下：

本句补救：

| 五言 | 例句 |
| --- | --- |
| (平)仄(仄)平仄 | 花隐掖垣暮 |
| (仄)平(平)仄平 | 暮禽相与还 |

| 七言 | 例句 |
| --- | --- |
| (仄)平(平)仄仄平平 | 二陵风雨自东来 |
| (平)仄(仄)平平仄仄 | 鸿雁不堪愁里听 |

对句补救：

| 五言 | 例句 |
| --- | --- |
| (仄)平平仄仄 | 不堪盈手赠 |
| (平)仄仄平平 | 还寝梦佳期 |

| 七言 | 例句 |
| --- | --- |
| (仄)平仄仄平平仄 | 出师未捷身先死 |
| (平)仄平平仄仄平 | 长使英雄泪满襟 |
| 仄仄(仄)平平仄仄 | 昔日戏言身后意 |
| 平平(平)仄仄平平 | 今朝皆到眼前来 |

本句、对句都补救：

| 五言 | 例句 |
| --- | --- |
| (平)仄(仄)平仄 | 行到水穷处 |
| (仄)平(平)仄平 | 坐看云起时 |

| 七言 | 例句 |
| --- | --- |
| (平)仄(仄)平平仄仄 | 金阙晓钟开万户 |
| (仄)平(平)仄仄平平 | 玉阶仙仗拥千官 |

## 二、特许犯规的平平仄平仄

来由不清楚，可能是为了取得先缓后急或先弛后张的效果，昔人的诗作，有不少单数句，平平平仄仄的格式改为平平仄平仄的格式。如：

| 五言 | 例句 |
| --- | --- |
| 平平(仄)(平)仄 | 遥怜故园菊 |
| | 红颜弃轩冕 |
| | 仍怜故乡水 |
| | 溪花与禅意 |

| 七言 | 例句 |
| --- | --- |
| 仄仄平平(仄)(平)仄 | 我寄愁心与明月 |
| | 直道相思了无益 |
| | 庾信平生最萧瑟 |
| | 正是清和好时节 |

还有一首律诗中用两次的，如五言：

白玉仙台古，丹丘别望遥。
山川乱云日，楼榭入烟霄。
鹤舞千年树，虹飞百尺桥。
还逢赤松子，天路坐相邀。

（陈子昂《春日登九华观》）

七言：

重阳独酌杯中酒，抱病起登江上台。
竹叶于人既无分，菊花从此不须开。
殊方日落玄猿哭，旧国霜前白雁来。
弟妹萧条各何在？干戈衰谢两相催。

（杜甫《九日》）

一首内一再用，表示有偏爱。一次用，多数是仄起五绝五律、平起七绝七律的倒数第二句，原因也许是要收场了，更愿意加重抑扬一下。（五律平起不入韵的第一句也习用这种格式。）

## 三、第一句用邻韵

近体诗押韵限制严，即一首诗里，韵字要用属于一韵的，否则算出韵，不合格律。可是第一句例外，可以仿古体诗，用邻韵（音相近的，如一东与二冬，四支与五微、八齐，等等，以后还要谈到）的字。如：

打起黄莺儿，莫教枝上啼。
啼时惊妾梦，不得到辽西。

（金昌绪《春怨》）

这首五绝押八齐韵，第一句韵字用了四支韵的“儿”。

清明时节雨纷纷，路上行人欲断魂。
借问酒家何处有？牧童遥指杏花村。

（杜牧《清明》）

这首七绝押十三元韵，第一句韵字用了十二文韵的“纷”。

犬吠水声中，桃花带露浓。
树深时见鹿，溪午不闻钟。
野竹分青霭，飞泉挂碧峰。
无人知所去，愁倚两三松。

（李白《访戴天山道士不遇》）

这首五律押二冬韵，第一句韵字用了一东韵的“中”。

手风慵展八行书，眼暗休寻九局图。
窗里日光飞野马，案头�管长蒲卢。
谋身拙为安蛇足，报国危曾捋虎须。
举世可能无默识，未知谁拟试齐竽。

（韩偓《安贫》）

这首七律押七虞韵，第一句韵字用了六鱼韵的“书”。

许用邻韵是解放，会使作者获得一些方便。但古人作近体诗，像是也有缠小脚之类的心理：一是乐得受拘束，所以利用这种方便的不多；二是限定第一句（也许因为第一句可以不入韵，所以无妨将就？）没有推而广之，像鲁迅“惯于长夜过春时”那一首，押四支韵（韵字为时、丝、旗、诗、衣），最后一句韵字用了五微韵的“衣”，古人是很少这样的。

## 四、失粘

粘的格律，与“对”相比，拘束力像是宽松一些，若然，就无妨也看作一种小范围的变通。唐朝早期，甚至盛唐，诗作还间或有失粘的。如：

自君之出矣，不复理残机。
思君如满月，夜夜减清辉。

（张九龄《自君之出矣》）

第二句仄起，第三句平起了。

渭城朝雨浥清尘，客舍青青柳色新。
劝君更进一杯酒，西出阳关无故人。

（王维《送元二使安西》）

第二句仄起，第三句平起了。

田家无四邻，独坐一园春。
莺啼非远树，鱼戏不惊纶。
山水弹琴尽，风花酌酒频。
年华已可乐，高兴复留人。

（卢照邻《春晚山庄率题》）

第二句仄起，第三句平起了。

摇落深知宋玉悲，风流儒雅亦吾师。
怅望千秋一洒泪，萧条异代不同时。

江山故宅空文藻，云雨荒台岂梦思。
最是楚宫俱泯灭，舟人指点到今疑。

（杜甫《咏怀古迹五首》之二）

第二句平起，第三句仄起了。

失粘还有不止一次的，如：

金天方肃杀，白露始专征。
王师非乐战，之子慎佳兵。
海气侵南部，边风扫北平。
莫卖卢龙塞，归邀麟阁名。

（陈子昂《送别崔著作东征》）

第二句仄起，第三句平起了；第六句平起，第七句仄起了。

桃源一向绝风尘，柳市南头访隐沦。
到门不敢题凡鸟，看竹何须问主人。
城上青山如屋里，东家流水入西邻。
闭户著书多岁月，种松皆老作龙鳞。

（王维《春日与裴迪过新昌里访吕逸人不遇》）

第二句仄起，第三句平起了；第六句平起，第七句仄起了。唐朝早期，律诗失粘还有多于两次的，因为少见，不再举例。

与上面三种变通相比，这失粘的变通牌号不那么正大，绝大多数人从严，还是视为违反格律，所以尽力避免。也就因此，我们仿作，求四平八稳，还是“吾从众”，也尽力避免为好。

# 拗字拗体

拗，意思是别扭，不顺。就近体诗说，合格律是声音顺，不合格律是声音不顺。“合”的意义需要明确，如下面一些诗句：

| | |
|---|---|
| （1）平平仄仄平 | 行舟绿水前 |
| （2）仄仄平平仄仄平 | 不尽长江滚滚来 |
| （3）(平)仄平平仄 | 长篁迎风早 |
| （4）平平(平)仄平平仄 | 青枫江上秋帆远 |
| （5）平平(仄)仄仄 | 浮云一别后 |
| （6）仄仄平平(平)仄平 | 昨夜微霜初度河 |
| （7）平平(仄)(平)仄 | 还将两行泪 |
| （8）仄仄平平(仄)(平)仄 | 苦恨年年压金线 |
| （9）仄仄平(仄)仄 | 远送从此别 |
| （10）平平仄仄平(仄)仄 | 阶前短草泥不乱 |

（1）（2）算合没有问题。（9）（10）关键的双数字应平而仄，算不合没有问题。（3）（4）是一三五不论之类，不只大家都习以为常，而

且承认可以不论，说是不合（拗），显然违反了法不责众的原则，所以本书把它归入变通一类，就是不算拗。同理，(7)(8) 都是变平仄仄为仄平仄，动了关键的双数字，可是一，为诗人所偏爱，经常用，也当适用法不责众的原则；二，平仄变仄平，无妨看作本句补救，所以本书也把它归入变通一类，也就是不算拗。这样，剩下的只有（5）(6)，五言动了第三字，七言动了第五字，算合还是算不合，不好办。算不合，等于使三五升格，同于二四六；何况昔人诗作中并不是绝无仅有。算合呢？困难有二：一，念起来确是有些别扭；二，与平平仄平仄的格式相比，数量小多了。数量小，我的体会，是来于作者有意避免。万不得已，躲不开，有的人，如杜甫，还用力补救，如：

落日放船好
轻风生浪迟
映阶碧草自春色
隔叶黄鹂空好音

都是上句应平而仄，下句应仄而平。这样，考虑到其一念着不好听，其二大手笔求避免，还可以加上个其三，作诗是雕龙之类的事，总以尽力求完美为是，所以对付这个骑墙派，我倾向于把它看作不合，就是推向拗那一边。

拗字与拗体间也有分界问题，但不难解决。可以眼向外，看拗字多少：非拗体，拗字的量总是不大；拗体就不然，而是连续地大量地出现。还可以眼向内，看是不是故意这样：非拗体，偶尔拗一下，一般是还想补救（拗救）；故意作拗体就不然，因为用意要这个别扭劲儿，当然就不补救了。

以下先说拗字，主要有这样几种。

一、五言第三字拗，不补救。如：

年华已可乐
高兴复留人
巴国山川尽
荆门烟雾开

二、五言第三字拗，补救。如：

古戍落黄叶
浩然离故关
时有落花至
远随流水香

三、七言第五字拗，不补救。如：

朝罢须裁五色诏
珮声归到凤池头
吴宫花草埋幽径
晋代衣冠成古丘

四、七言第五字拗，补救。如：

晴川历历汉阳树
芳草萋萋鹦鹉洲
草色全经细雨后
花枝欲动春风寒

五、五言双数字拗，不补救。如：

雨洗山木湿
鸦鸣池馆清
落日池上酌
清风松下来

六、五言双数字拗，补救。如：

中岁颇好道
晚家南山陲
幽映每白日
清辉照衣裳

七、七言双数字拗，不补救。如：

横江馆前津吏迎
向余东指海云生
招贤已从商山老
托乘还征邺下才

八、七言双数字拗，补救。如：

南渡桂水阙舟楫
北归秦川多鼓鼙
扶桑西枝对断石
弱水东影随长流

以上只举有代表性的例，意在求简明，其余可以类推。其余指多种变化，难于列举，也不值得列举。这是因为作者很多，人人有自己的脾气，或者由于一时发神经，或者由于一时不检点，还可能由于传抄有误，于是同是近体诗，有时候就出现远离常规的句子。以五言律诗为例，连用四仄的句子并不罕见，甚至连用五仄的句子也有一些。如：

平仄仄仄仄

人事有代谢

高阁客竟去

吾爱太乙子

仄仄仄仄仄

士有不得志

致此自避远

向晚意不适

此外，所谓拗救，还可以扩大到同位置的对面之外，如王力先生《诗词格律》举"野火烧不尽，春风吹又生"为例，说上句第四字应平而仄，所以下句用第三字应仄而平来救，这样，治病的处方就多而且复杂了。因为初学仿作，不必这样多找麻烦，所以不说了。

以下说拗体。拗字，是用某字，音与义不能协调的时候，难得两全，音向义让了步。这是不得已，推想心情是会感到遗憾的。拗体就不然，而是循规蹈矩惯了，感到烦腻，故意胡来一下。循规蹈矩，胡来，是相反的两种作为，可是人有时候就难免发发怪脾气，偏偏愿意把这看来难于共处的情趣都放在心里，像对待香菇和臭豆腐一样，使之都上桌面。这样的近于诛心的解释，可以请诗圣杜甫出来做证，他是自负为“诗律细”的，可是偏偏喜欢作拗体的七律。下面两首是很多人都熟悉的。

爱汝玉山草堂静，高秋爽气相鲜新。
有时自发钟磬响，落日更见渔樵人。
盘剥白鸦谷口栗，饭煮青泥坊底芹。
何为西庄王给事，柴门空闭锁松筠。

（《崔氏东山草堂》）

掖垣竹埤梧十寻，洞门对霤常阴阴。
落花游丝白日静，鸣鸠乳燕青春深。
腐儒衰晚谬通籍，退食迟回违寸心。
衮职曾无一字补，许身愧比双南金。

（《题省中院壁》）

前一首是七律（4）型（第一句仄起不入韵），句句有拗字，末尾连三平两见（相鲜新，渔樵人），尤其第四句，平仄情况是仄仄仄仄平平平，显然是故意找别扭。后一首可以推定为七律（2）型（第一句平起入韵），也是句句有拗字，末尾连三平三见（常阴阴，青春深，双南金），前面五句连续平起，显然也是故意找别扭。这样不合近体诗格律，为什么不称为古体诗？因为用的还是律诗的架子；而且，古体诗虽然在押韵和调平仄方面限制较少，像拗体这样故意别扭的还是没有的。

七言律诗还有半拗体半合律的，如：

昔人已乘黄鹤去，此地空余黄鹤楼。
黄鹤一去不复返，白云千载空悠悠。
晴川历历汉阳树，芳草萋萋鹦鹉洲。
日暮乡关何处是？烟波江上使人愁。

（崔颢《黄鹤楼》）

八月九月芦花飞，南溪老人垂钓归。
秋山入帘翠滴滴，野艇倚槛云依依。
却把渔竿寻小径，闲梳鹤发对斜晖。
翻嫌四皓曾多事，出为储皇定是非。

（张志和《渔父》）

都是前半跳出格律，后半走入格律。

作拗体诗，一般是用七律。间或有用其他体的，如：

道士夜诵蕊珠经，白鹤下绕香烟听。
夜移经尽人上鹤，仙风吹入秋冥冥。

（鲍溶《寄峨嵋山杨炼师》）

这首诗可以是七绝（1）型（第一句仄起入韵），也可以是七绝（2）型（第一句平起入韵），如果是前者，加点的字拗；如果是后者，加圈的字拗。

近体诗拗的情况大致就是这样，介绍它，目的是：一，既然有这么回事，就应该知道是怎么回事；二，准备万不得已，如拗字，也来一下，知道不是自我作古，心里可以安然些；三，知道拗体是故意找别扭，有如游山之倒骑驴，虽然可以获得一时的飘飘然，终归不是常事。我的想法，连拗字在内，还是能避免最好避免。即如“救”的理论和办法，我同意启功先生的看法，一个字的音错了，用再错一个的办法是不能救的，只能说是“陪”。所以上好的办法还是不错。这有时候相当难，但动动脑筋，也未尝不可以妙手偶得之。

# 押韵

近体诗押韵，要求严格，花样却不多。总的情况大致是这样：

一、用平水韵，隔句押，几乎都用平声韵。

二、一首诗，韵字限定用同一韵的，邻近的韵，如东、冬，江、阳，等等，也不得通用，否则算出韵（也称落韵）；只有第一句可以通融，偶尔用邻韵。

三、双数句尾字必入韵；单数句尾字不入韵，只有第一句可以灵活：五言以不入韵为常，七言以入韵为常。

四、押平声韵，除第一句入韵的以外，单数句尾字必用仄声，与平声韵字对称。

五、一首诗的韵字：五绝通常用两个，少数用三个，七绝通常用三个，少数用两个；五律通常用四个，少数用五个，七律通常用五个，少数用四个。韵字不许重复（连续用同一字名独木桥体，不足为训），除非意义不同。

六、两句称为一韵，如用五个韵字的律诗，仍然称为四韵。

七、单数句和其下的双数句合为一联，单数句称为出句，双数句称为对句（尾字入韵）。

八、绝句两联，称为首联、尾联，或第一联、第二联；律诗四联，称为首联、颔联、颈联、尾联，或第一联、第二联、第三联、第四联。

九、上下联都要求平仄相对（容许小的变通）。有的联还要求或可以意义相对（对偶），情况复杂，留到后面专题谈。

作近体诗选韵，先要知道平水韵、平声韵的情况。下面是《佩文诗韵》平声韵的排列以及各韵包括的字数：

| | |
|---|---|
| 上平声 | |
| 一东 | 东、同、铜、桐等174字 |
| 二冬 | 冬、农、宗、钟等120字 |
| 三江 | 江、杠、矼、釭等51字 |
| 四支 | 支、枝、移、为等464字 |
| 五微 | 微、薇、晖、辉等72字 |
| 六鱼 | 鱼、渔、初、书等123字 |
| 七虞 | 虞、愚、娱、隅等305字 |
| 八齐 | 齐、挤、脐、黎等133字 |
| 九佳 | 佳、街、鞋、牌等55字 |
| 十灰 | 灰、恢、魁、隈等111字 |
| 十一真 | 真、因、茵、辛等171字 |

| | |
|---|---|
| 十二文 | 文、闻、纹、蚊等97字 |
| 十三元 | 元、原、源、鼋等161字 |
| 十四寒 | 寒、韩、翰、丹等123字 |
| 十五删 | 删、潸、关、瘝等64字 |

下平声

| | |
|---|---|
| 一先 | 先、前、千、阡等235字 |
| 二萧 | 萧、箫、挑、貂等183字 |
| 三肴 | 肴、巢、交、郊等107字 |
| 四豪 | 豪、毫、操、绦等110字 |
| 五歌 | 歌、多、罗、河等115字 |
| 六麻 | 麻、花、霞、家等167字 |
| 七阳 | 阳、杨、扬、香等270字 |
| 八庚 | 庚、更、羹、粳等190字 |
| 九青 | 青、经、泾、形等90字 |
| 十蒸 | 蒸、烝、承、丞等114字 |
| 十一尤 | 尤、邮、优、忧等247字 |
| 十二侵 | 侵、寻、浔、林等70字 |
| 十三覃 | 覃、潭、谭、骦等96字 |
| 十四盐 | 盐、檐、廉、帘等86字 |
| 十五咸 | 咸、鹹、函、缄等41字 |

各韵包括的字，数量有多少的分别，意义有常用、不常用的分别，两种分别相加，就必致对作诗选韵有或大或小的影响。

以包括字数多少、意义常用与否为标准，或说以便于用、不便于用为标准，王力先生《汉语诗律学》把平声韵三十种分为四类：

一、宽韵——包括四支、一先、七阳、八庚，十一尤、一东、十一真、七虞共八韵，作诗用这些韵，有较多的韵字可用。

二、中韵——包括十三元、十四寒、六鱼、二萧、十二侵、二冬、十灰、八齐、五歌、六麻、四豪共十一韵，作诗用这些韵，有次多的韵字可用。

三、窄韵——包括五微、十二文、十五删、九青、十蒸、十三覃、十四盐共七韵，作诗用这些韵，有较少的韵字可用。

四、险韵——包括三江、九佳、三肴、十五咸共四韵，作诗用这些韵，有更少的字可用。

显然，泛泛说，有诗的情意，想用近体诗的形式表达，选韵，用宽韵比较容易，因为有较多的字供周转；其反面的险韵，可用的字不多，周转就难了。

但这是“泛泛说”；作诗选韵，还要考虑其他条件，计有下列这些。

一种，来于声音与情调有关系。如七阳与五微相比，七阳显得豪放开朗，五微显得委婉沉郁，如果情意恰好是委婉沉郁的，那就宜于选用窄韵的五微而不用宽韵的七阳。

另一种，有些字，如六麻的家、花、斜，五微的衣、归、飞，十二文的云、裙、君，十五删的山、关、还，像是与诗的情意有较密切的关系，作诗常常要用，也好用，因而选韵，虽然不是宽韵，也有相当多的被选用的机会。

再一种，是情意限定了用某词语，而某词语又恰好宜于用在双数句的末尾，这就等于选韵之前已经限定了韵字，也就限定了韵，因而就不再有选择的自由。可以凭推想或假设，举两个例。如李白《夜泊牛渚怀古》五律，第四句“空忆谢将军”是警句，很可能是先得的；如果是这样，那“军”字就限定了必须押十二文韵，所以其余三个韵字用了云、闻和纷。又如杜甫《蜀相》七律，末句“长使英雄泪满襟”是警句，很可能是先得的；如果是这样，那“襟”字就限定了必须押十二侵韵，所以其余四个韵字用了寻、森、音和心。

还有一种，或说两种，是别人限定了用某韵，自己也就不再有选韵的自由。这有两种情况。一种是作试帖诗（五言六韵或五言八韵），如诗题是“赋得青云羡鸟飞，得青字”，这就限定了用九青韵，而且其中一个韵字要是“青”。（几个人聚会，分韵作诗，也属于此类。）另一种是作和诗（次韵或步韵），比如原作是七律，五个韵字依次是门、村、痕、魂和存，这就不只限定了要用十三元韵，而且限定了要同样用那五个韵字，连次序也不许变。此外，联句，写第一个双数句的，尾字用了哪一个字，也就限定了用哪一个韵。

此外，有的人作诗，有时还故意用险韵僻字，如三江的釭、降、泷、腔之类，以显示自己在高难动作中能够应付裕如。这不是作诗的正路，以避免为是。

上面说，作近体诗，韵字限定用同一韵的，否则算出韵。出韵是犯规。这会引来两个问题：一是这种规定，过去对不对；二是这种规定，现在对不对。两个问题都不简单，也就难于用简单的是或否来一言定案。

先说过去，唐宋时期韵分得细，二百以上，想来是有语音根据的。作诗，耳朵可以或惯于满足于差不多，于是官家也同意放宽，用“同用”的办法合并，韵部几乎减少了一半。就是这一半，如果用差不多的原则扩张，也未尝不可以再放宽，也就是再合并，如古体诗就是这样，东、冬，江、阳，等等，都同用了。宽好呢，还是严好呢？主张宽的会以自由、方便为理由，主张严的会以声音完美为理由，争论必是难解难分。所以也就只好躲开理论，只看事实。事实是，昔人的近体诗作，除第一句以外，出韵的很少。很少，可证是都力求不出韵；但偶尔也会出韵，即如“诗律细”的杜甫，上一篇引的拗体七律《崔氏东山草堂》，韵字用了新、人、芹、�四个，新、人、筠是十一真韵，芹是十二文韵，就出了韵。这是故意还是偶尔不经意？自然只有杜老知道。不过无论如何，用民主的原则推论，出韵的现象既然稀有，我们总可以说，昔人作近体诗，用韵，是同意并惯于严的。

今人呢？不通的除外，理论上同意与否可以不问，实际也是萧规曹随，偏于严的。问题来自理论方面，作诗供今人看，今人听，为什么不可以从今音？这个问题，前面《旧韵新韵》一篇已经谈过。我的看法，或从旧，或从新，不可脚踩两只船，只图方便，如鱼、书通押，东、同通押，从旧，津、阴通押，花、鸭通押，从新，是无论如何也说不过去的。省力而可行之道恐怕只是从旧，然后或偏严或偏宽：偏严是步武昔人，不出韵；偏宽是移古体诗押韵之法于近体诗，扩大同用的范围，如东、冬，江、阳，支、微、齐，等等，就不再划清界限了。

附带说一下，律诗，与韵字相对的仄脚，理论上还有个进一步的要求，是最好也变，就是三个字或四个字不是同一个声调，而是上、去、入都有。如杜甫《蜀相》七律，仄脚是色、计、死三个字，色是入声，计是去声，死是上声，就是仄声三种俱全。不得已而缺其一，也要有两种。只重复一种的不好，还有个病名，曰“上尾”。不过这总是进一步的要求，不能满足也终是小节，与出韵的大节不同。

押韵，尤其近体诗的从严，还有利弊的评价问题，具体说是，押韵的所求是声音的回环美，这回环美的音的形式，能够恰好与内心的情意水乳交融吗？理论上有碰巧的可能，实际上却很少可能。原因是，就表意的语言整体说，情意是细的，语言是粗的，以粗表细，所得只能是大致如此；语言的范围大大缩小，限于一韵，显然，那就取得大致如此的机会也少了。常作诗的人都有这样的经验，有了情意，选了韵，之后是受韵字的限制，不得不修整情意，小的是增减，大的是改变，严重的就成为削足适履。这情况是，由选用韵字方面看是胶柱，由情意方面看是凑合，总之，押韵的结果经常是情意向声音让步。幸而情意别人是看不见的，看，只能借助平平仄仄平的字面，如果胶柱和凑合都自然合拍，没有斧凿痕，也就可以像是水乳交融了。自然，也可以从更乐观的角度看，那是情意经常是飘忽不定的，装到平平仄仄平的形式里，它就变为明朗、质实，如果是这样，那就可以不称为胶柱和凑合，而称为妙手偶得之了。写景的诗句尤其常常是这种情况，如“惟见长江天际流”“霜叶红于二月花”，等等，甚至可以说，是先用平平仄仄平的形式抓住，然后才成为明朗的情意的。

这样说，用押韵的形式表情意，有有利的一面，也有不利的一面。为了好上加好，作诗应该多注意不利的一面，就是求情意向声音让步的量不至于过大。办法是韵要选得合适，仍以买鞋为喻，尺寸合适，就不至于有削足的麻烦，穿上也就可以自己觉得舒适，别人看着美观了。选韵，有时候一次就合意，那当然好。有时候一次不能合意，如韵字与情意合不来，或合用的韵字凑不够数，那就可以换个韵试试。作诗是闲事，近于自找麻烦，那就应该不怕麻烦，一换再换，一试再试，总可以取得合意或比较合意的效果的。

# 对偶 一

对偶的情况比较复杂：有外部的安排，这篇谈；有内部的讲究或花样，下一篇谈。

对偶，或称对仗，近体诗里常见。它有深一层的根，是汉字单音节；而且有声调，可以分为平仄两类。这样，譬如甲乙对话，甲说乙懒散，是守株待兔，乙承认，而且说更甚，是缘木求鱼，这就碰巧形成对偶，因为都是四个音节，而且平仄情况是仄平仄仄对平仄平平。字有意义，如果相对的字意义也相对，那就两方像是更紧密地并坐在一起，成为锦上添花。意义怎么样算作相对？我们的祖先喜欢成双或对称，如大的明堂，小的四合院，再小的一对上马石，一对太师椅，等等，都是用同类的两个相配。语言的意义相对也是这样，没有走实字对虚字以及名词对动词等的路，而是要求实对实，虚对虚，名对名，动对动，甚至再近，名的鸟对鸟，兽对兽，等等，总之是类越近越好。这样，单音节数目相同，声调平仄两类，再加上其三，意义非一而相类，就形成对偶的三个条件。其实就实行说，只是两个条件，因为单音节和数目有普遍性，不必记；需要拼凑的只是：一，声音要平仄相对；二，意义要同类相对。如守株待兔对缘木求鱼，从两个方面衡量就都合格，声音，上面已经说过，意义呢，是动名动名对动名动名，都一点不含糊。以上是说对偶的深根。还有浅一层的根，是我们的祖先喜欢骈体，并且至晚由汉魏之际起，骈体形成并随着时间的下移而发扬光大。发扬光大的主要表现是扩张。小的是在内部，如一篇文章，本来可以骈散交错，却渐渐变为通篇骈四俪六。大的是向外部，即侵入其他文体。这其他文体里当然要有诗。诗里用对偶的历史，可以远溯到《诗经》，如“昔我往矣，杨柳依依；今我来思，雨雪霏霏”之类，但那不是用力拼凑。魏晋以来，主观方面是渐渐变无意为有意，客观方面是渐渐变少用为多用，不工整为工整，到初唐以后格律定型时期，对偶就成为格律诗的重要组成部分。说重要，不说必要，因为不同的体有不同的要求；就是要求迫切的，也还容许有这样那样的灵活性。以下举例说说近体诗中使用对偶的常情和灵活性。

先说绝句。

五绝的绝大多数是两联都不对偶。如：

白发三千丈，缘愁似个长。
不知明镜里，何处得（读仄声）秋霜。

（李白《秋浦歌》）

林暗草惊风，将军夜引弓。

平明寻白（读bò）羽，没在石（读仄声）棱中。

（卢纶《塞下曲》）

因为五绝第一句以不入韵为常，容易对偶，第一联对偶的也颇有一些。如：

功盖三分国（读仄声），名成八（读仄声）阵图。

江流石不转，遗恨失（读仄声）吞吴。

（杜甫《八阵图》）

日暮苍山远，天寒白（读bò）屋贫。

柴门闻犬吠，风雪夜归人。

（刘长卿《逢雪宿芙蓉山主人》）

还有少数前一联不对偶，后一联对偶。如：

移舟泊（读仄声）烟渚，日暮客愁新。

野旷天低树，江清月近人。

（孟浩然《宿建德江》）

还有一些，前后两联都对偶，显然是来于故意拼凑。如：

白日依山尽，黄河入海流。
欲穷千里目，更上一（读仄声）层楼。

（王之涣《登鹳雀楼》）

胡风千里惊，汉月五更明。
纵有还家梦，犹闻出（读仄声）塞声。

（令狐楚《从军行》）

七绝的绝大多数也是两联都不对偶。如：

春城无处不飞花，寒食（读仄声）东风御柳斜。
日暮汉宫传蜡烛（读仄声），轻烟散入五侯家。

（韩翃《寒食》）

曲江院里题名处，十九人中最少年。
今日春光君不见，杏花零落寺门前。

（张籍《哭孟寂》）

七绝第一句以入韵为常，出句入韵，对偶不能完全满足平仄相对的要求（尾字都是平声），所以前一联对偶的比五绝少。前一联对偶，大多是第一句不入韵的。如：

岐王宅里寻常见，崔九堂前几度闻。

正是江南好风景，落花时节（读仄声）又逢君。

（杜甫《江南逢李龟年》）

回乐峰前沙似雪，受降城上月如霜。

不知何处吹芦管，一夜征人尽望乡。

（李益《夜上受降城闻笛》）

间或也有第一句入韵而对偶的。如：

朱雀桥边野草花，乌衣巷口夕阳斜。

旧时王谢堂前燕，飞入寻常百姓家。

（刘禹锡《乌衣巷》）

偶尔还有第一联不对偶、第二联对偶的，数量不多。如：

年少辞家从冠军，金鞍宝剑去邀勋。

不知马骨伤寒水，唯见龙城起暮云。

（王涯《塞下曲》）

还有一些，两联都对偶，显然也是来于故意拼凑。如：

两个黄鹂鸣翠柳，一行白鹭上青天。

窗含西岭千秋雪，门泊（读仄声）东吴万里船。

（杜甫《绝句》）

岁岁金河复玉关，朝朝马策与刀环。

三春白雪归青冢，万里黄河绕黑（读hè）山。

（柳中庸《征人怨》）

再说律诗。

律诗的常态是中间两联对偶。五律自然也是这样。如：

故人具鸡黍，邀我至田家。

绿树村边合（读仄声），青山郭（读仄声）外斜。

开轩面场圃，把酒话桑麻。

待到重阳日，还来就菊（读仄声）花。

（孟浩然《过故人庄》）

独有宦游人，偏惊物候新。

云霞出海曙，梅柳渡江春。

淑气催黄鸟，晴光转绿蘋。

忽闻歌古调，归思（读仄声）欲沾巾。

（杜审言《和晋陵陆丞早春游望》）

因为五言第一句以不入韵为常，仄脚与对句平脚容易对偶，五律首联对偶的几乎与不对偶的可以平分天下。如：

客路青山下，行舟绿水前。
潮平两岸阔，风正一（读仄声）帆悬。
海日生残夜，江春入旧年。
乡书何处达（读仄声），归雁洛阳边。

（王湾《次北固山下》）

国破山河在，城春草木深。
感时花溅泪，恨别（读仄声）鸟惊心。
烽火连三月，家书抵万金。
白头搔更短，浑欲不胜（读平声）簪。

（杜甫《春望》）

五律首联对偶就成为第一、二、三联都对偶。一首三联对偶，还有第一联不对的，数量很少。如：

僻巷邻家少，茅檐喜并居。
蒸梨常共灶，浇薤亦同渠。
传屐（读仄声）朝寻药，分灯夜读（读仄声）书。
虽然在城市，还得（读仄声）似樵渔。

（于鹄《题邻居》）

一首两联对偶，有第一联对偶、第二联不对偶的，旧名偷春（意思是移前）格。如：

彭泽（读仄声）先生柳，山阴道士鹅。
我来从所好，停策汉阴多。
重以观鱼乐，因之鼓枻歌。
崔徐迹未朽，千载揖（读仄声）清波。

（孟浩然《寻梅道士》）

城阙辅三秦，风烟望五津。
与君离别（读仄声）意，同是宦游人。
海内存知己，天涯若比邻。
无为在歧路，儿女共沾巾。

（王勃《送杜少府之任蜀川》）

偶尔还有一首只一联对偶的，几乎都在第三联。如：

人事有代谢，往来成古今。
江山留胜迹（读仄声），我辈复登临。
水落鱼梁浅，天寒梦泽（读仄声）深。
羊公碑尚在，读罢泪沾襟。

（孟浩然《与诸子登岘山》）

还有一路散行，四联都不对偶的。如：

牛渚西江夜，青天无片云。
登舟望秋月，空忆谢将军。
余亦能高咏，斯人不可闻。
明朝挂帆去，枫叶落纷纷。

（李白《夜泊牛渚怀古》）

移家虽带郭（读仄声），野径入桑麻。
近种篱边菊（读仄声），秋来未着（读仄声）花。
扣门无犬吠，欲去问西家。
报道山中去，归来每日斜。

（皎然《寻陆鸿渐不遇》）

再说七律，也是以中间两联对偶为常。如：

闻道长安似弈棋，百年世事不胜（读平声）悲。
王侯第宅（读仄声）皆新主，文武衣冠异昔（读仄声）时。
直北关山金鼓振，征西车马羽书驰。
鱼龙寂寞秋江冷，故国（读仄声）平居有所思。

（杜甫《秋兴八首》之一）

重帷深下莫愁堂，卧后清宵细细长。

神女生涯原是梦，小姑居处本无郎。

风波不信菱枝弱，月露谁教（读平声）桂叶香。

直道相思了无益，未妨惆怅是清狂。

（李商隐《无题》）

七律也有三联对偶的，多数是第一、二、三联，第一句不入韵的。如：

渭水自萦秦塞曲，黄山旧绕汉宫斜。

銮舆迥出（读仄声）千门柳，阁道回看（读平声）上苑花。

云里帝城双凤阙，雨中春树万人家。

为乘阳气行时令，不是宸游玩（读仄声）物华。

（王维《奉和圣制从蓬莱向兴庆阁道中留春雨中春望之作应制》）

洛城一别（读仄声）四千里，胡骑（读jì）长驱五六年。

草木变衰行剑外，兵戈阻绝（读仄声）老江边。

思家步月清宵立，忆弟看云白（读bò）日眠。

闻道河阳近乘胜，司徒急为破幽燕。

（杜甫《恨别》）

间或有第一句入韵，第一、二、三联对偶的。如：

吴郡鱼书下紫宸，长安厩吏送朱轮。

二南风化承遗爱，八咏声名蹑后尘。

梁氏夫妻为寄客，陆家兄弟是州民。

江城春日追随处，共忆东归旧主人。

（刘禹锡《赴苏州酬别乐天》）

三联对偶，还有第一联不对偶的，为数不多。如：

剑外忽传收蓟北，初闻涕泪满衣裳。

却看（读平声）妻子愁何在，漫卷诗书喜欲狂。

白日放歌须纵酒，青春作伴好还乡。

即从巴峡（读仄声，下同）穿巫峡，便下襄阳向洛阳。

（杜甫《闻官军收河南河北》）

七律也有四联都对偶的，如：

岁暮阴阳催短景，天涯霜雪霁寒宵。

五更鼓角声悲壮，三峡（读仄声）星河影动摇。

野哭（读仄声）千家闻战伐（读仄声），夷歌几处起渔樵。

卧龙跃马终黄土，人事音书漫寂寥。

（杜甫《阁夜》）

玉楼银榜枕严城，翠盖红旂列禁营。
日映层岩图画色，风摇杂树管弦声。
水边重阁（读仄声）含飞动，云里孤峰类削（读仄声）成。
幸睹八龙游阆（读仄声）苑，无劳万里访蓬瀛。

（宗楚客《奉和幸安乐公主山庄应制》）

与五律相比，七律与对偶的关系更密切，或者说，对于对偶有更多的依赖性。因此，除了故意别扭的拗体之外，少接近对偶甚至扔开对偶的现象就几乎没有。勉强找，只有半古半律的少数，一首只一联对偶，而且总是在颈联。如：

昔人已乘黄鹤去，此地空余黄鹤楼。
黄鹤一去不复返，白云千载空悠悠。
晴川历历汉阳树，芳草萋萋鹦鹉洲。
日暮乡关何处是？烟波江上使人愁。

（崔颢《黄鹤楼》）

鹦鹉来过吴江水，江上洲传鹦鹉名。
鹦鹉西飞陇山去，芳洲之树何青青。
烟开兰叶香风暖，岸夹（读仄声）桃花锦浪生。
迁客此时徒极（读仄声）目，长洲孤月向谁明。

（李白《鹦鹉洲》）

近体诗使用对偶的情况大致就是以上说的那样，以下总的说几句。作诗用对偶，性质是以装饰求美，有如妇女昔日之穿绣鞋，今日之穿高跟，不惜费力，还要牺牲或多或少的自由。但是生而为人，美（即使是主观的）总是难于割舍的，于是，虽然要费力并牺牲一些自由，也终于众志成城，用对偶就成为定例。不照定例用，甚至不用，是有意放一下，不衫不履，性质与作拗体相同，终归是可偶尔而不可经常的事。不可经常而出现，在有些人的眼里就像是异道，甚至不好。这不好的感觉也未尝不可以找到客观的理由。一种是意义方面的，如“空闻虎旅鸣宵柝，无复鸡人报晓筹”，以作战为喻，是两面夹攻，所以力量就大得多。另一种是美感方面的，如“香雾云鬟湿（读仄声），清辉玉臂寒”，用散行文字写，效果就会差一些，因为减少了对称性。也许就是因为对偶有可取的一面，所以昔人作诗，不只爱不忍释，还在它身上大费心思，以求天外有天，好上加好。所有这类花样，留到下一篇谈。

这里还有个小问题是，今日仿作对偶方面是不是也要萧规曹随。所谓随，是照通例作，如律诗就中间两联用对偶，绝句就可用可不用。我的意见，还是以仍旧贯为上策，因为仿作，所仿是旧诗，作旧诗，在像旧诗与不像旧诗之间选择，竟选了后者，是可笑甚至荒唐的。

# 对偶 二

作诗是闲事（意思是不如此照样能活下去），作诗用对偶是闲事中的闲事。不过人有生就天赋一些或不少怪脾气，如颜真卿有《乞米帖》，是忙事，用字不多，陶渊明有《闲情赋》，是闲事，单是述所愿，就由“在衣而为领”到“在木而为桐”，累积了十项，这就可证，至少是有时候，越是闲事就越肯用心思。作诗用对偶也是这样，因为是闲事，昔人在这方面就费了大量的心思。结果就制造了很多讲究，或说花样。单说分类，《诗人玉屑》卷七“属对”条引《诗苑类格》说：

唐上官仪曰，诗有六对：一曰正名对，天地日月是也；二曰同类对，花叶草芽是也；三曰连珠对，萧萧赫赫是也；四曰双声对，黄槐绿柳是也；五曰迭韵对，彷徨放旷是也；六曰双拟对，春树秋池是也。又曰，诗有八对：一曰的名对，送酒东南去，迎琴西北来是也；二曰异类对，风织（读仄声）池间树，虫穿草上文是也；三曰双声对，秋露香佳菊（读仄声），春风馥丽兰是也（案指后二字）；四曰迭韵对，放荡千般意，迁延一（读仄声）介心是也（案指前二字）；五曰联绵对，残河若带，初月如眉是也（据《文镜秘府论》，第二、三字重为联绵，疑当作“残河河若带，初月月如眉”）；六曰双拟对，议月眉欺月，论花颊（读仄声）胜花是也；七曰回文对，情新因意得（读仄声，下句同），意得逐（读仄声）情新是也；八曰隔句对，相思复相忆，夜夜泪沾衣，空叹复空泣，朝朝君未归是也。

日人遍照金刚著《文镜秘府论》（案为记在唐时所学），东卷专讲对偶，类分得更细，共二十九种：

一曰的名对（亦名正名对，亦名正对）；二曰隔句对；三曰双拟对；四曰联绵对；五曰互成对；六曰异类对；七曰赋体对；八曰双声对；九曰迭韵对；十曰回文对；十一曰意对；十二曰平对；十三曰奇对；十四曰同对；十五曰字对；十六曰声对；十七曰侧对；十八曰邻近对；十九曰交络对；廿曰当句对；廿一曰含境对；廿二曰背体对；廿三曰偏对；廿四曰双虚实对；廿五曰假对；廿六曰切侧对；廿七曰双声侧对；廿八曰迭韵侧对；廿九曰总不对对。

这显然过于琐碎，而且有的不合理，如第廿九的总不对对，指全篇不对偶的，怎么能算“对”的一种呢？更重要的是用处不大而容易搅扰思路，所以宜于扔开不管，只当没有那么回事。应该管的是一些有用的和可能用到的，以下由显著而微细，依次说说。

先说对偶的上、中、下三等，或说好、次好、合格三等。分等的标准是相对的词语，意义所属的类的远近。近是属于一小类，好；远是属于一大类，也可以，但差些。以名词“金”为例，与“玉”类近，与“树”类远；以动词“坐”为例，与“行”类近，与“求”类远。对偶用类近的，如“金”对“玉”，“坐”对“行”，就好。为什么？难说，正如耳环两个相同而不异，问为什么就美，也说不清楚。只好接受现实，不问理由，专说分等。由初级说起。为了简明，多举名词为例。如：

烽火连三月
家书抵万金

禁里疏钟官舍晚
省中啼鸟吏人稀

开轩面场圃
把酒话桑麻

田园寥落干戈后
骨肉流离道路中

火与书，月与金，轩与酒，场圃与桑麻，钟与鸟，舍与人，田园与骨肉，干戈与道路，都只是属于名词的大类，或说类不近，所以用来对偶，只是合格而不是很好。这种对偶有个名堂，曰“宽对”。

大类可以分为小类。如王力先生《诗词格律》由对偶的角度看，把词分为名词、形容词、数词（数目字）、颜色词、方位词、动词、副词、虚词、代词共九类；名词品类繁杂，再分为天文、时令、地理、宫室、服饰、器用、植物、动物、天伦、人事、形体共十一类。又如旧时代流行的《诗韵合璧》，其中《词林典腋》把事物分为天文门、时令门、地理门、帝后门、职官门、政治门、礼仪门、音乐门、人伦门、人物门、闺阁门、形体门、文事门、武备门、技艺门、外教门、珍宝门、宫室门、器用门、服饰门、饮食门、菽粟门、布帛门、草木门、花卉门、果品门、飞禽门、走兽门、鳞介门、昆虫门共三十类。这样分，粗细未必合适，也不像分韵那样，有毫不含糊的约束力。但它蕴含一种道德性的约束力，就是：词语可以分成小类，对偶双方最好是属于一小类的；不得已而求其次，也要属于相近的两小类的。何谓近远？如天文与时令、服饰与饮食，近；天文与果品、服饰与飞禽，远。用小类相近的词语对偶是中级，如：

雁度池塘月
山连井邑春

正忆往时严仆射
共迎中使望乡台

一花开楚国
双燕入卢家

立马望云秋塞静
射雕临水晚天晴

月与春是天文对时令，花与燕是花卉对飞禽，楚国与卢家是国名对家名，严仆射与望乡台是人名对地名，马与雕是走兽对飞禽（习惯也看作同类），云与水是天文对地理，塞与天是地理对天文，都是邻近的小类相对，虽不是上好，总可以说是相当好。这也有个名堂，曰“邻对”。

还可以再升一级，那就是小类之内的词语相对，成为上好的对偶。如：

海日生残夜
江春入旧年

身着紫衣趋阙下
口衔丹诏出关东

星临万户动
月傍九霄多

河山北枕秦关险
驿路西连汉畤平

海与江是地理对地理，夜与年是时令对时令，星与月是天文对天文，万与九是数目对数目，身与口是人体对人体，紫与丹是颜色对颜色，阙与关是地理对地理，下与东是方位对方位，河与驿、山与路、关与畤都是地理对地理，北与西是方位对方位，相对的词语都属于一小类，这就像是宝黛结亲，天生的一对，所以成为上好。这也有个名堂，曰“工对”。

工对好，因而人就趋之若鹜。先是用大力学。旧时代还有不少供学习的书，无妨举一两种看看。一种名《声律启蒙》，以平声三十韵为纲，把对偶编成歌诀，以利于记忆。如一东韵是：

云对雨，雪对风，晚照对晴空。来鸿对去燕，宿鸟对鸣虫。三尺剑，六钧弓，岭北对江东。人间清暑殿，天上广寒宫。两岸晓烟杨柳绿，一园春雨杏花红。两鬓风霜途次早行之客，一蓑烟雨溪边晚钓之翁。

沿对革，异对同，白叟对黄童。江风对海雾，牧子对渔翁。颜巷陋，阮途穷，冀北对辽东。池中濯足水，门外打头风。梁帝讲经同泰寺，汉皇置酒未央宫。尘虑萦心懒抚七弦绿绮，霜华满鬓羞看百炼青铜。

贫对富，塞对通，野叟对溪童。鬓皤对眉绿，齿皓对唇红。天皓皓，日融融，佩剑对弯弓。半溪流水绿，千树落花红。野渡燕穿杨柳雨，芳池鱼戏芰荷风。女子眉纤额下现一弯新月，男儿气壮胸中吐万丈长虹。

这是既学对偶，又记诗韵。还有着重学对偶和辞藻（包括典故）的，如上面提到的《词林典腋》，时令门“清明”条收以下这些（为醒目，酌改格式）：

改火——新烟　紫笋——青枫　插柳——试衣　紫燕——黄鹂　游子——啼鹃　冷灶——春城　莺斗巧——蝶飞忙　试新茗——上春台　槐烟散——榆火新　梨淡白——柳深青　泼火晴来——踏青人去　春光旖旎——草色芊眠　见桐花之初放——知柳絮之将绵　试上月灯之阁——仍游芳

树之园　紫笋同茶进——青枫共柳钻　御柳飞花，且诵韩翃之句——杏花沽酒，还吟杜牧之篇　拔河戏旧——淘井泉新

旧时代的读书人，初学要背这些，即用大力学。用力学是收，收足了要放，也是为了放，所以昔人近体诗作中，工对总是随处可见。如：

绿树村边合
青山郭外斜

疏松影落空坛静
细草香生小洞幽

半岭通佳气
中峰绕瑞烟

花迎剑佩星初落
柳拂旌旗露未干

上下联相对的两个字，加点的都是工对。

这股对偶求工整的风，正如其他风气一样，也必是随着时间的绵延而变本加厉。其表现之一是类越分越细，如《词林典腋》分事物为三十类之后还加个“外编”，包括七类：

(1)抬头（旧时代有关皇帝及其祖、圣的词语，行文中用到要转入另一行，向上推一或二或三格，以表示尊敬，有如现代之印黑体）对，如：丹陛——紫宸　凤诰——鸾章　皇极建——帝恩均

(2)颜色对，如：姹紫——嫣红　黄道——紫虚

红粉席——绿纱窗　素以为绚——青出于蓝

(3)数目对，如：二宋——三苏　巨万——大千

三寸舌——九回肠 金钗十二——珠履三千

(4)卦名对，如：出震——乘乾　鸿渐——龙升

寰区泰——年谷丰 坤马行地——乾龙御天

(5)干支对，如：太乙——长庚 子细——辛勤

子午谷——丁卯桥 甲父焚香——丁娘度曲

(6)姓名人物对，如：说项——依刘　燕燕——莺莺

元亮径——子陵台　青衫司马——红杏尚书

(7)虚字对，如：曰若——云何　不落——将离

莫须有——将无同 物犹如此——人亦宜然

显然，如果照这样大分小，小分为更小，那将难于走到尽头。可是昔人作近体诗，虽然不明白说愿意这样细，拿起笔却是决心走这条路。如“孤嶂秦碑在，荒城鲁殿余”是国（或朝代）名对国名，“护羌校尉朝乘障，破虏将军夜渡辽”是官名对官名，“沧海未全归禹贡，蓟门何处尽尧封”是圣王对圣王，“长信月留宁避晓，宜春花满不飞香”是宫苑对宫苑，“楚辞已不饶唐勒，风赋何曾让景差”是书篇对书篇，“制从长庆辞高古，诗到元和体变新”是年号对年号，都是尽力追小类以求工上加工。还有用兼顾法以求工上加工的，如“授符黄石老，学剑白猿翁”是人名对人名，还要兼顾颜色对，“海对羊城阔，

山连象郡高”是地名对地名，还要兼顾走兽对，更可见对于对偶，昔人迷的程度是如何深了。

迷之深加日久天长就形成不少框框，至少是不问理由的习惯。只举最微末的为例，如有对无，古对今，旧对新，去对来，外对中，易对难，自对谁，妇对夫，暮对朝，未对犹，等等，就成为不成文的规定，只要不太难凑，就一定要追求以这样的面目出现。这好不好？难说。不过，如果已经承认工对好，那我们就只能跟着鼓掌。昔人就是跟着鼓掌的。鼓掌是同意，是赞扬。其后当然是照办。

但是，至少是有时候，形式美与意义合不能协调的问题又来了。如苋菜与黄瓜形成对偶，如果苋菜也可以称为紫菜，那就十全十美，可是它偏偏不能称为紫菜，由迷于工对的人看来真是太遗憾了。补救之道有硬汉子的两个办法：一种是干脆放弃工对，另一种是改为别的说法。还有一种补救之道是阿Q的，曰“借对”。所谓借，是利用多义字的另一种意义来混充，如上联第几字用了甲字，下联第几字用了乙字，乙有两种意义，这里用的是第一种，与甲同属一大类，可是第二种意义与甲同属一小类，这就可以利用人的目和耳的错觉，算作工对了。字有形有音，都能表义，所以借对又可以分为“借形”（严格说是既借形又借音）、“借音”（只借音）两种。先说借形的，如：

少年曾任侠
晚节更为儒

回日楼台非甲帐
去时冠剑是丁年

那堪将凤女　　酒债寻常行处有
还以嫁乌孙　　人生七十古来稀

“节”这里是“节操”义，借“节气”义，与“年”形成工对。“乌孙”这里是国名，借“乌鸦”义和“子孙”义，与“凤女”形成工对。“丁”这里是“壮丁”义，借“丙丁”义，与“甲”形成干支对。“寻常”这里是“平常”义，借“八尺为寻、二寻为常”义，与“七十”形成数目对。再说借音的，如：

厨人具鸡黍　　翠黛不须留五马
稚子摘杨梅　　皇恩只许住三年

次第寻书札　　清风掠地秋先到
呼儿检赠诗　　赤日行天午不知

“杨”音同“羊”，借来与“鸡”形成禽兽对。“第”音同“弟”，借来与“儿”形成亲属对。“皇”音同“黄”，借来与“翠（绿色）”形成颜色对。“清”音同“青”，也是借来与“赤”形成颜色对。显然，这都是画饼充饥。可是昔人很喜欢变这种戏法，虽然可有可无，有时候却偏偏喜欢来一下。

还喜欢或更喜欢来一下的是“流水对”。这是上下联一气而下，有如流水，用语法术语说是上下两句合为一句。如：

欲将寒涧树
卖与翠楼人

当君白首同归日
是我青山独往时

不堪玄鬓影
来对白头吟

可怜无定河边骨
犹是春闺梦里人

我的看法，这显得既紧凑又活泼，比借对的花样高明。

以上所举都是属于规矩整齐的。对偶还有散漫的一类，计有两种。一种可以名为“错综对”，如：

禅宫分两地
释子一为心

昔看黄菊与君别
今听玄蝉我却回

不独避霜雪
其如俦侣稀

裙拖六幅湘江水
鬓拥巫山一段云

加点的字与加点的字对偶，加圈的字与加圈的字对偶，可是位置不同。另一种可以名为“意对”，如：

巴蜀愁谁语
吴门兴杳然

卧龙跃马终黄土
人事音书漫寂寥

世人皆欲杀
吾意独怜才

泥上偶然留指爪
鸿飞那复计东西

都是有些字不合对偶条件，可是上下两句的意思对称。律诗的精神是循规蹈矩的，所以这两种野狐坐禅形式的，昔人诗作中并不多见。

对偶的花样，还有上下两联形式之外的。一种是缩小型，如：

虚馆对荒塘<br>
细草绿汀洲<br>
独留青冢向黄昏<br>
不见男婚女嫁时

加点的字在一句里对偶，名“当句对”。

另一种是扩大型，如：

喜近天皇寺，先披古画图<br>
应经帝子渚，同泣舜苍梧

缥缈巫山女，归来七八年<br>
殷勤湘水曲，留在十三弦

第一句与第三句对偶，第二句与第四句对偶，名“隔句对”或“扇面对”。如果说错综对和意对有野狐禅气，这种隔句对就加倍有野狐禅气。

最后说说，对偶究竟与一对太师椅或一对耳环有别，因为对偶的一对不是供观赏的，而是供理会的。理会，内容以多为胜，所以上好的对偶既要词语相对，又要意境若即若离。因为有这种避重复的要求，所以如下面的五言、七言各两联：

明月松间照
清泉石上流

花径不曾缘客扫
蓬门今始为君开

漠漠帆来重
冥冥鸟去迟

估客昼眠知浪静
舟人夜语觉潮生

就显得面目过于相似，不如下面的五言、七言各两联：

江山如有待
花柳更无私

岂有文章惊海内
漫劳车马驻江干

欲寻芳草去
惜与故人违

初行竹里才通马
直到花间始见人

显得委曲多变。这种情况使对偶处于两难的夹谷中，是既要接近（远之则怨），又不宜于太接近（近之则不逊）。幸而这是过高的要求，不管也可以。

还有一种，也来于避复的要求，不能不管，是律诗的中间两联，结构不可用同一个模式，否则算“合掌”。如下面的两例就是：

绣槛临沧渚

牙樯插暮沙

浦云沉断雁

江雨入昏鸦

万里寒光生积雪

三边曙色动危旌

沙场烽火侵胡月

海畔云山拥蓟城

旧时代视合掌为大忌，由诗或扩大为文，从宜于变化的原则看，这禁忌不是没有道理的。

模式是外形的结构，要变，这要求是硬性的。求变的原则还延伸，也管内容，就是中间两联的意思也要变，纵使这要求不是硬性的。如：

吴楚东南坼

乾坤日夜浮

亲朋无一字

老病有孤舟

无边落木萧萧下

不尽长江滚滚来
万里悲秋长作客
百年多病独登台

都是前一联写景，后一联写情。又如：

绿树村边合
青山郭外斜
开轩面场圃
把酒话桑麻

锁衔金兽连环冷
水滴铜龙昼漏长
云髻罢梳还对镜
罗衣欲换更添香

都是前一联写陪衬的环境，后一联写人的活动。变的情况各式各样，所求都是内容丰富，灵活生动。

到此，有关对偶的讲究说了不少。这样不避繁琐，是因为仿作旧诗，难于避开对偶，虽然未必大菜小菜都想尝尝，但是语云：宁可备而不用，不可用而不备。所以还是择要说了。

# 古体诗 一

古体诗，或称古诗，是对近体诗而言，没有近体，其前那些杂七杂八的，都是诗（其中一部分有个专利之名，曰乐府诗），不必称为古。唐代近体形成以后，古诗有范围广狭二义，广是读的，狭是写的。读，由《诗经》起到南北朝，主要为文人所作的五言诗，以及各种标题、各种形式的乐府诗（包括文人仿作），都是古诗。近体形成以后，文人写古诗，虽然名称、形式间或有些花样，大体说，不过是五言、七言（包括少数杂言）两种而已。五言为五言古诗，简称五古；七言为七言古诗，简称七古。无论是所读方面的繁杂，还是所写方面的简化，与近体诗相比，古体诗的句法、押韵等方面都有特点。特点的总的性质是没有严格的规矩，或者说，作者有较多的自由，因而写在纸面上，形式就多种多样。

先说句法。唐宋以来文人仿作古诗，是模仿汉以来流传下来的句式整齐的韵语，那就先说说这类韵语。说汉以来，因为其前的《诗经》过于古，在文人的心目中地位又过于高，没有人有兴趣，或有胆量仿作。说句式整齐的韵语，是因为赋也押韵而句式不整齐，属于文的系统（箴、铭之类或应算作中间派）。称为韵语，不一概称为诗，是因为用现在的眼光看，有些作品不宜于称为诗。如《乐府诗集》分乐府诗为十二类，其中的《郊庙歌辞》《燕射歌辞》《杂歌谣辞》，有不少作品就毫无诗意。如《郊庙歌辞》的晋《飨神歌》：

天祚有晋，其命维新。受终于魏，奄有兆民。燕及皇天，怀柔百神。不（丕）显遗烈，之德之纯。享其玄牡，式用肇禋。神祇来格，福禄是臻。

《燕射歌辞》的晋《正旦大会行礼歌》：

天鉴有晋，世祚圣皇。时齐七政，朝北万方。钟鼓斯震，九宾备礼。正位在朝，穆穆济济。煌煌三辰，实丽于天。君后是象，威仪孔虔。率礼无愆，莫匪迈德。仪刑圣皇，万邦惟则。

《杂歌谣辞》的汉《城中谣》和《晋惠帝永熙中童谣》：

城中好高髻，四方高一尺。城中好广眉，四方且半额。城中好大袖，四方全匹帛。

二月末，三月初，荆笔杨板行诏书，宫中人马几作驴。

都有韵而不表现诗的意境，称为韵语可以，称为诗就像是高抬了。但昔人是习惯于从外貌看的，所以沈德潜编《古诗源》，把这类作品也收在里边。

就是把这类作品清出去，古体诗也仍然是名副其实的杂七杂八。先说名号就多得很，歌、辞、行、引、曲、篇、吟、咏、唱、叹、怨、弄、操等都是。名异，有的由于出身不同，有的由于题材和情调的性质不同，有的由于适用的场合不同，或者兼而有之，总之是杂。近体诗就不同，体是以字数和句数为标准分的，很少，也就用不着另加表示体裁性质的名号。

再说句长短方面的杂。近体诗只有五言、七言两种。古体诗，最常见的是四言句、五言句和七言句。但也有其他形式的。先说字数少的。三言，不只夹杂在诗篇里的常见，还有通篇都是的，如：

> 献岁发，吾将行。春山茂，春日明。园中鸟，多嘉声。梅始发，桃始青。泛舟舻，齐棹惊。奏《采菱》，歌《鹿鸣》。风微起，波微生。弦亦发，酒亦倾。入莲池，折桂枝。芳袖动，芬叶披。两相思，两不知。
>
> （鲍照《代春日行》）

三言以下，表情意较难，所以罕见。但也不是没有，如乐府诗《朱鹭》的“朱鹭”是二言句，梁鸿《五噫歌》的“噫”是一言句。

夹在五、七言之间的六言句，乐府诗也间或用，如《孤儿行》：

> 孤儿生，孤子遇生，命独当苦。父母在时，乘坚车，驾驷马。父母已去，兄嫂令我行贾。南到九江，东到齐与鲁。腊月来归，不敢自言苦。头多虮虱，面目多尘。大兄言办饭，大嫂言视马。上高堂，行取（趋）殿下堂，孤儿泣下如雨。使我朝行汲，暮得水来归，手为错，足下无菲（草鞋）。怆怆履霜，中多蒺藜，拔断蒺藜，肠肉中怆欲悲。泪下渫渫，清涕累累。冬无复襦，夏无单衣。居生不乐，不如早去，下从地下黄泉。春风动，草萌芽，三月蚕桑，六月收瓜。将是瓜车，来到还家。瓜车反覆，助我者少，啖瓜者多。愿还我蒂，兄与嫂严，独且急归，当兴较计。乱曰：里中一何譊譊。愿欲寄尺书，将与地下父母，兄嫂难与久居。

一首不很长的诗共用了六次。

多于七言的虽然少见，但也不是没有，如乐府诗《淮南王篇》的“愿化双黄鹄还故乡”是八言句，鲍照《拟行路难》的“念此死生变化非常理”是九言句，汉华容夫人歌的“裴回（徘徊）两渠间兮君子将安居”（语气词“兮”字不计）是十言句。

用短句、长句的自由扩大，就成为一篇里杂用的随心所欲。以上《孤儿行》就是这样的。再举两篇为例：

战城南，死郭北，野死不葬乌可食。为我谓乌："且为客豪（叫），野死谅不葬，腐肉安能去子逃。"水深激激，蒲苇冥冥；枭骑战斗死，驽马徘徊鸣。梁筑室，何以南？何以北？禾黍不获君何食？愿为忠臣安可得？思子良臣，良臣诚可思，朝行出攻，暮不夜归。

（乐府诗《战城南》）

出东门，不顾归。来入门，怅欲悲。盎中无斗米储，还视架上无悬衣。拔剑东门去，舍中儿母牵衣啼。他家但愿富贵，贱妾与君共餔糜。上用仓浪天故，下当用此黄口儿。今非。咄！行！吾去为迟，白发时下难久居。

（乐府诗《东门行》）

前一篇兼用三言、四言、五言、七言共四种句，后一篇兼用一言、二言、三言、四言、五言、六言、七言共七种句，近体诗是不能这样随随便便的。

自由再扩大，就成为篇幅长短或句数多少的杂。可以短。如：

延陵季子兮不忘故，脱千金之剑兮带丘墓。

（刘向《新序》记徐人歌）

风萧萧兮易水寒，壮士一去兮不复还。

（《史记·刺客列传》记送荆轲时歌）

是一篇两句。又如：

大风起兮云飞扬，威加海内兮归故乡，安得猛士兮守四方。

（汉高祖《大风歌》）

凉风起兮天陨霜，怀君子兮渺难忘，感予心兮多慨慷。

（赵飞燕《归风送远操》）

是一篇三句。又如：

薤上露，何易晞！露晞明朝更复落，人死一去何时归？

（乐府诗《薤露歌》）

有鸟有鸟丁令威，去家千岁今来归，城郭如故人民非。何不学仙冢累累。

（干宝《搜神记》记丁令威歌）

是一篇四句。

篇幅当然也可以长。举一首最长的，是《古诗为焦仲卿妻作》(也称《孔雀东南飞》)，通篇五言，共三百五十七句，一千七百八十五个字，字数差不多相当于七律的三十二倍，五绝的九十倍。

短长之间是篇幅的无限自由。原则是有话即长，无话即短，十句八句，几十句，上百句，只要意思完整、成篇，都算合格。

以上是说唐宋以来文人仿作古体诗的样本。时移则事异，仿也是不能不变的。就一句的字数说，总的历史情况是始于四言，然后增长。两汉增到五言、七言，成为四言、五言、七言兼用；可是地位有别，四言、五言占上风。魏晋及其后，四言、五言更占上风，七言地位下降；专说四言和五言，是四言地位逐渐下降，五言地位急剧上升，如东晋末的陶渊明还作少量的四言诗，其后的文人就几乎只作五言诗了。隋以后，随着近体诗格律的明朗、固定，四言的地位再下降，七言的地位上升，于是形势就成为五、七言平分了天下。人总是难于对抗时风的，所以唐以来文人写古诗，就由真古诗的多种多样变为两条腿走路，或者是五古，或者是七古；只是在七古里还保留一点点真古诗的杂（夹用非七言句）。乐府诗呢，题目（或体名，如行、引之类）没有完全放弃，较后如白居易还创些新的，不过就所写说，仍是五古、七古而已。

几乎所有的五古，多数七古，是循规蹈矩的，即不用杂言，并以联为单位。如：

峥嵘赤云西，日脚下平地。
柴门鸟雀噪，归客千里至。
妻孥怪我在，惊定还拭泪。
世乱遭飘荡，生还偶然遂。
邻人满墙头，感叹亦歔欷。

夜阑更秉烛，相对如梦寐。

（杜甫《羌村三首》之一）

白日登山望烽火，黄昏饮马傍交河。
行人刁斗风沙暗，公主琵琶幽怨多。
野云万里无城郭，雨雪纷纷连大漠。
胡雁哀鸣夜夜飞，胡儿眼泪双双落。
闻道玉门犹被遮，应将性命逐轻车。
年年战骨埋荒外，空见蒲桃入汉家。

（李颀《古从军行》）

单由句法方面看，距离乐府诗的杂已经相当远了。

上面说多数七古，意思是七古中的少数还保留一些古体诗的杂（大概是因为五言字数少，不容易驰骋，所以杂的自由只见于七古）。如：

娇爱更何日，高台空数层。含啼映双袖，不忍看西陵。漳水东流无复来，百花辇路为苍苔。青楼月夜长寂寞，碧云日暮空徘徊。君不见邺中万事非昔时，古人不在今人悲。春风不逐君王去，草色年年旧宫路。宫中歌舞已浮云，空指行人往来处。

（刘长卿《铜雀台》）

最喜欢在句法方面驰骋的是诗仙李白，如：

登高丘，望远海。六鳌骨已霜，三山流安在？扶桑半摧折，白日沉光彩。银台金阙如梦中，秦皇、汉武空相待。精卫费木石，鼋鼍无所凭。君不见骊山、茂陵尽灰灭，牧羊之子来攀登。盗贼劫宝玉，精灵竟何能。穷兵黩武今如此，鼎湖飞龙安可乘。

（《登高丘而望远海》）

远别离，古有皇、英之二女，乃在洞庭之南，潇湘之浦。海水直下万里深，谁人不言此离苦。日惨惨兮云冥冥，猩猩啼烟兮鬼啸雨，我纵言之将何补。皇穹窃恐不照余之忠诚，云凭凭兮欲吼怒，尧舜当之亦禅禹。君失臣兮龙为鱼，权归臣兮鼠变虎。或言尧幽囚、舜野死，九疑联绵皆相似，重瞳孤坟竟何是。帝子泣兮绿云间，随风波兮去无还。恸哭兮远望，见苍梧之深山。苍梧山崩湘水绝，竹上之泪乃可灭。

（《远别离》）

字数不同的句式杂用，简直可以说离唐人诗远、离乐府诗近了。唐人古体诗，还有更远离唐人格调的，如：

前不见古人，后不见来者。念天地之悠悠，独怆然而涕下。

（陈子昂《登幽州台歌》）

言简意深，可称为古体诗的绝唱，可惜再找一首这样的就难了。

至于篇幅，当然也是依照样本，有极大的自由。短的，如果仄韵的绝句也算，可以少到四句，二十个字或二十八个字；六句的比较常见，三十个字或四十二个字。长的，如杜甫的名作《自京赴奉先县咏怀五百字》，标明是五百字,《北征》更长，七百字。近体诗，除不常用的排律可以拉长（还有韵字的限制）以外，最长的七律不过五十六个字。情意多，表达不完，就只好用多首合为一组的办法，如杜甫的《解闷十二首》（七绝）和《秋兴八首》（七律）就是。专就这一点说，古诗变为近体，是有所得（悦耳）也有所失（束心）的。

# 古体诗 二

这篇谈古体诗押韵的情况。应该说，是唐宋以来文人作古诗的押韵情况。不谈古体诗原本的押韵情况，原因有二。一是太复杂。古，应该包括《诗经》到南北朝五言诗，时间这样长，语音自然有变，又没有官方规定必须遵照的韵书，一团乱丝，即使理得清，终归是太麻烦。原因之二更重要，是用处不大。本书的目的很简单，也很低下，不过是为有些人，正事之余，想哼一两首平平仄仄平的，指点一点点门路。这哼，一般说，是模仿唐宋人，其前用韵，《诗经》如何如何，《古诗十九首》和“三曹”如何如何，陶渊明如何如何，以至徐陵、庾信如何如何，当然就可以不管。

可是，就是唐宋以来古体诗的押韵情况，也不容易讲得一清二楚。原因是官方没有插手规定作古诗必须如何押韵，于是后人想了解其时的押韵情况，就只能根据大量的诗作归纳。而大量的诗作，乃大量的文人所写，人，生地不同，难免受方言语音的影响，又秉性不同，有的也许马马虎虎，因而供归纳的材料就难得一清如水。所幸这方面的困难这里可以躲过去，因为已经有人费过不少力，又我们的本意不是“研究”古诗的押韵情况，所以无妨取其大略，坐享其成。

与近体诗的押韵情况相比，古体诗和句法一样，有较多的自由，或者说，同用的范围大，因而分部（不许出韵的部）就比较少。同用或分部的情况如下（抄王力先生《诗词格律》，附带说一下，为了通俗便于用，王力先生用较简的平水韵，不用较繁的《集韵》，所以有“元半”“阮半”等说法，至于“半”主要包括哪些字，可以查考书末的《诗韵举要》）。

> 古体诗用韵，比律诗稍宽；一韵独用固然可以，两个以上的韵通用也行。但是，所谓通用也不是随便乱来的；必须是邻韵才能通用。依一般情况看来，平、上、去三声各可分为十五类，如下表：
>
> 第一类：平声东冬；上声董肿；去声送宋。
>
> 第二类：平声江阳；上声讲养；去声绛漾。
>
> 第三类：平声支微齐；上声纸尾荠；去声寘未霁。
>
> 第四类：平声鱼虞；上声语麌；去声御遇。
>
> 第五类：平声佳灰；上声蟹贿；去声泰卦队。
>
> 第六类：平声真文及元半；上声轸吻及阮半；去声震问及愿半[①]。

① 这里所说的元半、阮半、愿半及下面所说的月半，具体的字可参看附录《诗韵举要》。

第七类[①]：平声寒删先及元半；上声旱潸铣及阮半；去声翰谏霰及愿半。

第八类：平声萧肴豪；上声筱巧皓；去声啸效号。

第九类：平声歌；上声哿；去声箇。

第十类：平声麻；上声马；去声祃。

第十一类：平声庚青；上声梗迥；去声敬径。

第十二类：平声蒸[②]。

第十三类：平声尤；上声有；去声宥。

第十四类：平声侵；上声寝；去声沁。

第十五类：平声覃盐咸；上声感俭豏；去声勘艳陷。

入声可分为八类：

第一类：屋沃。

第二类：觉药。

第三类：质物及月半。

第四类[③]：曷黠屑及月半。

第五类：陌锡。

第六类：职。

第七类：缉。

---

① 第六类和第七类也可以通用。
② 蒸韵上去声字少，归入迥径两韵。
③ 第三类和第四类也可以通用。

第八类：合叶洽。

注意：在归并为若干大类以后，仍旧有七个韵是独用的。这七个韵是：

歌　麻　蒸　尤　侵　职　缉[1]

这样一合并，与平水韵独用的一百零六韵相比，虽然差不多减少了一半，但古诗也惯于押仄声韵，因而与近体常用的平声三十韵相比，反而多了一倍多。

多的结果是繁杂。还有变化多的繁杂。以下举例说说单纯和变化的各种形式。

先说不换韵的。古体诗，五言与七言风格有别：五言整饬，七言奔放。所以多数五古是不换韵的。还有不少如近体诗，只用一韵，如：

艳色天下重，西施宁久微。
朝为越溪女，暮作吴宫妃。
贱日岂殊众，贵来方悟稀。
邀人傅脂粉，不自著罗衣。
君宠益娇态，君怜无是非。
当时浣纱伴，莫得同车归。

---

① 不举上去声韵，因为在这七个韵当中，除尤韵的上声有韵外，其余上去声韵是罕用的。

持谢邻家子，效颦安可希。

（王维《西施咏》）

山光忽西落，池月渐东上。
散发乘夜凉，开轩卧闲敞。
荷风送香气，竹露滴清响。
欲取鸣琴弹，恨无知音赏。
感此怀故人，终宵劳梦想。

（孟浩然《夏日南亭怀辛大》）

前一首押平声五微韵，后一首押上声二十二养韵，都是通篇只用一韵（没有利用同用的自由）。

利用同用的自由，多数是篇幅较长的。如：

祁乐后来秀，挺身出河东。
往年诣骊山，献赋温泉宫。
天子不召见，挥鞭遂从戎。
前月还长安，囊中金已空。
有时忽乘兴，画出江上峰。
床头苍梧云，帘下天台松。
忽如高堂上，飒飒生清风。
五月火云屯，气烧天地红。

鸟且不敢飞，子行如转蓬。
少华与首阳，隔河势争雄。
新月河上出，清光满关中。
置酒灞亭别，高歌披心胸。
君到故山时，为我谢老翁。

（岑参《送祁乐归河东》）

晚岁迫偷生，还家少欢趣。
娇儿不离膝，畏我复却去。
忆昔好追凉，故绕池边树。
萧萧北风劲，抚事煎百虑。
赖知禾黍收，已觉糟床注。
如今足斟酌，且用慰迟暮。

（杜甫《羌村三首》之二）

前一首兼用平声一东、二冬韵：东、宫、戎、空、风、红、蓬、雄、中、翁是一东韵；峰、松、胸是二冬韵。后一首兼用去声六御、七遇韵：趣、树、注、暮是七遇韵，去、虑是六御韵。

同用的自由，偶尔还有表现为上声、去声合伙的。如：

五十白头翁，南北逃世难（nàn，读去声）。
疏布缠枯骨，奔走苦不暖。

已衰病方入，四海一涂炭。
乾坤万里内，莫见容身畔。
妻孥复随我，回首共悲叹。
故国莽丘墟，邻里各分散。
归路从此迷，涕尽湘江岸。

（杜甫《逃难》）

全篇押去声十五翰韵，只有“暖”是上声十四旱韵。

同用的自由更扩大，就成为换韵，即一首诗不只用一部（独用的单称一部，同用的合称一部）的韵。换韵，可以平换仄，仄换平；可以平换另一种平，仄换另一种仄；可以少数句就换，可以多数句才换；可以有规律地换（如四句一换），可以无规律地换；可以换一次，可以换多次：总之是可以随心所欲，所以表现在纸面上就千变万化。这种千变万化，以在七古中为最常见。但五古，就篇幅不长的说，也有换韵的。如：

滔滔大江水，天地相终始。
经阅几世人，复叹谁家子。
东望何悠悠，西来昼夜流。
岁月既如此，为心那不愁。

（张九龄《登荆州城望江》）

子房未虎啸，破产不为家。
沧海得壮士，椎秦博浪沙。
报韩虽不成，天地皆振动。
潜匿游下邳，岂曰非智勇。
我来圯桥上，怀古钦英风。
唯见碧流水，曾无黄石公。
叹息此人去，萧条徐泗空。

（李白《经下邳圯桥怀张子房》）

前一首换一次韵：水、始、子是上声四纸韵，换悠、流、愁是平声十一尤韵。后一首换两次韵：家、沙是平声六麻韵；换动、勇是上声同用的一董（动）、二肿（勇）韵；再换风、公、空是平声一东韵。

以下说惯于驰骋的七古。七古可以兼用杂言，上一篇已经说过，这里只说押韵的情况。先说不换韵的，有两种情况。一种是两句（一联）一韵的。不换韵，就显得不驰骋、少变化而规规矩矩，所以不多见。如：

木兰之枻沙棠舟，玉箫金管坐两头。
美酒尊中置千斛，载妓随波任去留。
仙人有待乘黄鹤，海客无心随白鸥。
屈平词赋悬日月，楚王台榭空山丘。

兴酣落笔摇五岳，诗成笑傲凌沧洲。
功名富贵若长在，汉水亦应西北流。

（李白《江上吟》）

渔翁夜傍西岩宿，晓汲清湘燃楚竹。
烟销日出不见人，欸乃一声山水绿。
回看天际下中流，岩上无心云相逐。

（柳宗元《渔翁》）

前一首押平声十一尤韵。后一首押入声同用的一屋（宿、竹、逐）、二沃（绿）韵。另一种是句句用韵的，即所谓“柏梁体”。这种诗体传说始于汉武帝与群臣在柏梁台联句，其实是当时七言诗常用的一种押韵形式，如汉高祖《大风歌》，汉武帝《秋风辞》(换韵)，乌孙公主《悲愁歌》，张衡《四愁诗》，都是这样。唐人作七古也有仿这种形式的，如：

知章骑马似乘船，眼花落井水底眠。汝阳三斗始朝天，
道逢麯车口流涎，恨不移封向酒泉。左相日兴费万钱，
饮如长鲸吸百川，衔杯乐圣称避贤。宗之潇洒美少年，
举觞白眼望青天，皎如玉树临风前。苏晋长斋绣佛前，
醉中往往爱逃禅。李白一斗诗百篇，长安市上酒家眠。
天子呼来不上船，自称臣是酒中仙。张旭三杯草圣传，

脱帽露顶王公前，挥毫落纸如云烟。焦遂五斗方卓然，
高谈雄辩惊四筵。

（杜甫《饮中八仙歌》）

通篇句句押平声一先韵。这种句句用韵的形式，间或还见于某一首的某一部分，如：

主人有酒欢今夕，请奏鸣琴广陵客。
月照城头乌半飞，霜凄万木风入衣。
铜炉华烛烛增辉，初弹渌水后楚妃。
一声已动物皆静，四座无言星欲稀。
清淮奉使千余里，敢告云山从此始。

（李颀《琴歌送别》）

中间四句，句句押平声五微韵。

再说换韵的。这是七古的绝大多数，因为来于七古的任意变化，所以形式多种多样，以下择要说说。

短篇，有只换一次韵的。如：

王郎酒酣拔剑斫地歌莫哀，我能拔尔抑塞磊落之奇才。
豫章翻风白日动，鲸鱼跋浪沧溟开。且脱佩剑休徘徊。西得

诸侯棹锦水，欲向何门跋珠履？仲宣楼头春色深，青眼高歌望吾子。眼中之人吾老矣。

（杜甫《短歌行赠王郎司直》）

长城少看游侠客，夜上戍楼看太白。

陇头明月尚临关，陇上行人夜吹笛。

关西老将不胜愁，驻马听之双泪流。

曾经大小百余战，麾下偏裨万户侯。

苏武才为典属国，节旄空落海西头。

（王维《陇头吟》）

前一首平声十灰韵（哀、才、开、徊）换上声四纸韵（水、履、子、矣）（平换仄）。后一首入声同用的十一陌（客、白）、十二锡（笛）韵换平声十一尤韵（愁、流、侯、头）（仄换平）。

七古换韵，绝大多数不只换一次，这是用韵的多变（句法也是这样）以显示驰骋的神出鬼没。为篇幅所限，只举短一些的。如：

君不见走马川行雪海边，平沙莽莽黄入天。轮台九月风夜吼，一川碎石大如斗，随风满地石乱走。匈奴草黄马正肥，金山西见烟尘飞，汉家大将西出师。将军金甲夜不脱，半夜军行戈相拨，风头如刀面如割。马毛带雪汗气蒸，五花连钱旋作冰，幕中草檄砚水凝。虏骑闻之应胆慑，料知短兵不敢接，军师西门伫献捷。

（岑参《走马川奉送封大夫出师西征》）

南山截竹为觱篥，此乐本自龟兹出。
流传汉地曲转奇，凉州胡人为我吹。
傍邻闻者多叹息，远客思乡皆泪垂。
世人解听不解赏，长飙风中自来往。
枯桑老柏寒飕飗，九雏鸣凤乱啾啾。
龙吟虎啸一时发，万籁百泉相与秋。
忽然更作渔阳掺，黄云萧条白日暗。
变调如闻杨柳春，上林繁花照眼新。
岁夜高堂列明烛，美酒一杯声一曲。

（李颀《听安万善吹觱篥歌》）

前一首换五次韵：开始边、天是平声一先韵；换吼、斗、走是上声二十五有韵；再换肥、飞（皆平声五微韵）、师（平声四支韵）是支、微同用；再换脱、拨、割是入声七曷韵；再换蒸、冰、凝是平声十蒸韵；最后换慑、接、捷是入声十六叶韵。后一首换六次韵：开始篥、出是入声四质韵；换奇、吹、垂是平声四支韵；再换赏、往是上声二十二养韵；再换飗、啾、秋是平声十一尤韵；再换掺（上声二十九豏）、暗（去声二十八勘）是上声、去声同用；再换春、新是平声十一真韵；最后换烛、曲是入声二沃韵。

七古有篇幅长的，换韵次数就更多。如元稹《连昌宫词》，一首九十句，共有十六个韵（同用算一韵），换韵十五次。白居易《长恨歌》篇幅更长，一首一百二十句，换韵更勤，共用三十一韵，换韵三十次。

七古换韵，几句一换，也有少数是通篇一律的。如：

白马逐朱车，黄昏入狭斜。柳树乌争宿，争枝未得飞上屋。东房少妇婿从军，每听乌啼知夜分。

（王昌龄《乌栖曲》）

云峰苔壁绕溪斜，江路香风夹岸花。
树密不言通鸟道，鸡鸣始觉有人家。
人家更在深岩口，涧水周流宅前后。
游鱼瞥瞥双钓童，伐木丁丁一樵叟。
自言避喧非避秦，薜衣耕凿帝尧人。
相留且待鸡黍熟，夕卧深山萝月春。

（沈佺期《入少密溪》）

前一首是两句一换韵：平声六麻韵（车、斜）换入声一屋韵（宿、屋），再换平声十二文韵（军、分）。后一首四句一换韵：平声六麻韵（斜、花、家）换上声二十五有韵（口、后、叟），再换平声十一真韵（秦、人、春）。押韵通篇两句一组，总感到不够酣畅，所以罕见。通篇四句一换韵的不少见，如有名的张若虚《春江花月夜》就是这样。

适应驰骋多变的本性，七古换韵，绝大多数是兴之所至，随便来来。以白居易《琵琶行》为例，换韵的情况是：2（句）仄（韵）—2平—4仄—2平—4仄—2平—4仄—2平—2仄—4平—2仄—4平—4仄—2平—18仄—4平—4仄—16平—6仄。换韵的随便，有时还要加上句法的随便，那就真成为野马奔驰，无拘无束了。诗仙李白的作品有不少是这样的，只举一首为例：

海客谈瀛洲，烟涛微茫信难求。越人语天姥，云霞明灭或可睹。天姥连天向天横，势拔五岳掩赤城。天台四万八千丈，对此欲倒东南倾。我欲因之梦吴越，一夜飞渡镜湖月。湖月照我影，送我至剡溪。谢公宿处今尚在，渌水荡漾清猿啼。脚著谢公屐，身登青云梯。半壁见海日，空中闻天鸡。千岩万壑路不定，迷花倚石忽已暝。熊咆龙吟殷岩泉，慄深林兮惊层巅。云青青兮欲雨，水澹澹兮生烟。列缺霹雳，丘峦崩摧。洞天石扉，訇然中开。青冥浩荡不见底，日月照耀金银台。霓为衣兮风为马，云之君兮纷纷而来下。虎鼓瑟兮鸾回车，仙之人兮列如麻。忽魂悸以魄动，恍惊起而长嗟。惟觉时之枕席，失向来之烟霞。世间行乐亦如此，古来万事东流水。别君去兮何时还，且放白鹿青崖间，须行即骑访名山。安能摧眉折腰事权贵，使我不得开心颜。

（《梦游天姥吟留别》）

句法多变之外，用韵也多变，情况是：2（句）平（声）十一尤（韵）—2 上七麌—4 平八庚—2 入六月—8 平八齐—2 去二十五径—4 平一先—6 平十灰—2 上二十一马—6 平六麻—2 上四纸—5 平十五删。

至此，我们大致可以体会到七古的味儿。味道不同，是由于所表的情意不同。也可以倒过来说，有某种慨当以慷的情意，常常是以用七古表达更为合适。这种各有其用的想法还可以由人方面说，以《西厢记》中的人物为例，如果都能拿笔诌平平仄仄平，惠明就宜于来一首七古；至于莺莺，如果所写不是“待月西厢下”的五绝，而是一首《菩萨蛮》或《忆秦娥》，那情调就会更为协调吧？这是有情意之后如何选体方面的事，以后还会谈到，这里暂不多说。

## 古体诗 三

唐以来文人作诗，是古体、近体都来一下的；虽然由于性之所近或功力有别，有的人多作古诗，有的人多作近体，有的人长于古诗，有的人长于近体。有所侧重是分，但两体并存或并行。语云：近朱者赤，近墨者黑，分就未必能够分得泾渭分明。这是说，古体到唐以来文人的手里，就未必不受近体的影响。近体的精髓是“律”。律的具体表现，主要是平平仄仄、仄仄平平的交替，次要是用对偶句（音对或兼意对）。由这两种表现方面考察，唐以来文人仿作的古诗与汉魏到南北朝的老牌古诗有没有明显的分别呢？或者缩小范围说，这与近体并行的古诗与“律”的关系究竟是怎么样的呢？

这也说来话长。话长由于时间长。时间长，任何事物都会变化，甚至变化很大。平仄交替、对偶，来源有二：一是汉字的特点，单音节，有声调，而且可以分为平仄两类；二是人都喜欢抑扬顿挫以及对称的音乐美。也就因为有这种特点和要求，所以“律”的发展史是：由无意而有意，由少而多，由不工整而工整，由知其当然而知其所以然。

狭义的文是这样。早期如《论语》，就有“贫而无谄，富而无骄”“视其所以，观其所由”之类的说法。但这是无意的，也就不十分工整。到南北朝及其后，如徐陵写《玉台新咏序》，王勃写《滕王阁序》，就通篇是工整的骈四俪六了。

诗也是这样。先说五言，西汉的苏李赠答诗是后人伪作，律的气味浓也是一证。实际情况是，东汉的《古诗十九首》，我们读，还不觉得有求合律的痕迹。如第一首：

①行行重行行，②与君生别离。
③相去万余里，④各在天一涯。
⑤道路阻且长，⑥会面安可知。
⑦胡马依北风，⑧越鸟巢南枝。
⑨相去日已远，⑩衣带日已缓。
⑪浮云蔽白日，⑫游子不顾返。
⑬思君令人老，⑭岁月忽已晚。
⑮弃捐勿复道，⑯努力加餐饭。

①是连用五平，⑭是连用五仄。⑤⑨⑩⑫是连用四仄。⑬是连用两个平节。④⑥⑦是连用两个仄节。还剩下六句，②平起平收，“与”仄、“生”平都不合律；③仄起仄收，“万”仄不合律；⑧仄起平收，“巢”平不合律；⑪平起仄收，“蔽”仄不合律；⑮平起仄收，“勿”仄不合

律。检查结果，只有末尾的⑯是仄仄平平仄，合律。音不合律，音方面的对偶自然就谈不到。意呢，⑦和⑧是对称的，可是从音方面考虑，除“北”和“南”之外，都失对。这就可见，在那个时期，作诗的人头脑中还没有律，偶尔出现合律的句子，是碰巧，不是有意拼凑。

到晋、宋之际还是这样。举陶渊明和谢灵运为例：

①昔欲居南村，②非为卜其宅。

③闻多素心人，④乐与数晨夕。

⑤怀此颇有年，⑥今日从兹役。

⑦敝庐何必广，⑧取足蔽床席。

⑨邻曲时时来，⑩抗言谈在昔。

⑪奇文共欣赏，⑫疑义相与析。

①春秋多佳日，②登高赋新诗。

③过门更相呼，④有酒斟酌之。

⑤农务各自归，⑥闲暇辄相思。

⑦相思则披衣，⑧言笑无厌时。

⑨此理将不胜，⑩无为忽去兹。

⑪衣食当须纪，⑫力耕不吾欺。

（陶渊明《移居二首》）

①昔余游京华，②未尝废丘壑。

③矧乃归山川，④心迹双寂寞。

⑤虚馆绝诤讼，⑥空庭来鸟雀。

⑦卧疾丰暇豫，⑧翰墨时间作。

⑨怀抱观古今，⑩寝食展戏谑。

⑪既笑沮溺苦，⑫又哂子云阁。

⑬执戟亦以疲，⑭耕稼岂云乐。

⑮万事难并欢，⑯达生幸可托。

（谢灵运《斋中读书》）

只由平节仄节交替方面考察，陶的前一首，①②④⑥⑦⑧⑨⑩合律，即多一半合律，像是出于有意；可是看后一首就不然，因为由①到⑨，连续九句都不合律，其下⑫也不合律，如果出于有意就不会这样。谢的一首，③⑤⑥⑦⑫⑭⑯共七句合律，还不到十六句的一半，可见与陶渊明还是一路。

谢灵运是南朝宋初年人，其后齐、梁之际就来了大变化，沈约、谢朓等不只在理论方面提出四声、八病说，还身体力行，创造了讲声律的“永明体”。有理有体，于是合律就由无意发展为有意，由知其当然而发展为知其所以然。其结果表现在作品上，合律的句子就由少发展为多，由不工整发展为工整。举沈约的一首为例：

①秋风吹广陌，②萧瑟入南闱。

③愁人掩轩卧，④高窗时动扉。

⑤虚馆清阴满，⑥神宇暖微微。

⑦网虫垂户织，⑧夕鸟傍（檐）飞。

⑨缨珮空为忝，⑩江海事多违。

⑪山中有桂树，⑫岁暮可言归。

（《直学省愁卧》）

仍由平节仄节交替方面考察，十二句，只有③不合律，这是有意，不会是碰巧。还有，⑦⑧是相当工整的对偶，想来也是用力拼凑的。

同一切风气一样，至少是前期，必是随着时间的前行而变本加厉。所以到南北朝末期，诗作的律气就更为加重。举江总和庾信为例：

①三春别帝乡，②五月度羊肠。

③本畏车轮折，④翻嗟马骨伤。

⑤惊风起朔雁，⑥落照尽胡桑。

⑦关山定何许？⑧徒御惨悲凉。

（江总《并州羊肠坂》）

①萧条亭障远，②凄惨风尘多。

③关门临白狄，④城影入黄河。

⑤秋风苏武别，⑥寒水送荆轲。

⑦谁言气盖世，⑧晨起帐中歌。

（庾信《咏画屏风诗》之一）

由平节仄节交替方面考察，江的一首，除⑦以外，句句合律；可是⑦用的是近体惯用的平平仄平仄的格式，也可能仍须算作合律。又这首诗多用对偶（第一、二、三联都对），因而就更像唐朝早期的五律（⑦应仄起而平起，失粘，初唐不少见）。庾的一首，平节仄节交替方面句句合律。也是前三联都对偶（③④对得很工整；⑤⑥“苏武别”与“送荆轲”是意对）。失粘比江的一首多（都失粘），是因为那时候还不认为联与联间起的平仄也要变。这样，如果粘的规律可以放松，这一首也就与近体的五律相差无几了。

以上不避繁琐，翻腾历史情况，是想说明，近体之前的古诗，由律的成分多少方面考察，与近体的距离有远有近。这就引来两个问题：其一，所谓古，应该指距离远的还是远近都算？其二，仿作，应该以距离远的为师还是远近都可以？这两个问题，不知道唐朝人问过没有。但由作品里隐约可以看到“一些”解答。说“一些”，是因为不是千篇一律。原则上，或默默中，总当承认距离远的是正字号，货真价实。因而多数人仿作古诗，就是永明体以前的古，而不是以后的古，甚至用力躲律，以期比正字号的古显得更古。但求声音美的习惯，熟悉近体，力量也不小，于是有的人有时仿作古诗，就（大概是不知不觉地）混入律的成分。还有的人（后期更明显），一不做二不体，索性扔掉旧绳索，以律句写古体，于是这变种的古体也就抑扬顿挫、铿铿锵锵了。以下举例说说这多种情况。

通常还是同古人拿笔时候一样，不想平仄的安排而随心所欲。如：

①胡天夜清迥，②孤云独飘扬。
③摇曳出雁关，④逶迤含晶光。
⑤阴陵久徘徊，⑥幽都无多阳。
⑦初寒冻巨海，⑧杀气流大荒。
⑨朔马饮寒冰，⑩行子展胡霜。
⑪路有从役倦，⑫卧死黄沙场。
⑬羁旅因相依，⑭恸之泪沾裳。
⑮由来从军行，⑯赏存不赏亡。
⑰亡者诚已矣，⑱徒令存者伤。

（乔知之《苦寒行》）

①花间一壶酒，②独酌无相亲。
③举杯邀明月，④对影成三人。
⑤月既不解饮，⑥影徒随我身。
⑦暂伴月将影，⑧行乐须及春。
⑨我歌月徘徊，⑩我舞影零乱。
⑪醒时同交欢，⑫醉后各分散。

⑬永结无情游，⑭相期邈云汉。

（李白《月下独酌四首》之一）

两首与近体的差别都不少。前一首：句数超过律诗；③④，⑤⑥，⑨⑩，⑬⑭，⑮⑯，共五联，出句也平收（平脚对平脚）；平节仄节交替情况，①②③④⑤⑥⑧⑪⑭⑮⑰共十一句不合律；只⑨⑩一联对偶，声音的情况是仄仄仄平平对平仄仄平平。后一首：句数也超过律诗；平声十一真韵换去声十五翰韵；平节仄节交替情况，①③⑤⑧⑨⑪⑭共七句不合律；⑨⑩，⑪⑫，两联对偶，音多不合之外，还有同字相对的情况（“我”对“我”）。总之，这是地道的古诗，几乎没有一点近体的味儿。

一向拘谨的五古如此，喜欢奔放的七古自然更容易远离近体。也举两首为例：

①沉吟对迁客，②惆怅西南天。

③昔为一官未得意，④今向万里令人怜。

⑤念兹斗酒成暌间，⑥停舟叹君日将晏。

⑦远树应连北地春，⑧行人却羡南归雁。

⑨丈夫穷达未可知，⑩看君不合长数奇。

⑪江山到处堪乘兴，⑫杨柳青青那足悲。

（高适《送田少府贬苍梧》）

①弃我去者昨日之日不可留，②乱我心者今日之日多烦忧。

③长风万里送秋雁，④对此可以酣高楼。

⑤蓬莱文章建安骨，⑥中间小谢又清发。

⑦俱怀逸兴壮思飞，⑧欲上青天览明月。

⑨抽刀断水水更流，⑩举杯消愁愁更愁。

⑪人生在世不称意，⑫明朝散发弄扁舟。

（李白《宣州谢朓楼饯别校书叔云》）

两首与近体的差别更大。前一首：兼用五言句；换韵不止一次，平声一先韵换去声十六谏韵，再换平声四支韵；平节仄节交替情况，①③④⑥⑨⑩共六句，即一半不合律；只⑦⑧一联对偶。后一首：开头连用十一言句；换韵也是不止一次，而且换法特别，起收都是平声十一尤韵，中间插四句，押入声六月韵；平节仄节交替情况，①②④⑤⑨⑩⑪共七句，即多一半不合律，勉强说，⑨⑩对偶，可是对得很蹩脚。总之，都是没有律的味道，写古诗不愧为古诗。

作诗，近体盛行的时候没有近体的味儿，所谓出淤泥而不染，想来不容易。如以上所引，李白、高适等写古诗，是不是有意避时风，以求成为今之古人呢？不能起李白、高适等于九泉而问之，得确定的答复是不可能了。但可以推想，以“诗律细”自负的杜甫，那么喜欢并且长于作律诗，写古诗就古气盎然，是十之九费了相当多的力量以成全趋（古体）避（近体）的。可以举最著名的《自京赴奉先县咏怀五百字》为证。这首五古共一百句，以平节仄节交替的律调衡之，合律的只有四十句，还不到全诗的一半；全篇押入声韵，出句应该用平脚，可是有二十句是仄脚。少用对偶，勉强说，“赐浴皆长缨，与宴非短褐”，“生常免租税，名不隶征伐”，“默思失业徒，因念远戍卒”，共三联可以算，可是都对得不工整，还有更远离近体的是同声字连用，计五平的五句，五仄的十句，四平的三句，四仄的七句，尤其有意思的是最后还显示一下，那是全诗的收尾，“忧端齐终南”连用了五平，“澒洞不可掇”连用了五仄。这些都是碰巧吗？至少我们可以怀疑，这是出于有意，正如“黄阁老”对“紫金丹”之出于有意。

避，要费力。这有如忌讳，要时时想着。如果不想，甚至不想避，律句就有可能联翩而来。推想如下面两首就是这样来的：

①向夕敛微雨，②晴开湖上天。
③离人正惆怅，④新月愁婵娟。
⑤伫立白沙曲，⑥相思沧海边。
⑦浮云自来去，⑧此意谁能传。
⑨一水不相见，⑩千峰随客船。
⑪寒塘起孤雁，⑫夜色分蓝田。
⑬时复一回首，⑭忆君如眼前。

（刘长卿《宿怀仁县南湖寄东海荀处士》）

①郢客文章绝世稀，②常嗟时命与心违。

③十年失路谁知己，④千里思亲独远归。

⑤云帆春水将何适，⑥日爱东南暮山碧。

⑦关中新月对离樽，⑧江上残花待归客。

⑨名宦无媒自古迟，⑩穷途此别不堪悲。

⑪荷衣垂钓且安命，⑫金马招贤会有时。

（钱起《送邬三落第还乡》）

只由平节仄节交替方面考察，前一首，除③⑦⑪三句用近体常用的平平仄平仄格式以外，句句合律；后一首，除⑥⑧两句也是用近体常用的仄仄平平仄平仄格式以外，也是句句合律。这样全篇格调近体化，齐、梁以前的人是写不出来的。

还有更甚的，是明显地表现为爱近体的抑扬顿挫、爽朗流利的格调，因而就用近体的形和神大写其古诗。较早期可以举王维为代表，如：

①渔舟逐水爱山春，②两岸桃花夹古津。

③坐看红树不知远，④行尽青溪忽值人。

⑤山口潜行始隈隩，⑥山开旷望旋平陆。

⑦遥看一处攒云树，⑧近入千家散花竹。

⑨樵客初传汉姓名，⑩居人未改秦衣服。

⑪居人共住武陵源，⑫还从物外起田园。

⑬月明松下房栊静，⑭日出云中鸡犬喧。

⑮惊闻俗客争来集，⑯竞引还家问都邑。

⑰平明间巷扫花开，⑱薄暮渔樵乘水入。

⑲初因避地去人间，⑳更问神仙遂不还。

㉑峡里谁知有人事，㉒世中遥望空云山。

㉓不疑灵境难闻见，㉔尘心未尽思乡县。

㉕出洞无论隔山水，㉖辞家终拟长游衍。

㉗自谓经过旧不迷，㉘安知峰壑今来变。

㉙当时只记入山深，㉚青溪几度到云林。

㉛春来遍是桃花水，㉜不辨仙源何处寻。

（《桃源行》）

全篇三十二句，由平节仄节交替方面考察，除⑧⑯㉑㉕四句用近体常用的仄仄平平仄平仄格式以外，句句合律。六联对偶，⑨⑩，⑬⑭，⑰⑱，还对得相当工整。这显然是喜欢在古诗里也听到近体的腔调。这喜欢的心情自然不只少数人有，于是以律句入古诗的写法就下传，并渐渐由“可以”变为“也好”。如白居易《长恨歌》，一百二十句，如果不计仄仄平平仄平仄的格式，就只有十八句不合平节仄节交替的规律。再后，如清初吴伟业《圆圆曲》，七十八句，用平节仄节交替的规律衡量，除六句用近体常用的仄仄平平仄平仄格式以外，都合律，这简直是在那里作拉长的近体诗了。

以上又不避繁琐，说了些仿作的历史情况，用意何在？是想鉴往知来，如果我们也有兴趣仿作古诗，了解过去，也许就可以知道现在应该怎么走。偏于古，偏于今，都有例可援；并且都会有所得。所以难于定何去何从，这是一面；还有另一面，是难于定何去何从也有好处，那就无妨随自己之便，兴之所至，行所无事，甚至成为古今大杂烩也无不可。当然，如果信而好古，走杜老的路，仿古就形与神都古起来（想当很难），就是喜欢维新的人也不能不点头称叹吧？

# 诗体余话

以上大致把诗的几个方面谈了。还有两个问题，也可以说说：一是不同的体，除形貌不同以外，是否还有值得注意的神或意境方面的分别？二是学作，各体可否排个先后次序？

先说其一。与其他生物一样，形与神有血肉联系，形不同，神自然也会有分别。分别有大类的，是古诗和近体间的；有小类的，是古诗中或近体中各体间的。还有更大类的，是诗和词的分别，前面《诗之境阔　词之言长》那一篇已经谈过。神，无形，要靠意会，难说；但既然有分别，总是“其中有物”，也就无妨追寻一下这“物”究竟是什么。

这造成分别的“物”不好说，原因有二。一是各体间没有明确的界限，例如伤世忧民的情意，就既可以用古体又可以用近体表达。原因之二是不得不借助于抽象的词语，如说古体的意境偏于博大、浑厚、粗率、奔放，近体的意境偏于纤巧、清丽、细致、严谨，说得像是泾渭分明，细想想又像是摸不着头脑。可是我们又不能不承认有分别，因为分明是有些内容宜于用古体表达，有些内容宜于用近体表达。例如内容繁杂的、叙事性的，写成《长恨歌》《圆圆曲》之类可以，用近体，尤其绝句，就不合适，或说办不到。相反，如“新妆宜面下朱楼，深锁春光一院愁。行到中庭数花朵，蜻蜓飞上玉搔头”那样的情景，用古体表达就不合适，至少会变味儿。这样说，客观是“物”，难说；主观是味儿，却可以嗅到。所以也无妨避难就易，多靠主观，自己去意会。由两极端下手更好，比如拿来李白《蜀道难》和李商隐《锦瑟》，对照着读，抓住那不同的感受琢磨，对于古体和近体的分别，也就至少可以得其仿佛了。

大类缩小，小类之间神的分别自然就更难说。先说五古和七古间的。五古偏于拘谨，七古偏于奔放，前面已经说过。这分别既是语言方面的，又是意境方面的。再说一次，两者没有明确的界限，所以找分别，宜于从两极端的一些下手。举一时想到的一些情况为例。比如有两种情意，一种是感恩，一种是忧世，言明要分别用五古和七古表达，很明显，那就前者宜于用五古，后者宜于用七古。又如有另外两种情意，一种是叙身世，一种是表遐想，也很明显，前者宜于用五古，后者宜于用七古。再如从人方面说，两个人，一是李清照，一是文天祥，都有亡国之痛，想用古诗抒发，还是很明显，李宜于用五古，文宜于用七古。其余多种情况可以类推。但也要记住一点，诗是非物质的事物，即使也可以适用量体裁衣的原则，我们总当承认，也许有不少时候，某些在心之志想抒发，是用各种体都可以的。如杜牧用诗写“卧看牵牛织女星”，苏东坡用词写“大江东去”，千余年来，读者不只都容忍，还吟诵得津津有味，其来由就是这样。

再说近体范围内的大类、小类，大类是绝句和律诗间的，小类是五绝和七绝、五律和七律间的。先说绝句和律诗间的。以瓶子为喻，绝句小，装得少，所以意境之精练而紧凑的，可以装入绝句；复杂些的，绝句装不下，就宜于用律诗。这是乞援于度量衡的说法，丁是丁，卯是卯，像是确定不移。其实是难于确定不移的，因为诗与有形体的瓶子终归不一样，何况短篇还要求简而不贫，余韵不尽。那就试试，能不能从其他方面说说。一种还不能离开量，以照相为喻，绝句所取是地域一点点、时间刹那间的境；律诗可以放大些，如所咏可以兼及身心，时间可以兼及今昔，等等。还可以从情意的性质方面考察，绝句一般是偏于柔、偏于细的，律诗就可以开阔博大、慨当以慷。自然也要补说一句，明确的界限（如说某种情意不能用绝句或律诗表达）是没有的。

再说小类，五绝和七绝间的。显然，就是形，分别虽然举目可见，却相差不很多；神方面的分别自然就更难说。不得已，只好还是多靠主观，说说读的时候，常常会感到的或者可以称为“相对”的不同的味儿。这味儿，五绝偏于“精巧”，七绝偏于“明快”。五律和七律间的也可以用同样的办法说明，即相对的不同的味儿，五律偏于“温厚”，七律偏于“雄放”。

总之，诗有不同的体，由作品之群方面看，或者由某些篇什方面看，都会有不同的味儿。由这不同的味儿可以推论，仍以瓶子为喻，有的就宜于装油，有的就宜于装醋。就是说，我们有某种情意想用诗的形式抒发，会碰到选用何体的问题。体与情意协调，着笔容易，效果也会好一些，或好得多。至于具体如何选定，情况千变万化，只有靠自己去神而明之了。

以下谈第二个问题，学作各体，可以不可以，或说应该不应该，排个先后次序。也是难于有个确定不移的答复，因为，即使各体间有个明确的难易之差，诗究竟是诗，先难后易并不是绝对不可以。不过以常情而论，先攻坚总会感到不顺手，那就不如按部就班，由易到难。昔人论作诗，也常谈到各体的难易。人各有见，我想只说我自己的。考虑的条件有难易，但又不都是难易，比如还有兴趣的浓淡，常用不常用，路径顺不顺，排次序的时候似乎也不能不考虑到。

诸多条件相加，决定学作的先后，我的想法，排在最前的应该是七绝。绝句短，可以不对偶，用不着铺张扬厉，都符合先易后难的条件。需要解释的只是，为什么不把五绝排在最前。有多种原因。由现象方面说起，是昔人少作，今人也少作。少作，有原因。原因之小者是，情意常常不单纯，五绝的瓶子太小，难于装进去。原因之大者是，唯其容量小，反而要写得并使人感到，既内容不寒俭，又地盘不局促。换个说法是，蕴含的情意要深厚委曲，还要余韵不尽。这自然很难。即以唐代的高手而论，也不是所写都能够达到这样的高度。不怕不识货，就怕货比货，举下面几首为例：

不向东山久，蔷薇几度花。

白云还自散，明月落谁家？

（李白《忆东山二首》之一）

故国（读仄声）三千里，深宫二十（读仄声）年。

一声何满子，双泪落君前。

（张祜《何满子》）

仗剑行千里，微躯敢一（读仄声）言。

曾为大梁客，不负信陵恩。

（王昌龄《答武陵太守》）

三日入厨下，洗手作羹汤。

未谙姑食性，先遣小姑尝。

（王建《新嫁娘》）

专就余韵不尽的要求说，前两首合格，后两首差些。求合格，要能够在小操场里摆大阵势，这就初学说必有困难，所以不如先试试一首多几个字的七绝。七绝容量大些，格调比较爽朗响亮，余韵不尽的要求可以略放宽，所以反而比五绝容易。

七绝之后，进程可以作两种安排：一种是先五绝而后律诗，另一种是先律诗而后五绝。这样考虑，是因为五绝有五绝的难点，律诗有律诗的难点。不过，如果从无论学什么都宜于由简入繁方面考虑，那就把五绝排在前面也好。写五绝、七绝也是这样，无妨各种格式都试试。所谓各种格式，主要是前一联对偶和两联都对偶的，这可以为学写律诗作个准备。

其后是律诗。律诗排在古诗前面，不是因为写律诗比写古诗容易。这两体，难易很难说，原因是，古诗是个大家族，家族之内也不免有难易的分别，何况所谓古，还必须有那种朴厚生涩的味儿。这里把律诗排在前面，主要是顺应时风，即长时期以来，近体多用，古诗少用。律诗，五律和七律，就难易说，有同点，是依一般习惯，中间两联要对偶，对得工整不容易（且不管意思是否合适）。异点是七律较难，原因是：一，也是依一般习惯，七律要有书袋气，即典故用得多；二，五律可以平实，七律却要求金声玉振。因此，学作，可以先五律而后七律。但五律也有个小难点，因为第一句以仄收为常，与平韵脚的第二句容易对偶，有不少人，也许是为了显示功力深，就经常也对偶，这样，如果也有效颦之意，就要多凑一联对偶，负担自然会加重。不过这第一联也对偶的要求是愿打愿挨性质的，还有，与金声玉振的高格调相比，对偶终归是有迹可循的小节，所以各方面加加减减，总须承认，还是七律更难，以后尝试为好。

到此，近体各种都试过了，可以学学古诗。五古，七古，两者的难易是分明的，五古较易，七古很难。五古较易，是从取巧方面考虑的，比如已经惯于作近体，那就可以从扔掉多种拘束下手。这多种拘束，主要的是平节仄节交替、对偶、韵不同用；次要的是句数一定、押平声韵而且不许换韵。总之，可以变循规蹈矩为“随笔”。但这是从消极方面考虑，积极方面就不这样轻易，因为还要语句有生涩气，意境有朴厚气。如何才能有这两种气？自然又是只能借助于多体会之后的神而明之。与五古相比，七古的写法要铺张扬厉，句法多变，使人读了会感到奇崛高亢，雄浑超脱。这最难，因为还要靠天资，如李白，别人用力学，终归赶不上。也许就是因为太难，唐宋以后，作七古的人渐少。所以，如果缺少那类的情意或作的兴致，知难而退，不尝试也未尝不可。

各体都试过，如果情意富、诗兴多，还可以试试写组诗（或称联章）。以领兵为喻，作某体一首是将中军，作组诗是将三军，兵力雄厚，自然就声势浩大。组诗，最烜赫的是七律，如杜甫的《秋兴八首》《咏怀古迹五首》，我们读了会感到，比独立的几首相加，味道深厚，感染力更强。组诗也可以是其他体，以杜诗为例，《绝句六首》是五绝，《戏为六绝句》是七绝，《陪郑广文游何将军山林十首》是五律，《后出塞五首》是五古，《忆昔二首》是七古。作组诗，既要意思丰富、衔接，又要声韵有变化，所以比作独立的一首难得多。

如果有机会，还免不了要作和诗，所以也无妨试试，宁可备而不用。唐朝前期，和诗不要求次韵（或称步韵），如七律《和贾至舍人早朝大明宫之作》，贾至原诗用七阳韵，和诗，岑参用十四寒韵，王维用十一尤韵，杜甫用四豪韵（而且第一句仄收，不入韵）。据说由白居易起，作和诗也愿意限制多一些，用原诗韵字，以显示在高难动作中还游刃有余。文人总是既相轻又自负的，自负的资本是自己本事大，所以唐以后，和诗次韵就成为定例。说次韵高难，是因为：一，要依次序用原诗韵字，而意思却不雷同；二，原诗韵字，可能有些是罕用的（韵字故意用罕用的，然后求和，以为难他人，也不少见），和，照用，就必致大费脑筋。这第二种困难，有时还会升到顶端，如三十年代某有名文人写有打油气的七律，首联是“前世出家今在家，不将袍子换袈裟”，这“裟”字只有与“袈”合伙，才能表和尚袍一种意义，和诗必须照用而又要求意不同，就太难了。所以，有人反对这种互寻苦恼的歪风，主张不作。但人生于世，不从俗也不是容易的事，譬如有人找上门，寄诗请和，为了情面，总是依样葫芦一番好一些吧，所以如果行有余力，也不妨尝试一下。

此外还有一种，是篇幅拉长的律诗，即首联、尾联之间，对偶句超过两联，称为排律。这种体裁大多用五言，简称五排；七言的少见。唐以来的试帖诗，中间或是四联，称五言六韵；或是六联，称五言八韵。考场以外，作排律，韵数多少有很大的自由（少不得是四，因为那就成为一般的律诗；多不能超过所用韵部的字数，因为限定不许出韵，不许韵字重复）。排律中间各联都要对偶，拘束增加，难度也就随着增加。不过，昔人有此一体，如果对于对偶还有偏爱，也就可以试试。开始不必求多，比如也五言六韵或八韵，至多十几韵，也就够了。

五排还有集体作的一种形式，称为联句。为了争奇斗胜，如《红楼梦》第五十回所描写，都是一人两句，前一句是对句（下联），对前一个人那个出句（上联），等于答题；后一句是出句，等于出题，由下一个人答（凑下联）。联句难，难在不容工夫，要当机立断；还有是越靠后韵字越生僻，不容易用上而没有斧凿痕。这就必须有“烂熟”的本钱。烂熟的来源是“学”，也许还有“才”。昔人在这方面用的力多，本钱厚，似乎也算不了什么，今人就难得应付裕如。幸而现在集会，依时风是大吃，喝贵饮料，不作诗，遇到这类困难的机会也许没有。这里提一下，是因为昔日有此一体，可以不作而不可不知。

最后说说学作，学者必有师，应该以何为师。泛泛的容易说，是以好作品为师。但这等于不说，因为太概括，太抽象。具体说呢，又容易胶柱鼓瑟。不得已，只好说说对某些会碰到的问题的一些想法。其一，是多读，用“三人行，必有我师”的精神，都学，可以不可以。当然可以，可是面太广，说容易，做就怕抓不着把柄。其二，是譬如以近体为主，昔人，有的喜欢学唐，有的喜欢学宋，究以哪条路为好。我看是学唐比较好，因为只说一种重要的分别，是唐诗近于讲话，自然；宋诗近于诌文，欠自然。其三，是譬如李、杜，所作都是最上乘，究以学谁为是。我看是以学杜为是，因为李的造诣多来于才，难学；杜的造诣多来于学，有规矩可循，入门比较容易。昔人大多也是这样看、这样做的。其四，是着重学某一人或某一两个人，如王、孟，或元、白，或李商隐，或苏东坡，或陆放翁，等等，可以不可以。我的想法，当作路，可以；当作目的地，就可以不必，因为总不如吸取各家之长，以形成自己的。说起取众长，似乎还可以走个灵活的路：这是有兴致，拿起笔，我行我素（即不觉得是学某一家，而也许仍是由某某家来）；间或也有意地学某一家。这有意地学，用意可以有重轻两种：重是觉得某一家确是好，值得学；轻是如杜老之戏为吴体，偶然换换口味，既好玩，也可以算作一种练习。这最后一种想法表示，只要有志于学，锲而不舍，是走哪条路都可以的。

# 词的格律 一

我们现在用旧体韵语表达情意，有诗的诸体可用，似乎也可以不作词。有的人还要作，起因有轻重两种。先说重的，是有时会有那么一类情意，无端而幽渺，像是软绵绵而并不没力量，用诗表达，无论是古体“世间行乐亦如此，古来万事东流水”，还是近体“丛菊（读仄声）两开他日泪，孤舟一系故园心”，都觉得不对路，转而到词里去找，碰到“今宵酒醒何处？杨柳岸晓风残月”“莫道不消魂，帘卷西风，人比黄花瘦”，觉得合拍，所以也就只好顺着这个路子走，用这类的调调抒发幽渺的软绵绵。重之外还可能有轻的，是来于人人会有的一种尝尝心理，比如或大菜，或小吃，既然有卖的，而恰好袋里还有钞票，就忍不住要尝一尝，也就是拿起笔，照谱填一首两首，以抒发幽渺而软绵绵的情意。

诗是照格律（或宽或严）作，词是照谱填。谱是更严的格律（字句、声音方面的要求更为复杂）。更严，也就会更难吧？大体说是这样。细说呢，难有各方面的。由根本说起。以《红楼梦》中人物为例，呆霸王薛蟠不宜于作词，因为没有那种幽渺的情意（假定文墨方面不成问题）；李纨也不宜于作词，因为，即使有幽渺的情意，依照《内则》《女诫》等的规定，总以不表现为是。这根本最重要，没有这个，勉强效颦，下则不免于有外壳而无内容，上则会流为以诗为词，如苏东坡之“大江东去”，只好让关西大汉去唱。其次，有了这类情意，能够变成文句，也如情意之软绵绵，即所谓内外一致，尤其不易。我有时想，这不易，就男士说，至少一部分是来于要如演剧之反串，轻是生之反串旦，重是净之反串旦，都是本未必娇柔而要女声女气。这样，就作词说，以名家为例，欧阳修就会难于李清照，因为欧要反串，学红裙翠袖的声和气，李则可以本色，不必学。如果这个比喻不错，有人也许会问，这样的反串，需要吗？甚至应该吗？问应该不应该，问题就会往深处扩大，成为：人（包括男女）的这类幽渺的情意，有什么值得珍重的价值呢？推想有的人，答复会是否定的。证据是，也是多少年来已非一日矣，受了时风之吹，口说，笔写，总是因为某某人，或某某作品，有了社会内容，所以价值就高；相反，虽然未必说，没有社会内容的个人哀乐，尤其偏于温柔委曲的，价值就低，甚至没有。在这种地方，我是宁可奉行蔡元培先生的兼容并包主义，承认“穷年忧黎元，叹息肠内热”“泪眼问花花不语，乱红飞过秋千去”，只要情意不假，就可以并存，一定要衡量轻重，后者也绝不轻于前者。因为：一，任何情意，只要不是败德违法的，就都是天性之所需和社会之所当容纳；理由之二也许更有力，是没有个人的哀乐，社会内容就必致化为空无。

还是转回来说难易。上面说的难是大号的，昔日的大作手也会感到头疼的吧？至少是“旁观者清”，比如南渡以后的有些人，以至清代的浙派词人，总在绮丽而晦涩的语句中翻来翻去，其原因之一，甚至重要的原因之一（纵使自己不觉得，更不承认），恐怕就是已经写不出“流水落花春去也，天上人间”“生怕闲愁暗恨，多少事欲说（读仄声）还休”那样的语句。这样的难又会使我们想到婉约和豪放间的一些纠缠，且放下不表。还是谈作词的其他小难。这用相面法就可以看出来。其一是句法的多样化。句法包括两项：一是一句的字数。六朝以后，诗大致是五、七言两种，词就不然，由一字到十字都有。二是一首的句数。诗有定和不定两类，近体（排律特殊）有定，古诗和排律（试帖除外）不定；词有定，但因调不同而多多少少，千变万化。此外，一首的组织，词还有分片的花样。这花样包括分不分，分得多少，以及片与片间的形式（同规格或不同规格）和内容（藕断而丝连）的关系，总之，也没有统一的规格。其二是声音的复杂化。诗基本上是隔句押韵；词不一定。诗律细，只细到一般是分辨平仄，特殊是有些古诗押入声韵；词就花样繁多，如早期，可唱的时候还要分辨清浊、分辨五音，现在不能唱了，有的地方还要分辨上去，有的地方却容许以入代平，等等。此外，零碎的如调同可以规格不同，如《临江仙》，起句可以是六言，也可以是七言，《声声慢》，可以押平声韵，也可以押仄声韵；相反，调名异却可以规格相同，如《蝶恋花》，又名《一箩金》《江如练》《西笑吟》《卷珠帘》《明月生南浦》《桃源行》

《桐花凤》《望长安》《细雨吹池沼》《细雨鸣春沼》《鱼水同欢》《黄金缕》《凤栖梧》《转调蝶恋花》《鹊踏枝》，异名多到十几个。还有，文人喜欢自我作古，有时自度曲（也就自创调名），大家如周邦彦、姜夔，通音理，这样创了，我们不得不承认，其后到明清，还有人效颦，算数不算数？这总而言之，花样太多，不要说作，就是记住也大不易。再总而言之，是讲词的格律要比讲诗的格律麻烦得多。

但是俗话说，虱子多不痒，账多不愁，难也可以转化，借东风之力，变为易。这其实也是不得不如此。诗，以近体的律诗为例，格律有限，变化不大，很容易熟悉，头脑以外的《声调谱》之类就可有可无。词就不然，调多到接近千（有些调还有不同的体，总数就更多了），都记住，一般人必做不到，所以要有写在纸面上的词谱，以便想作而不熟悉格律的人照谱填。谱有粗细两类，早期（如宋代）的是工尺谱，除篇章（包括分片）语句以外，还注明宫调及各个字的唱法。这样的词谱今已不传（姜夔《白石道人歌曲》中保存一部分，不完备）。不传是研究方面的损失，至于作就关系不大。也许还有好处，因为音律方面的要求降低，我们就可以照谱哼几句，滥竽充数。这样降低要求的词谱，篇章语句之外，只注字的平、仄、可平可仄以及韵脚。举清朝万树《词律》中李白《菩萨蛮》一首为例（原为直行左行）：

平（可仄）林漠（可平）漠烟如织（韵），寒（可仄）

山一（可平）带伤心碧（叶）。暝（可平）色入高楼（换平），有（可平）人楼（可仄）上愁（叶平）。玉（可平）阶空伫立（三换仄），宿（可平）鸟归飞急（叶三仄）。何（可仄）处是归程（四换平），长（可仄）亭连（可仄）短亭（叶四平）。

平仄不能通融的字无小字注，如“林”这地方要用平声字，后一个“漠”这地方要用仄声字。“可平”表示这地方用仄声字好，但用平声字也可以；“可仄”同。“韵”表示这地方要入韵；“叶”表示这地方要押上一个韵字的韵。“换平”表示这地方要换用平声韵；以下“叶平”就是要押这平声韵。“三换”的“三”不是表示第三次“换”，是第三个韵；“四换”同。

词谱表示平仄等音律，也有在字旁标符号的，如○或—表示应平，●或丨表示应仄，◒表示应平而可仄，◓表示应仄而可平，△表示入韵，等等。举清舒梦兰（字白香）编、陈栩等考正的《考正白香词谱》中温庭筠《更漏子·柳丝长》一首为例（也是原为直行左行）：

柳丝长（句），春雨细（韵）。花外漏声迢递（叶）。惊
●○○　○●●　◎●◎○◎●　○
塞雁（句），起城乌（换平）。画屏金鹧鸪（叶平）。
●●　●○○　●○○●○

香雾薄（三换仄），透重幕（叶三仄），惆怅谢家池阁
○◎●　◎○●　◎●◎○◎●
（叶三仄）。红烛背（句），绣帷垂（四换平）。梦长君不知
○●●　●○○　●○○●○

（叶四平）。

○表示这地方要用平声字，●表示这地方要用仄声字，◎表示这地方平声仄声字都可用（不如分用◒◓以表明有常有变）。“句”表示这地方要停顿（还有“读”表示有小停顿），但不入韵。“韵”表示这地方要入韵。“叶”表示这地方要押上一个韵字的韵。“换平”表示这地方要换平声韵。“叶平”表示这地方要押上一个平声韵字的韵。“三换”“叶三”等也是表示这地方是第几“个”韵（不是第几“次”换和叶）。

还有离开字句径直说明平仄的，如王力先生《诗词格律·词谱举要》介绍《桂枝香》的格律，先标明字数（一百零一字）及分片情况（双调），以下是：

平平仄仄△。仄仄仄(平)平（上一下四），(仄)(平)平仄△。(仄)仄平平(仄)仄，仄平平仄△。(平)平(仄)仄平平仄，仄平平、(仄)平平仄△。仄平平仄，(仄)平(平)仄，仄平平仄△。

仄(仄)仄平平仄仄△（上三下四）。仄(仄)仄平平（上一下四），(仄)平平仄△。(仄)仄平平(仄)仄，仄平平仄△。(平)平(仄)仄平平仄，仄平平、(仄)(平)平仄△。仄平平仄，(仄)平平仄，仄平平仄△。

既表明平仄（(平)(仄)表示可变通）及用韵情况，又说明应注意的句法，用起来更清楚方便。

对照以上各种谱，以及参考各调后作法的说明（句法和声音的应注意之点），依样画葫芦，就是作音律比较复杂的词，专就合乎格律的要求说，也就没有什么困难了。

上面提到的万树《词律》是求全的，虽然其后还有人作“拾遗”和“补遗”之类。《词律》之后，还有一种求全的，同样著名，是康熙年间王奕清等编的《钦定词谱》，收词调八百多，连带不同的体，总数超过两千，就更繁重了。

物各有其用。研究词学的，词人，可不厌其多。至于“余事作诗人”的，更余事填填词的，就用不着这样多。其实，即以宋代的大家，如柳永、秦观、周邦彦等而论，也不是所有的词调都试试，而是填自己喜欢用的、惯于用的。这样的词调，绝大多数是常用的，即不冷僻的。常用，推想也必是有较大的表现情意的力量的。这种情况可以证明，即使我们颇有兴致填词，所需词调也不必很多，或说不应该很多。这样的择要的词谱，昔人也作过，最流行的一种是上面提到的《白香词谱》。这部词谱收词调整整一百，始于字数少的《忆江南》《捣练子》（都是二十七字），终于字数多的《春风袅娜》（一百二十五字）和《多丽》（一百三十九字）。字数过少的，如《十六字令》（十六字），过多的，如《莺啼序》（二百四十字），都没收。为了简便合用，这样处理有好处。当然，如果愿意加细，就会感到有不足之处。主要是所收词调偏少（更不收调的别体），甚至有些习见的也漏掉。作词谱是供多数人选用，调偏少，供不应求，是不合适的。

收词调较多的有近人龙榆生（名沐勋）编的《唐宋词格律》（逝世后由张珍怀等整理，上海古籍出版社出版），收词调一百五十三个，兼收常见的别体。依押韵的不同情况编排，共五类：第一类是押平声韵的，计收《十六字令》《南歌子》等五十二调；第二类是押仄声韵的，计收《如梦令》《归自谣》等七十五调；第三类是平仄韵转换的，计收《南乡子》《蕃女怨》等十二调；第四类是平仄韵通叶的，计收《西江月》《醉翁操》等六调；第五类是平仄韵交错叶的，计收《荷叶杯》《诉衷情》等八调。介绍词调情况用兼顾法，举平仄韵转换的《清平乐》为例：

## 清平乐

又名《忆萝月》《醉东风》。《宋史·乐志》入“大石调”，《金奁集》《乐章集》并入“越调”。《尊前集》载有李白词四首，恐不可信。兹以李煜词为准。四十六字，前片四仄韵，后片三平韵。

### 定格

＋－＋｜（仄韵）＋｜－－｜（叶仄）＋｜＋－－｜｜（叶仄）＋｜＋－＋｜（叶仄）　＋－＋｜－－（换平韵）＋－＋｜－－（叶平）＋｜＋－＋｜（句）＋－＋｜－－（叶平）

**例一**

别来春半，触目愁肠断。砌下落梅如雪乱，拂了一身还满。　　雁来音信无凭，路遥归梦难成。离恨恰如春草，更行更远还生。

以下还有例二、例三，举晏殊词和辛弃疾词各一首。上面是兼顾法，因为解题之外，格律兼用“符号”“文字”两种形式。符号，“—”代平声，“|”代仄声，“+”代可平可仄，用韵、叶韵、换韵分别注出；文字，“◎”代平声韵，“△”代仄声韵，“·”代不入韵的停顿：两相对照，可谓简而明。只是“+”这个符号，不分常和变，且难上口，我以为不如分用“⊤”（代应平而可仄）“⊥”（代应仄而可平）两个。如果分用两个，上面的符号形式就成为：

⊤—⊥|（仄韵）⊥|——|（叶仄）⊥|⊤——||（叶仄）⊥|⊤—⊥|（叶仄）　⊤—⊥|——（换平韵）⊤—⊥|——（叶平）⊥|⊤—⊥|（句）⊤—⊥|——（叶平）

这样标示，⊤和⊥，都是上部表示常，既可入目又可上口，下部表示变，只诉诸目，这获得是方便。更大的获得是，如果字字常而不变，就会更为完美吧？

其实，初学还可以从更容易走的路开始。那就用王力先生的《诗词格律》也好。这本小书只收词调《十六字令》《忆江南》等五十个，都是最习见并比较简短的（百字及以上的只占五分之一；最长的《六州歌头》一百四十三字，比《莺啼序》几乎少一百字）。说“开始”，也许还是眼惯于往高处看；实事求是，如果余力不多，在这不大的池塘里扑腾多年甚至一辈子，大概也不会感到局促。

最后说说照谱填，还会进一步，也应该进一步，就是逐渐熟悉一些词调，眼不看谱也能填。当然，熟悉总比不熟悉好。好处很多：省力是其一；有时候，遇到某种场合，或主动，或被动，欲不作而不得，而手头没有词谱，头脑里装一些看家的，就可以避免尴尬，这是其二。熟悉，有快慢问题，求快就不能不用力背；有力量和兴趣，能够背一些最好，没有，可以慢慢来。还有先熟悉哪些的问题，这宜于先简后繁；同样的繁简之中，可以取决于个人的所好。还有量多少的问题，原则上是韩信将兵，多多益善；但也要照顾实际，有情意表达，够用，即使少到只几十个，甚至十几个，也应该算是游刃有余。

# 词的格律 二

任何格律都有来由，或说有理据。诗的格律，理据是“吟诵”的悦耳；词的格律，理据是“歌唱”的悦耳。这分别夸大一些说，诗的格律是“文人”摸索，逐渐定下来的；词的格律是“歌女”摸索，逐渐定下来的。专说词，这样定下来，合适不合适？这里似乎没有绝对的是非，尤其我们生不逢唐宋，不能在花间、尊前歌唱或听歌唱，就只能假定这样的歌唱想当是好的或比较好的。可是南渡以后，词渐渐不能唱了，因而它就下降为与诗同等，格律的理据成为也是“吟诵”的悦耳。吟诵与歌唱终归不是一回事，比如同平仄的三个字以上连用，适应歌唱的要求也许需要，吟诵就未必好听。这样，我们现在作词，还要照谱填，也就是用来于歌唱的格律，理由是什么？我想，理由之一是我们不是唐宋时期的歌女，也没有柳永、周邦彦等那样的通音理的本领，因而就没有能力不依样画葫芦；之二是懒汉的想法，依样画葫芦可以少费力，坐享其成；之三最重要，是这流传的格律，确是有独占的表达幽渺情意的能力，换个样子恐怕未必成；这之三会使我们推论出个之四，是这流传的格律中确是暗藏着能够抒发幽渺情意的理（纵使我们说不清），这理大概是由歌唱来，所以应该珍视并利用。总而言之，我们应该照谱填，以享用虽不能歌唱而与歌唱有血肉联系的优越性。但是另一面，不能歌唱终归也是事实，一些只有在歌唱中才能显现的微妙之处，如李清照《词论》中说的分“五音”“清浊”之类，可以不可以放松些？我想是可以的。事实是，这位易安居士讥为“句读不葺之诗”的那些篇什，出自北宋大家，早已放松了。问题是可以放松到什么程度。这难于具体说，我的想法，可以由两个方面考虑，一是分辨不清楚的（包括旧说法不同的），二是照办很费力的，就无妨睁一眼合一眼，至于这样考虑之后还是拿不准的，就无妨安于差不多。

安于差不多是入门以后的事；以前是先要入门，就是通晓格律以及与格律有关的种种。这显然不简单。站在本书的立场，处理这不简单有两条路，一是自己承担，另一是乞诸其邻而与之。我想应该走后一条路，原因之一是本书的目的是粗粗说说怎样读写，不是详细讲格律；之二是已经有成品可以利用，用不着再费辞。这成品，我想推荐的有两种：一是王力先生兼讲诗的《诗词格律》，另一是夏承焘、吴熊和二位合著专讲词的《读词常识》（也是中华书局出版）。两种书量都不大，王先生因为是兼讲，内容较略，夏、吴二位是专讲，内容较详。我以为，不深入研究，只想花间、尊前也哼几句的人，找来这两种，细心咀嚼，能明白，能记住，就够了。

推荐是推出去，但既然是讲格律，有关格律的情况，我认为应该加说几句的，还是想加说几句。以下由巨而细，分项说说。

## 一、调同体不同

包括两个问题：一是什么情况算，什么情况不算；二是如何取舍。先说前一个，我以为，句法（包括音律）变动不大的可以算，变动过大甚至调名也变的可以不算。前者如《临江仙》的这两体：

樱桃落尽春归去，蝶翻轻粉双飞。子规啼月小楼西。玉钩罗幕，惆怅暮烟垂。　别巷寂寥人散后，望残烟草低迷。炉香闲袅凤凰儿（读ní）。空持罗带，回首恨依依。

（李煜）

梦后楼台高锁，酒醒（读平声）帘幕低垂。去年春恨却来时。落花人独（读仄声）立，微雨燕双飞。　记得（读仄声）小蘋初见，两重心字罗衣。琵琶弦上说（读仄声）相思。当时明月在，曾照彩云归。

（晏几道）

前一首上下片开头都是七字句，比后一首多一字；“玉钩罗幕”“空持罗带”用四字句，比后一首少一字。全首字数相同，其他都同格，所以应该算同调异体。像柳永同调名的慢词，单看上片开头两韵：

梦觉（读仄声）小庭院，冷风淅淅，疏雨潇潇。绮窗外，秋风败叶狂飘……

相差如此之多，总以不算同调异体为是。至于像以下两首：

绿杨芳草长亭路，年少抛人容易去。楼头残梦五更钟，花底离愁三月雨。 无情不似多情苦，一寸还成千万缕。天涯地角有穷时，只有相思无尽处。

（晏殊《玉楼春》）

天涯旧恨，独自凄凉人不问。欲见回肠，断尽金炉小篆香。黛蛾长敛，任是春风吹不展。困倚危楼，过尽飞鸿字字愁。

（秦观《减字木兰花》）

不只格式大异，连调名也有变，更以划清界限为是。

再说后一个问题，在这样的同异中如何取舍。我的想法，初学以及余事填填词的，总的原则，以随大流为是，就是宜于取常而舍僻。取常有不同的情况：其一是同调的异体都常见，句法和音律也没有明显的高下之分，如上面所举《临江仙》的前两体就可以兼收，下笔时任取一体。其二是同调不同体，其中一体罕见，句法或音律较常见的一体为差，如《临江仙》下片换韵的：

冷红飘起桃花片，青春意绪阑珊。画楼帘幕卷轻寒。酒馀人散后，独自凭阑干。夕阳千里连芳草，萋萋愁煞（读仄声）王孙。徘徊飞尽碧天云。凤笙何处？明月照黄昏。

（冯延巳《临江仙》）

就宜于从常而不取冷僻的。（又如《诉衷情》，龙榆生《唐宋词格律》不收习用的起句为平平仄仄仄平平一体，而收罕用的起句为平仄，平仄一体，以不从为是。）其三，如《声声慢》有平韵、仄韵（入声韵）两体，先是平韵体较常见，可是因为李清照“寻寻觅觅，冷冷清清，凄凄惨惨戚戚（读仄声）”一首用仄韵，出了大名，其后用此调作词的都照用仄韵，我们也只好随着，押入声韵。

## 二、调的高下之别

调的灵魂是格律。不同的句法和音律构成不同的格律。以悦耳为标准，不同的句法和音律，可能有高下的分别。自然，这分别未必很明显；就是以为明显的，所分也未必恰当。姑且承认这来于感受的高下之别总当有或多或少的理据，于是对于不同的调，至少是其中的一些，我们就可以说，某两个前者比后者好些，或前者比后者差些。较好较差，有时（不很少）来于牌号的老（出于歌女之口的源远流长的）与新（文人闭门造车的），如以下两首：

箫声咽，秦娥梦断秦楼月。秦楼月，年年柳色，灞陵伤别（读仄声）。乐游原上清秋节（读仄声），咸阳古道音尘绝（读仄声）。音尘绝（读仄声），西风残照，汉家陵阙。

（传李白《忆秦娥》）

为米折腰，因酒弃家，口体交相累。归去来，谁不遣君归？觉从前皆非今是。露未晞，征夫指予归路，门前笑语喧童稚。嗟旧菊（读仄声）都荒，新松暗老，吾年今已如此！但小窗容膝（读仄声）闭柴扉，策杖看孤云暮鸿飞，云出（读仄声）无心，鸟倦知还，本非有意。

噫！归去来兮，我今忘我兼忘世。亲戚（读仄声）无浪语，琴书中有真味。步翠麓崎岖，泛溪窈窕，涓涓暗谷流春水。观草木欣荣，幽人自感，吾生行且休矣！念寓形宇内复几时，不自觉（读仄声）皇皇欲何之，委吾心，去留谁计？神仙知在何处？富贵非吾愿。但知临水登山啸咏，自引壶觞自醉。此生天命更何疑，且乘流，遇坎还止。

（苏轼《哨遍》）

只要念一遍就会感到，前一首有音乐性，后一首虽然出于大家，却生硬板滞，没有音乐性。没有音乐性，即使可以称为词，也总当算作下乘了。

较好较差，有时还见于同是老牌号的两调之间，如以下两首：

红粉楼前月照，碧纱窗外莺啼。梦断辽阳音信，那堪独守空闺。恨对百花时节（读仄声），王孙绿草萋萋。

（毛文锡《何满子》）

群芳过后西湖好，狼藉残红。飞絮濛濛。垂柳阑干尽日风。 笙歌散尽游人去，始觉（读仄声）春空。垂下帘栊。双燕归来细雨中。

（欧阳修《采桑子》）

两首相比，前一首句法和音律变化太少，因而显得死板；后一首句法多变，音律先抑后扬，扬也有变，先是两个四字句，然后是一个七字句作结，使人有顿挫痛快之感，当然就占上风了。这上下之别使我们可以推论，学习格律、接受格律，应该先选择，就是念念、比较，只取自己认为好的。

## 三、短调长调之间

词的历史，专就篇幅说，大致是由短往长发展。篇幅短长，过去有小令（五十八字以内）、中调（五十九字—九十字）、长调（九十一字以外）的分法，很多人不赞成。这里谈短长，不想碰分界问题，所以短调，大致是指小令以及接近小令的，字数更多的算长调。唐、五代、北宋早期，短调多，长调少。文人总是喜欢在文的方面露一手，露要显示才和学，语句少就像是场地过小，难于驰骋，于是由北宋后期起，长调（或称慢词）就逐渐增多。这个趋势下传，南宋直到清朝，有名的作手，绝大多数就用大力写慢词，只有纳兰成德、王国维等少数人例外。我们现在学作词、钻研格律，对于短调长调，是一视同仁好呢，还是有所偏重好呢？我的想法，为初学以及余事填填词的人着想，不如有所偏重，就是短调多吸收一些，长调少吸收一些。理由不止一种。其一，显而易见，短调容易记，也容易作，专业以外的人虽然也应该不怕难，能躲开的麻烦仍以躲开为好。其二，短调与歌唱的关系深，如上面所说，音乐性和表现力都强；长调至少其中的一些，文人闭门造车的就未必然。作词，选调有如买刀剪，当然应该要锋利的。其三，依通例，词表现的内容是点滴式的情意（也许幽渺的情意就不宜于摊开；也就因此，词里没有《孔雀东南飞》式的作品），点滴放在小的场面里可以紧凑、鲜明，因而有力；场面过大就不得不多方面拉扯，紧凑变为松散，鲜明变为模胡，感人的力量自然就要降低。举极端的两首为例：

梳洗罢，独倚望江楼。过尽千帆皆不是，斜晖脉脉水悠悠，肠断白（读bò）蘋洲。

（温庭筠《梦江南》）

残寒正欺病酒，掩沉香绣户。燕来晚、飞入西城，似说春事迟暮。画船载、清明过却，晴烟冉冉吴宫树。念羁情游荡，随风化为轻絮。　十载西湖，傍柳系马，趁娇尘软雾。

溯红渐、招入仙溪，锦儿偷寄幽素。倚银屏、春宽梦窄，断红湿（读仄声）、歌纨金缕。暝堤空，轻把斜阳，总还鸥鹭。　　幽兰旋老，杜若还生，水乡尚寄旅。别后访、六桥无信，事往花委，瘗玉埋香，几番风雨？长波妒盼，遥山羞黛，渔灯分影春江宿。记当时、短楫桃根渡。青楼仿佛，临分败壁题诗，泪墨惨淡尘土。　　危亭望极（读仄声），草色天涯，叹鬓侵半苎。暗点检、离痕欢唾，尚染鲛绡，亸凤迷归，破鸾慵舞。殷勤待写，书中长恨，蓝霞辽海沉过雁，漫相思、弹入哀筝柱。伤心千里江南，怨曲重招，断魂在否？

（吴文英《莺啼序》）

两首相比，后一首，除了显示作者有堆砌拉扯的大本领以外，苛刻一些说，简直是费力不讨好，因为正如昔人所讥，“七宝楼台”，使人眼花缭乱，究竟表达什么情意，却看不清、抓不着。眼花缭乱而无所感，作词的本意就落了空。因此，为了不落空，我以为最好还是少填慢词；就是填，也要到习见的一些如《沁园春》《永遇乐》《贺新郎》之类为止，不要再远行，以至于也试试《莺啼序》。

## 四、平韵仄韵之间

唐宋以来，尤其更靠后，作诗，多数人惯于用近体。近体，大致说都是押平声韵。词，有些调押平声韵，有些调押仄声韵（包括入声韵）。专由数量方面看，押仄声韵的（包括以仄声韵为主体的）像是占上风。这或者也有来由。如果真有，我想，那是幽渺而软绵绵的情意，更宜于用仄声韵来表达。我们都知道，声音和情意有关系，或说密切关系。专就平仄说，平声开朗，仄声沉郁，工欲善其事，必先利其器，作词当然也要这样。理由是这幽渺而软绵绵的情意的性质。它小，“照花前后镜，花面交相映”，可是常常又切身，“时节（读仄声）欲黄昏，无憀独（读仄声）倚门”，几乎都牵涉到好事，可是正如俗话所说，好事多磨，结果就常常是憧憬、思虑、惆怅，或总而名之，无端而难于排遣的闲愁。这用颜色比喻，不是鲜明的，是暗淡的。怎样表现？还是由声韵方面说，可以用平声，“何处是归程，长亭连短亭”，但总不如用仄声，“乐游原上清秋节（读仄声），咸阳古道音尘绝（读仄声）”显得更凄凉、更沉痛。也就因此，平韵词调和仄韵词调之间，我的想法，宜于更重视仄韵的。就是说，把它看作利刃，遇到情意的一团乱丝，平声词调力有所不济，就用它来割。昔日的大家经常是这样做的，不少脍炙人口的篇什，如冯延巳《蝶恋花》（庭院深深深几许）、欧阳修《生查子》（去年元夜时）、柳永《雨霖铃》（寒蝉凄切）、王安石《桂枝香》（登临送目）、秦观《踏莎行》〔雾失（读仄声）楼台〕、贺铸《青玉案》（凌波不过横塘路）、周邦彦《兰陵王》〔柳阴直（读仄声）〕、李清照《声声慢》（寻寻觅觅）、辛弃疾《永遇乐》（千古江山）、姜夔《齐天乐》（庾郎先自吟愁赋）等等，可以为证。

## 五、与诗异的种种

今人有闲情哼几句韵语的，多数是与诗较熟、与词较生。古语说：近朱者赤，近墨者黑。因而填词就容易受诗的影响，或者说，用写诗的笔写词。这样就不好吗？仁者见仁，智者见智。如依时风，有的人就以为《大江东去》之类不是不好，而是更好。辩解无用，我说我自己的。姑且承认词既可以写"但目送芳尘去"，又可以写"浪淘尽千古风流人物"；但也要承认，有"但目送芳尘去"那类的情意，用词表达轻而易举，用诗呢，那会如让李逵拿板斧绣花，恐怕必是费力不讨好，这是赞成分工的想法。或退一步说，即使容许跑马占圈，也总当承认，有与诗不同的词（不只是形式，而且是内容）；这样的词，不只应该有立足之地，而且应该有相当广阔的立足之地。这直截了当地说，是写词最好能够像词。

怎么样才能够像词？形式不是决定性的唯一条件，如"梦魂惯得（读仄声）无拘检，又踏杨花过谢桥"是词，"为君歌一（读仄声）曲，请君为我倾耳听"不是。这是就意境说，前面多次提到。语言也有关系。记得李渔在所作《闲情偶寄》里说过，作词，用语要比诗俗。我想，这是因为词要带些小儿女气，韵味像谢灵运、王昌龄就不合适。小儿女与文士之别，可以从《红楼梦》里找到个形象的说明，第二十八回宝玉、薛蟠等在冯紫英家聚会，饮酒行酒令，妓女云儿唱，"豆蔻花开三月三"，戚本作"豆蔻开花三月三"，有正书局老板狄平子眉批："'豆蔻开花三月三'是歌曲中绝妙好词，今本改作'豆蔻花开'，便平板无奇矣。此中消息，俗人那得知之!"其实，此中的消息不过是，开花是小儿女语，变为"花开"就不免有书袋气。显然，这里绝顶重要的是如何才能具有幽渺的情意，又如何才能用小儿女的口吻表达出来。光是想没用，重在能行。但这只能慢慢探索，神而明之，也就只好不说。以下说一点点有迹象可循的。

一种是章法的分片。少数小令不分片，一气呵成。词的大多数分片：一般分为上下两片，少数三片，极少数四片。分片由歌唱的重叠来。《诗经》分章，乐府有一解、二解等，都是唱完一曲，用相同或相似的曲调再唱一两次，以满足耳的多听之瘾。到中古，唱阳关有三叠，还是沿用传统的老办法。词也是这样，因为歌唱要求重叠，所以分片。南渡以来不能唱了，分片却给作法留个诗里没有的麻烦，是下片要意有变，又不可大变，换个说法，是既要藕断又要丝连。怎么断而又连？有多种办法，如上下片，一谈事，一言情；一怀往，一伤今；一写外界，一写内心；以至一彼一此，一正一反，一问一答，都可以。贵在能够斟情酌事，量体裁衣。上下片的断和连，尤其着重下片的开头一句（名过片或换头），如姜夔咏蟋蟀的《齐天乐》一首：

庾郎先自吟愁赋。凄凄更闻私语。露湿（读仄声）铜铺，苔侵石井，都是曾听伊处。哀音似诉。正思妇无眠，起寻机杼。曲曲屏山，夜凉独自甚情绪！　　西窗又吹暗雨。

为谁频断续，相和砧杵。候馆迎秋，离宫吊月，别有伤心无数。豳诗漫与。笑篱落呼灯，世间儿女。写入琴丝，一声声更苦。

上片终于写思妇，下片起于写天时，从事方面看是断了，从情方面看又连得很紧，所以历来推为过片的名作。成名，不易，退一步，得体，也不易，所以要努力，至少要注意。

另一种是句法的多变。魏晋以后，诗大致是五、七言两种，句的组织（上二下三、上四下三之类）都从习惯，或任方便。词就不然，而是有五、七言以外的句式；句的组织，少数还有分节的规定。举《调笑令》和《八声甘州》的开头为例：

团扇，团扇，美人病来遮面。玉颜憔悴三年，谁复商量管弦？弦管，弦管，春草昭阳路断。

（王建《调笑令》）

对潇潇暮雨洒江天，一番洗清秋。渐霜风凄紧，关河冷落，残照当楼……

（柳永《八声甘州》）

前一首，“团扇，团扇”是二字句；“弦管，弦管”不只是二字句，而且是上一句末尾二字“管弦”的倒转：这样的句法都是诗里没有的。

后一首，对潇潇暮雨的“对”，渐霜风凄紧的“渐”，都是领字，规定要一个音节单干，也是诗里没有的。此外还有一些诗里没有的句法，不备举。

还有一种是声音要求的加细。一般说，诗，尤其近体，要辨平仄；只有少数古体，押入声韵，深追了一步。词就限制多得多，有不少词调惯于押入声韵之外，在有些调的某些地方，常常还有要用某声字的限制。如上面举的“对”“渐”之类的领字，要用去声。又如《永遇乐》的尾句，辛弃疾一首最有名，是“尚能饭否”，其前的李清照是“听人笑语”，其后的刘辰翁是“满村社鼓”，最后两字都用去、上，想来也是有意这样。比这更细的还有辨五音（发声部位）、清浊（清声母和浊声母）等说法，因为更难做，不通行，现在当然就不必管了。

## 六、题目

诗都有题目，表明全篇的大意或写作的起因。字数可多可少，通常是三五个字；太多可以用题下加小字“并序”的形式。有的标“无题”，表示有难言之隐，所以也可以说，无题就是有题。真无题的有两种：一是用乐府旧题，如《短歌行》《子夜歌》之类；另一是《绝句》《律诗二首》之类。词一般只标词调，调经常与内容无关，如《渔家傲》可以写“将军白发征夫泪”，所以应该说是无题。无题有好处，是接近朦胧，可以由读者去仁者见仁，智者见智。但有感，写在纸上，如果是仁，读者见的是智，也总是小的事与愿违吧？如果竟是这样，那就只好在调下加个说明（即题目，如“闺怨”“黄州定慧院寓居作”之类），以资补救。加好还是不加好呢？似乎应该考虑两个方面：一是本事和意境隐不隐，隐可以加，不隐不必加；二是宜于隐不宜于隐，宜于隐不必加，不宜于隐可以加。两个方面有时协调，有时不协调，情况颇为复杂，只好由作者相机处理了。

## 七、可否也自度曲

我看最好是不这样。因为：一，那很难，余事填填词的，还是以知难而退为好。二，即使费大力，取得勉强过得去的效果，也难于取得他人的首肯。三最重要，是已经有足够的词调可用，不必有清福可享而不享。总之，填词比作诗难，我们的希求不宜于过高，或说得更切实些，应该有自知之明。

# 词韵

押韵也是格律方面的事，因为附庸可以蔚为大国，所以标个独立的题目。前面讲近体诗、讲古诗，都谈到押韵；这里讲词，又谈押韵，是因为，如果押韵情况可以分为宽严两类，词的押韵属于宽的一类（即大不同于近体诗），却又不同于古诗。这是说，它有自己的习惯或办法，所以需要自立门户。说习惯或办法，不说规定，是因为它不像近体诗有官定的韵书，必须遵照办理。没有官定的，情况与古诗同，但又有异点。一最显而易见，古诗用的是汉魏六朝的音，词是唐宋以来的，音随着时代变，而且相当快，所以必有异。二是作者有别，古诗，主流出自文人的笔下，容易偏向规矩；词就不然，主流出自歌女之口（文人模仿，绝大多数愿意走老路），容易偏向随便。甚至如李渔所说，词要有意求俗。这样，近于下层、村野，表现在押韵上就成为不细致，或说安于差不多，总之，限制就宽了。还有个结果，是分歧就多了，就是说，有时就不免，这一首如此押，那一首如彼押。没有官定的韵书，实例又不能车同轨、书同文，有什么办法排比个“词韵”？

昔人，专说既三思又不乱说的，用的是带点势利主义的归纳法，就是多取大家的作品，把押韵相同的情况（如柳永、周邦彦等都这样押）集到一起看，如“中”“红”等（诗韵属一东）和“宗”“农”等（诗韵属二冬）都用在一首里，就可以断定，作词，押韵，属于一东的字可以和属于二冬的字通用。这样的断定积累多了，会碰到某一种情况实例少，某一种情况像是越出常轨，应该认可还是不认可的问题。这也可以宽，是有闻必录；可以严，是取重舍轻。因而词韵就难得同于诗韵，一刀齐，而是不同的人会有不同的看法（纵使偏于小节）。对于余事填填词的，这些也可以不多追问，因为难于理清楚，而且用处不大。以下想由简明入手，以实用主义为原则，先介绍早已有成品的词韵。

由清朝道光年间的《词林正韵》说起。其前有过这类作品，如宋人的《菉斐轩词韵》(真本可能不传)，清初李渔的《笠翁对韵》，其后还有比较通行的吴烺等著的《学宋斋词韵》，等等，都瑕瑜互见，甚至瑕比瑜多，不足为训。《词林正韵》是苏州人戈载所著。戈氏功名不高（只是个贡生），没有官位，一生致力于词学，著《词林正韵》，他自己说用意是：

填词之大要有二，一曰律，一曰韵。律不协则声音之道乖，韵不审则宫调之理失，二者并行不悖。韵虽较为浅近，而实最多舛误。此无他，恃才者不屑拘泥自守，而谫陋之士往往取前人之稍滥者，利其疏漏，苟且附和，借以自文其流荡无节，将何底止？予心窃忧之。因思古无词韵，古人之词即词韵也。古人用韵，非必尽归画一，而名手佳篇，不一而足，总以彼此相符，灼然无弊者，即可援为准的焉。于是取古人之词，博考互证，细加辨晰，觉其所用之韵或分或合，或通或否，畛域所判，了如指掌。又复广稽韵书，裁酌繁简，求协古音，妄成独断。凡三阅寒暑而卒事，名曰《词林正韵》。非敢正古人之讹，实欲正今人之谬，庶几韵正而律亦可正耳。

（《词林正韵发凡》）

这是以古人作品为事例，用归纳法，加一点点势利主义，以探求韵部的分合情况。所谓势利主义包括两项内容，一是取大家之作，二是存大同而舍小异。这样定下来的词韵，自然与诗韵还有小分别，是：诗韵来于官定，因而作诗，韵的对错是绝对的；词韵来于推定，因而作词，韵的对错只是大致如此。幸而对于余事填填词的，这大致如此也就够了。

《词林正韵》上海古籍出版社出版过影印本，有兴趣可以找来看看。说“有兴趣”，意思是也可以不找来看。理由有消极方面的，总的说是不便于用。分着说呢，一最显著，戈氏标韵部，用的是《集韵》，繁且不说，熟悉平水韵的人一定感到生疏别扭。举平声第一部为例,《词林正韵》的总说明是“一东二冬三锺通用”,“一东、二冬”之外又冒出个“三锺”来，脑子里的地盘已经被诗韵占据的人自然会感到不习惯。二不显著，却关系不小，是对于入声字作平声字或上声字或去声字用，戈氏也给予显要的地位，究竟合适不合适（问题留到下面谈）？三是收字求详备，其中绝大多数日常用不到。可以不看《词林正韵》，理由还有积极方面的，是已经有便于用的，当然就不必兼收不便于用的。

这便于用的，就是把刚才提到的三点改掉的本子。这三点是：一，分韵部不用生疏的《集韵》，而用平水韵，或说诗韵；二，入声字作平、上、去三声字用的情况不收，这虽然未必合乎事实，却可以收简易之效；三，过于生僻的字删了。这种便于用的词韵，想是因为适于一般偶尔有兴致也填填词的人的需要，清代晚期就有了，如陈祖耀校正的《增订晚翠轩词韵》就是这样。近人王力先生《诗词格律》、龙榆生《唐宋词格律》，所举词韵也是这类型的。王先生因为是兼讲诗词，所以词韵附在《诗韵举要》里，某韵部再分，用加星号以分辨的办法（如九佳字分为两组，总称为“佳半”和“佳*半”，诗韵九佳部分“佳”“涯”等字右肩加星号,“街”“鞋”等字不加，表示两组字在词韵中有别，加星号的属第十部，不加的属第五部，要分用）。龙氏书专讲词，就可以避免合伙的麻烦。以下具体介绍词韵，说明部分抄《诗词格律》讲词韵的一些话，词韵部分抄《唐宋词格律》书后附的《词韵简编》。

以下抄王力先生的说明：

关于词韵，并没有任何正式的规定。戈载的《词林正韵》，把平、上、去三声分为十四部，入声分为五部，共十九部。据说是取古代著名词人的词，参酌而定的。从前遵用的人颇多。其实这十九部不过是把诗韵大致合并，和上章所述古体诗的宽韵差不多……

这十九部大约只能适合宋词的多数情况。其实在某些词人的笔下，第六部早已与第十一部、第十三部相通，第七部早已与第十四部相通。其中有语音发展的原因，也有方言的影响。

入声韵的独立性很强。某些词在习惯上是用入声韵的，例如《忆秦娥》《念奴娇》等。

平韵仄韵的界限也是很清楚的。某调规定用平韵，就不能用仄韵；规定用仄韵，就不能用平韵。除非有另一体。

只有上、去两声是可以通押的。这种通押的情况在唐代古体诗中已经开始了。

以下抄《唐宋词格律》后附的《词韵简编》：

## 第一部

平声：一东二冬通用（以下分一东、二冬两组，举两韵包括的字，如东、同、童，冬、鼕、彤，等等，从略。下同。）

仄声：上声一董二肿

去声一送二宋通用

## 第二部

平声：三江七阳通用

仄声：上声三讲二十二养

去声三绛二十三漾通用

## 第三部

平声：四支五微八齐十灰（半）通用

仄声：上声四纸五尾八荠十贿（半）

去声四寘五未八霁九泰（半）十一队（半）通用

## 第四部

平声：六鱼七虞通用

仄声：上声六语七麌

去声六御七遇通用

## 第五部

平声：九佳（半）十灰（半）通用

仄声：上声九蟹十贿（半）

去声九泰（半）十卦（半）十一队（半）通用

### 第六部

平声：十一真十二文十三元（半）通用

仄声：上声十一轸十二吻十三阮（半）

去声十二震十三问十四愿（半）通用

### 第七部

平声：十三元（半）十四寒十五删一先通用

仄声：上声十三阮（半）十四旱十五潸十六铣

去声十四愿（半）十五翰十六谏十七霰通用

### 第八部

平声：二萧三肴四豪通用

仄声：上声十七篠十八巧十九皓

去声十八啸十九效二十号通用

### 第九部

平声：五歌（独用）

仄声：上声二十哿

去声二十一箇通用

### 第十部

平声：九佳（半）六麻通用

仄声：上声二十一马

去声十卦（半）二十二祃通用

## 第十一部

平声：八庚九青十蒸通用

仄声：上声二十三梗二十四迥

去声二十四敬二十五径通用

## 第十二部

平声：十一尤（独用）

仄声：上声二十五有

去声二十六宥通用

## 第十三部

平声：十二侵（独用）

仄声：上声二十六寝

去声二十七沁通用

## 第十四部

平声：十三覃十四盐十五咸通用

仄声：上声二十七感二十八琰二十九豏

去声二十八勘二十九艳三十陷通用

## 第十五部

入声：一屋二沃通用

## 第十六部

入声：三觉十药通用

### 第十七部

入声：四质十一陌十二锡十三职十四缉通用

### 第十八部

入声：五物六月七曷八黠九屑十六葉通用

### 第十九部

入声：十五合十七洽通用

与古诗（平、上、去各分为十五类，入声分为八类）押韵的情况相比，词押韵合并的情况更多（分部减少，而且上声、去声可以通用）；如果与近体诗相比，那就显得太自由，近于随便来来了。

这近于随便来来，会引来一些或偏于理论，或偏于实用的问题，分别说说。

一是入声字作平、上、去三声字用，究竟合适不合适，或应该不应该认可的问题。《词林正韵》由第三部起，平声五支六脂七之八微十二齐十五灰通用之后，列“入声作平声”一项，举“室”“�”“实”“石”等一百三十多入声字，说可以作平声字用；仄声四纸五旨六止七尾十一荠十四贿五寘六至七志八未十二霁十三祭十四太（半）十八队二十废通用之后，上声字后列“入声作上声”一项，举“质”“锁”“碛”“鹭”等一百七十多入声字，说可以作上声字用；去声字后列“入声作去声”一项，举“日”“衵”“驲”“入”等一百一十多入声字，说可以作去声字用。以下第四、五、八、九、十、十二部也有这种情况。这样，就是减去少数重见的字，入声字反串的数量也太多了。戈氏这样的断定也来自归纳法，当然有事例为根据，他在《词林正韵发凡》里说：

> 惟入声作三声，词家亦多承用，如晏几道《梁州令》“莫唱阳关曲”，“曲”字作邱雨切，叶鱼虞韵；柳永《女冠子》“楼台悄似玉”，“玉”作于句切，又《黄莺儿》“暖律潜催幽谷”，“谷”字作公五切，皆叶鱼虞韵……此皆以入声作三声而押韵也。又有作三声而在句中者，如欧阳修《摸鱼子》“恨人去寂寂，凤枕孤难宿”，“寂寂”叶精妻切；柳永《满江红》“待到头、终久问伊著”，“著”字叶池烧切……诸如此类，不可悉数。

但这类事例有些特别，为了简明，可以说概括些，或夸大些，是从近古系统的口语音，脱离了中古音系统。这就应该俚俗些的词说，自然也未尝不可。但这就必致引来一个难以协调的问题，是：在同样的篇什里，有的地方保守，仍然坚持入声守本分，如《忆秦娥》《念奴娇》等调的韵字以及大批的其他入声字；有的地方维新，偶尔从了俗，如戈氏举的那些。这就有如通体旧装束，忽然来一条领带，就难免旁观者诧异了。诧异表现为语言，就成为不赞成。手头有《考正白香词谱》，天虚我生（陈栩）在“自序”里说：

其标目悉本诗韵，则取易于记忆。而上、去声相并，以便通押。不复开入声借叶平、上、去三声之例，亦足使学者趋向正途，不致蹈传奇家方言为叶之弊。

又在《凡例》里说：

盖填词家凡平、入声例须独押。其有以入声作平、上、去三声者，则宜于曲不宜于词，唐宋人虽间或有之，是皆方音使然，不足法也。

入声字作平、上、去三声字用是事实，有的人（如戈载）尊重事实，有的人（如陈栩）尊重法理，所以意见有了分歧。我们宜于站在哪一边？道理方面的事难于分辨清楚；不如退缩，只从实用方面考虑。我的看法，作词放弃入声，完全现代化，变动太大，因而困难很大；保留入声，仍中古音的旧贯，入声字不反串，有时虽然不免于小不方便（如押平声韵就不许用入声字），却可以避免头绪杂乱的大麻烦。依照墨子利取其大、害取其小的原则，我们最好还是规规矩矩，入声字一律当入声字用。

另一个问题是，像上面介绍的词韵，其正确性究竟有多大？显然不会很大。原因有二。一，断定由事例来，而事例则有两方面的致命缺欠，一方面是不完备（有些是故意舍去），另一方面是并不一清如水（如不同的人的笔下可以不同）。总之，这样归纳出来的结论，至多只是大致如此。原因之二是，我们不能用中古音的理来衡量是非，因为事实常常会与理有距离；假定能够用音理来衡量是非，推想说不通的地方一定也会有，甚至不少。总之，我们要承认，像上面推荐以备用的词韵，只是一笔词学遗产，却未必是完美无缺的。

这就引来与实用关系密切的另一个问题，是为什么还要奉为圭臬？站在我们余事填填词的人的立场，这个问题很容易解答。所以奉为圭臬，理由有二：其一，是我们没有能力另编一套，就不如度德量力，坐享其成；其二，是就以它为准绳，花间月下，我们也可以或张口，或拿笔，来一两句或三五句，如“斜月上窗时，梦君君不知”之类，以取得片时的飘飘然。总而言之，它虽然并不完美，却有大用，也足够用；用之前，相看一下当然可以，但重要的还是用，一切实惠都是由这里来，也只能由这里来。

# 试作

以上讲诗，讲词，各个方面，唠唠叨叨，说了不少。书的题目里有“写”字，对写的要求而言，那些唠唠叨叨，也许应该算作陪衬吧？陪衬也不可少，因为写之前要有准备；没有准备，心中手下空空如也，就无法下笔。但准备总是为写服务的，所以要转为重点谈写。显然，这将很难。原因很多：文章本天成，妙手偶得之，即理好说，难于化为实践，一也。文章千古事，得失寸心知，即说到点子上不易，二也。第三尤其致命，是自己所知甚少，架上无货，开门营业，自然难免捉襟见肘。但谈是还要谈下去的，不得已，只好损之又损，以自己的经验（包括见闻）为根据，说说读了不少之后，想写，应该注意或宜于知道的一些事项。本篇是开头，先泛泛说，由下篇起分为几个重点说。

作诗，作词，与吃饭喝水不一样，不是人人所必需；从另一面说，是愿者上钩的事。由非人人所必需方面看，它可有可无；但是由愿者上钩方面看，它又像是非有不可。有些青少年省吃俭用，掏空钱袋，换什么诗、什么词鉴赏辞典，可以说明这种情况。人是多样的，人生是复杂的，有早起入市，为一文钱争得脸红脖子粗的，也有躲开朝市，为一字不稳，捻断髭须的。所以无妨说，诗、词，作诗、作词，也是所必需，与饮食的分别只是，那是人人，这不是人人。不是人人，原因有来自文化程度的，因为写，最低总要识字，而过去，也许可以包括现在，有不少人是不识字或略识之无的。还有来自天命之谓性的，以《红楼梦》的人物为例，香菱热心学诗，薛蟠不学，想来是这位呆霸王并没有需要以诗词来表达的情意。这就可以说明，试作除了需要熟悉文字，可不在话下之外，一个首要的条件是，必须有诗词常写的那样的情意，或者请陶公渊明来帮助说明，是采菊饮酒之后，还有“猛志固常在”的忙情和“愿在衣而为领”的闲情。

这样的忙情和闲情，如果涓滴也算，也许呆霸王薛蟠之流也会有吧？但涓滴难于变成诗词，所以有忙情和闲情，还要程度相当浓。浓就容易，或说必致化为一种力，急于想表现出来的力。有人称这为创作欲，这里无妨卑之无甚高论，只说是有了这类情意，还有兴致（或忍不住要）用平平仄仄平的形式把情意表达出来。

据我所知，有这样兴致的人并不很少。当然都是喜欢读诗读词的。熟了，或相当熟，偶尔自己也登上什么城、什么台，或花前携手，月下独斟，心情难免有些动荡或飘飘然，于是心中叨念，真想写一首诗或一首词，把这片时的观感记下来。有的人谦退，不敢想效颦的事，却顺口吟诵一些成句，如“日暮乡关何处是”“千里共婵娟”之类，这是既在江边站，就有望海心，也应该归入有兴致写的一类。

可是真就拿起笔写的人，至少就现时说，并不多。原因想当不止一种。这里只想说一种，是“怕”。所怕也不止一种，如那是李白、杜甫，晏殊、秦观一流人干的，小子何知？当然不敢问津；诗词都有格律、押韵、平仄等等，太难了，不敢碰；弄不好出丑，何必；等等。这怕不是完全没有道理；没有道理的是对付的态度，应该知难而不退，却退了。不退有不退的道理。其一，任何技艺都是慢慢学、逐渐锻炼的，李白、杜甫等也不是生下来就会作诗，他们能学会，我们为什么不能学会？其二，造诣容许有高低之差，如果我们学，所得不能高，安于低也未尝不可。我想，对应这类情况，最好还是把法国哲学家柏格森的话当作指针，他说：“你想知道你能走不能走，就是走。”

只是鼓励走，近于空论，空论未必能够解决实际问题。实际问题，或说躲不开的困难，前面一再说过，是弄清格律。这可以分作两个方面：一方面是安排平仄字和韵字的架子，尤其是词，各式各样，难于记住；另一方面是一个个单字，太多，难于辨别某一个是平声，某一个是仄声，就是熟悉普通话语音，也不能完全以普通话语音为准。记得前面也说过，作诗词，大难有两种，一是要有宜于入诗词那样的情意，二是要有选用适当词句以表达那种情意的能力。与这大难相比，弄清格律是小难。大概是因为大难如烟云，远而模棱，小难如衣履，近而具体，几乎所有喊难的，所喊都是格律。那就只说格律的难。我一直认为，怕这方面的难，来由是认识不清加懒。懒也许更根本，因为认识不清是来于不愿正视，也可以说是懒。懒的对面是“勤”，能勤则这方面的困难可以很快烟消云散。这乐观的想法可以找到个稳妥的根据，是勤能生“熟”。就以格律为例，仄仄平平仄，应该接平平仄仄平，任何人都知道，是一回生、两回熟的事（词调多变，可以对词谱，就是不能两回熟也不要紧）；退一步说，两回还不能熟，无妨三回、四回，至多十回、八回，总没有问题了吧？这样，用勤这味药来治，不要说整整齐齐的律诗，就是各式各样的《金缕曲》《兰陵王》之类，成诵又有何难？至于各个单字的属平属仄，用勤的办法就更容易解决。比如写一首七律，想押十一真韵，韵字用了新、津、春、君、心五个，没把握，就可以乞援于勤，拿诗韵或旧字书来对，一查，知道后两个错了，君是十二文韵，心是十二侵韵，失误，碰了钉子，依照一回生、两回熟的原则，还记不住吗？又比如兴致一来，灵机一动，顺口诌了一句“细雨敲竹叶”，不知道平仄对不对，也应该乞援于勤，一查，知道竹旧是入声字，这里当平声字用，错了，失误一次，还记不住吗？所以说，勤能生熟，怕是必要的。

勤生熟，生只能慢慢生，所以不怕的同时，又不当求速成。《红楼梦》写香菱学诗，进步相当快，这是小说，适应读者的趣味和耐心，不好拖拖拉拉；移到现实，至少就常人说，就不能这样快。原因之一是，提高要以由读和思来的逐渐积累为资本，这时间越长越好。原因之二是，写也是一种技艺，适用熟能生巧的原则，要多写才能够得进益，多就不能时间短。这意思还可以由两个方面说得更深一些：一方面是就“成”的性质说，成有程度之差，即以名家而论，一般是晚年作品超过早年作品，所以所谓成是没有止境的，就不应该求速战速决。另一方面是就求成的态度说，因为是“余事作诗人”，至少是为知足常乐着想，宜于把成不成看作无所谓，或换个说法，成，步武李杜、秦黄固然好，不成，还是与常人同群，也仍然是适得其所。以上是就人说。就作品说，少到一首半首也是这样，梦中得“池塘生春草”之句，天衣无缝，妙手偶得，是可能的；但终归不可多得，通常是勉强成句，自己也觉得不怎么样，或当时觉得还可以，过些时候再看，有缺点，或灵机又一动，小变甚至大变（如王荆公的“春风又绿江南岸”，变还不止一次），居然化铁为金，显然，这就需要时间，也就难于速成。

慢慢来，先后还应该有个安排。这人人都知道，应该由易到难。诗词各体的难易，前面提到过。一般说是篇幅长的较难，所以试作诗，宜于先绝句，后律诗，先五言，后七言；试作词，宜于先小令，后慢词。但这难易是就成篇说，如果不只成篇而且求好，那难易的关系就会变为错综。五绝简短而求内容充实、余韵不尽，也许比律诗更难，这意思前面也提到过。这里是就试作说，姑且满足于成篇，那就还是先篇幅短的后篇幅长的为好。这短还包括，至少是间或，不成篇。古人用奚囊装零碎得句，以待拼凑，拼凑之前即安于不成篇。名家如谢灵运之“池塘生春草”，杜甫之“江天漠漠鸟双去”，想来都是灵机一动，仅得此不成篇的一点点，以后用力补缀，找来“园柳变鸣禽”，“风雨时时龙一吟”，不免有上下床之别，可见不成篇也同样应该珍视。作律诗，有时先上心头的是中间的一联，很多人有这样的经验，这是由不成篇起，后来才成篇的。专说成篇的，安排先后，也无妨以主观感觉为尺度，即自己觉得哪一体容易，就先从哪一体下手。但作诗作词，终归与登梯上房不一样，不能越级而过。比如作了几次五绝，也无妨硬着头皮，偏偏碰碰七律。这样越级而过也不无好处，是回头再作五绝，就会感到轻易些。作词也是这样，小令填了几首，也无妨试试《摸鱼儿》《念奴娇》之类。又，诗词相比，词较难，格律复杂是小难，要有花间、尊前的儿女气是大难；因为难，所以宜于后试试，试还要多注意，以求成篇之后，易安居士之流看见，不讥为“句读不葺之诗”。

还得说个更大更广泛的难，是有了无形无声的情意，用什么样的有形有声的词句表达出来。就理说，像是不能说哪类词句不可以。可是传统的力量也不可忽视，我们读的大量的诗词，所用语言分明有自己的特性。这特性，后面还要谈到，这里姑且承认它有必要，可是这样一来，我们就不能不进一步承认，想表达诗词那样的情意，就必须，至少是最好，也能够使用诗词那样的语言。那样的语言，与我们日常用的大不同，与所读的无韵的文言也有不小的差别。这就必致带来困难，是有情意，如果不熟悉那样的语言，就会写不出来。初学，试作，怎么办？一个办法是“学舌”，即借用，或说拆用古人的。这办法，如果韩文公有知，一定大不以为然，因为他主张“惟陈言之务去”。其实，他这句话还需要分析。即以韩文公而言，所去陈言也只是中间的，至于两端，那就还是一点不新鲜的陈言。这两端，小的一方是比句小的词，甚至一部分语，当然都是历代所传，大家公用的；大的一方是段、篇所表现的意，我们都知道，是流行于世面的圣贤之道，也是老掉牙的陈言。且不说意，只说表意的语言，应该说，某种说法算不算陈言，关键在于，对于拆改（拼凑成新的），我们怎么看；对于通用，我们怎么看。日常用语，范围太大，不好说；还是专说诗词。“百年世事不胜（读平声）悲”“今宵酒醒何处?”如果拆成“百年”“世事”“不胜悲”“今宵”“酒醒”“何处”，因为通用，就都成为陈言。作手的巧妙，在于他（或她）能拆能改。拆改有程度之差。“溯游从之，宛在水中央”与“蓦然回首，那人却在，灯火阑珊处”意境相类，如果可以算作拆改，是大拆改。无限的诗词名句，虽然低了一等，只要不是抄袭，也可以算作大拆改。程度再低，如李白的“花间一壶酒”与高适的“床头一壶酒”，如果有模仿的关系，就只能算小拆改。还有更低的，如王荆公变王籍的“鸟鸣山更幽”为“一鸟不鸣山更幽”，点金成铁，就不足为训了。试作诗词，我说的可以学舌，指大量的大拆改和小量的小拆改。举实例说，利用读时记忆中储存的那些，拆改为“百年功过”“回首不胜悲”（大拆改），可以；拆改为“今宵解缆何处”“昔年酒醒何处”（小拆改），也可以。开始试作，是学习，是锻炼，乞诸其邻，虽然不怎么冠冕，只要有助于进益，有助于成功（大拆改而能恰如其分地表达情意），当作通道而不看作目的，是有利而无害的。

但成功终归不是很容易的事，所以为了少出差错，还要谨慎。据我所知，有的人试作，常常有侥幸心理，成了篇，念念，觉得颇不坏，就以为不会有问题。其实，初学，格律不熟，如果不细心对证，碰巧一点不错的可能是几乎没有的。所以上策还是细心对证。这好处有近的，是本篇不错；有远的，是发现某处错了，经一事长一智，同样的情况下次就可以不再错。

成篇之后，可以不可以请教别人？当然可以，如果所请教的人自己通，并有诲人不倦的美德，请教，常常会比自己琢磨来得快，见得深。当然，人各有见，至少是有时候，自己也要有主见，不可随风倒。

最后总的说说，读，欣赏，最好能够进一步，也作。作，要始于勇，不怕难；继以勤，锲而不舍；终于稳，斟酌，修改，不急于求成。

# 情意与选体

作诗填词，是因为有情意动于中，不形于言不痛快。情意是主，言是附。打个比方，情意是身体，言是衣服，衣服要为身体服务，这就是俗话说的要量体裁衣。身体不同，衣服要随着有别。同理，情意不同，言也要随着有别。不同的人以及不同时的情意，各式各样。表达的形式也各式各样。长歌当哭可以；甚至书空、画地，用言以外的形式也可以。言以内的，也不见得必写成诗词。嵇康在《与山巨源绝交书》中大喊七不堪，是用书札的形式。司马迁写《伯夷列传》，为岩穴之士痛哭流涕，是借他人酒杯浇自己块垒。这里扣紧本题，专说宜于用诗词表达的情意。这也有强弱、粗细、刚柔、显隐等等多种，依照量体裁衣的原则，就会有用哪一种言表达才合适的问题。情意无形无声，不好说，可以由言方面看看。如以下两首都是名篇：

登高望四海，天地何漫漫（读平声）。
霜被群物秋，风飘大荒寒。

荣华东流水，万事皆波澜。
白日掩徂辉，浮云无定端。
梧桐巢燕雀，枳棘栖鹓鸾。
且复归去来，剑歌《行路难》。

（李白《古风》之一）

玉楼明月长相忆，柳丝袅娜春无力。门外草萋萋，送君闻马嘶。画罗金翡翠，香烛（读仄声）销成泪。花落子规啼，绿窗残梦迷。

（温庭筠《菩萨蛮》之一）

前一首是古诗，后一首是词，任何人都能体会到，情意相差很远：古诗的悲凉，词的怅惘。有人会说，这是因为题材不同：登高望海的主角是老男，玉楼明月的主角是少妇。这有道理，但不是决定性的，如以下两首是近体诗，体由朴厚趋向精巧，题材说的都是女性：

为有云屏无限娇，凤城寒尽怕春宵。
无端嫁得（读仄声）金龟婿，辜负香衾事早朝。

（李商隐《为有》）

卢家少妇郁金香，海燕双栖玳瑁梁。
九月寒砧催木叶，十年征戍忆辽阳。
白狼河北音书断，丹凤城南秋夜长。

谁为含愁独不见，更教（读平声）明月照流黄。

（沈佺期《古意》）

一首绝句，一首律诗，都写恋情，可是与以上那首词相比，显然没有那样浓的软绵绵的脂粉气。这是因为体本身带有情调，或说韵味，虽然惯于装油的瓶子未尝不可以装醋，通常总是惯于装油的装油，惯于装醋的装醋，才顺理成章。这就说明，诗词不同的体有不同的情调，或者说，不同的体宜于表达不同的情意，所以情动于中之后，想用诗词的形式抒发，应该量体裁衣，即选用合适的体，然后下笔。

但是这个问题相当复杂。不同的体有不同的情调，前面多次谈过。这里由知转为谈行，应该由行方面看看，作诗词，求情意与体协调有没有困难。显然有困难。原因有来自道理的，有来自实行的，或既道理又实行的，以下大致说说。

所谓道理的，是情意复杂，体简单，以复杂对简单，难于形成一对一的关系。情意的复杂，可以由两个方面看出来。一方面是它多。多来于质的各式各样，如同是悲，有失恋的，有失官的；还来于量的各式各样，仍以悲为例，有痛不欲生的，有片时不高兴的。总数来于质的各式各样乘量的各式各样，那就多到无限了。另一方面是它朦胧。它不像许多外物，如砖瓦，有形，可以看到；如鸟鸣，有声，可以听到。它确是有，因为能使人感到，甚至明显到难忍，可是真去寻寻觅觅，就常常苦于抓不着，辨不清，甚至它的住所在哪里也不知道。这样，多加朦胧，就成为无定。而诗词的体，即使词的不同调也可以算在内，终归是有限的。以有限配无定，这就有如买鞋，两只脚自然不会完全相等，可是只能穿同一个尺码的。这是将就，但不得已，所以也就只好安于差不多。作诗词选体，对情意这个主而言，也是只能安于差不多。总的说一下，有情意想用诗词的形式表达，选体是应该的，但选得完全合适，就是理论方面也是有困难的。

那就退一步，安于差不多怎么样？还会有实行方面的困难。原因主要还是来于情意的无定，难于把捉。以用箱子装物为例，清楚物的质和量，好办，物多用大箱子，物少用小箱子；不清楚物的质、量，就难于决定用什么箱子合适。这种情况移用于情意，还会有比有形物深远得多的纠缠。情意无形无声，想变为有形有声，就不能不以言为附体的体。“感时花溅泪，恨别（读仄声）鸟惊心”是一种情意，“还与韶光共憔悴，不堪看（读平声）”是另一种情意，我们知道两种同属于悲的一类而又各有特点，是凭借言。这言，一定是量体裁衣的衣吗？自然只有天知道。这样一来，或由这个角度看，情意的无定就更加无定，从而选体的合适与否就更加渺茫了。也许就是因此，读古人的作品可以感觉到，不同的体像是可以表达相类的情意，如“乐游原上望昭陵”是诗，“西风残照，汉家陵阙”是词，就是这样；甚至还可以反其道而行之，如用诗写“感郎不羞郎，回身就郎抱”，用词写“千古江山，英雄无觅孙仲谋处”，就是这样。

以上是说，有情意，于诗词中选体表达，时时处处配得水乳交融，很不容易。对付这不容易，有消极和积极两种态度：消极是不管，有情意，随手拈来；积极是选而安于差不多。显然，我们应该取积极的态度，因为我们承认，不同的体有不同的情调，有不同就应该分辨。分辨，别泾渭，可以大到人与人之间。以老杜和小杜为例，两个人都只写诗，不写词（与时风有关）。以文如其人为眼镜看两个人的情意，可以总而言之，老杜有刚无柔（或极少），如近于香艳的“香雾云鬟湿（读仄声），清辉玉臂寒”，也仍有正襟危坐气；小杜就不然，而是有刚有柔，如“欲把一麾江海去”之类是刚，“豆蔻梢头二月初”之类是柔。有刚无柔，如老杜，就可以只写诗，不写词。有刚有柔，如小杜，就可以既写诗，又写词。他没有写词，但我们可以设想，“豆蔻梢头”那样的情意，如果谱入《蝶恋花》或《青玉案》之类，就会比谱入七绝更为合适。同理，唐以后，许多文人都是兼写诗词，像程、朱及其门下士，总以少写词为是；其反面，如朱彝尊、纳兰成德之流，就可以多写词了。

就性格说，至少是一般人，以刚柔杂糅的为多，那就情动于中，想用诗词的形式表达，更应该量体裁衣，先选体，后下笔。因为不得不安于差不多，选体也无妨只考虑大略。可以由大而小、由总而分说说。最大是诗与词之间的，如上面所说，对应情意的性质，刚宜于用诗，柔宜于用词。刚柔，一般是泾渭分明的，如牵涉国家社会的刚，牵涉闺房的柔。牵涉闺房的情意，可以是适意的，可以是不适意的。不适意的，引起慨然的感情，是柔中之刚，无妨写成“十年一觉扬州梦，赢得（读仄声）青楼薄幸名”式的诗；适意的则有柔无刚，就只好写成“当此际，香囊暗解，罗带轻分”式的词了。由诗词之间缩小，先说诗的各体之间。古诗与近体，界限是相当分明的，豪放、粗率的宜于入古诗，沉痛、需要缕述的也宜于入古诗，反之可以入近体。又同是宜于入古诗的情意，雄放的宜于入七古，沉郁的宜于入五古。用近体，绝句、律诗间的选择，无妨由量的方面下手，情意单纯的入绝句，复杂些的入律诗。至于五言、七言间，可以由情意波动的幅度来决定：波动小的温婉，宜于入五言；波动大的激越，宜于入七言。再说词的各调之间。小令、长调间的选择，也可以由量的方面下手，情意单纯的入小令，复杂些的入长调。其次是看情意的悲喜，悲的以入仄韵的词调为好，喜的最好谱入平韵的。又同是仄韵的词调，有的宜于抒发感愤的情意，如《满江红》《贺新郎》之类，有的宜于抒发温婉的情意，如《蝶恋花》《踏莎行》之类，也要注意。

但这样的如意算盘，也许仍是纸上谈兵，说易行难。原因是，如上面所说，一是情意难于把捉；二是想捉，只有穿上言的外衣之后才能捉到；三是体如瓶子，某一个装醋好，有人用它装了油，而且印入文集，后代的读者也就只好承认。这些，至少是有时，都会使选体遇到困难。怎么办？我的经验，以安于差不多的精神为指针，还可以拿以下几种办法来补充。

其一，是取古人的名篇为样本，照猫画虎。这不难，可以用借他人酒杯浇自己块垒式的吟哦为引线，唾手得之，例俯拾即是。许多人有这类的经验，秋高叶落之时，登上什么遗址，怀古伤今，一阵情动于中，想形于言而没有自己的，于是不知不觉，“前不见古人，后不见来者，念天地之悠悠，独怆然而涕下”之类的成句就溜到嘴边，也就顺水推舟，吟哦一遍或两三遍，即使并未涕下，也总可以变为平静些。同理而异类的，如不少盛年已过的人，有重过沈园的经历，睹旧物而思旧人，不免悲从中来，但时光不能倒流，也只好借古人酒杯，吟哦“雕阑玉砌应犹在，只是朱颜改。问君能有几多愁？恰似一江春水向东流”之类的成句，再落几滴眼泪了事。这不知不觉溜到嘴边，就理说是情意与体有协调关系，就行说等于为选体铺了一条路。退一步，不溜到嘴边也不要紧，读多了，总会记得不少各体的名篇，可以用买帽子的办法，拿几顶，戴在头上试试，最后要那顶不大不小的。这样试，也许合适的不止一顶，例如有繁富的慨当以慷的情意，到名篇里找样本，对证，七古合适，七律的组诗（四首或八首）也合适，怎么办？我的想法，如果没有难易之分，可以任选一种；如果有难易之分，以选自己不太费力的为好。

其二，这难易之分，有的来于主观，那就引来另一个补充的办法是，无可无不可的时候，选用自己熟悉的，或自己擅长的。人难得全能，大名家如李、杜，也不是各体都擅长，如古诗，李七古比五古好，杜反之，五古比七古好；近体，李的绝句比杜好，杜的律诗比李好。这样，以演戏为例，想赢来满堂好，当然要演自己拿手的（包括角色和戏目）。作诗词也是这样，比如自己惯于作近体，也长于作近体，有某种情意，如果不是非谱入古诗不可，那就还是以用近体表达为好，因为可以事半功倍。填词也是或更是这样，人，尤其现代的，不能各个词调都熟，有某种情意，宜于用词来表达，就最好填自己熟悉的，以求费力不很大而成就高一些。

其三，这费力大小，也来于难易之分，如果限于诗与词之间，如何选定（假定可入诗可入词），就要看表达之外还有什么考虑。词比诗难，因为音乐性的要求高，还要有花间、尊前的味儿。对应这样的难，避难就易是常然而不是当然。有的人，或在某时某地，或因某人某事，偏偏需要，也愿意舍易就难，那就把可以用五绝表达的情意，扩充为一首《忆秦娥》或《蝶恋花》，也未尝不可。

其四，作诗填词，情意是根，题材是干，根在地下，要靠题材才能冒出地面，所以选体，题材也是决定何去何从的重要条件。是重要条件，不是决定性的条件，如闺怨、秋思之类，就既可以谱入近体诗，又可以谱入词的多种调。这是可以自由的一端。还有不能自由的一端，如《孔雀东南飞》《自京赴奉先县咏怀五百字》《琵琶行》之类叙事的，显然就只能用古体诗；近体洗炼，词空灵，事过多、过实就难于着笔。甚至纯是言情，如贺铸《青玉案》所写，“凌波不过横塘路，但目送、芳尘去”，连生尘的罗袜也迷离恍惚，谱入诗，不要说古体，就是近体也嫌太沾滞，那就别无选择，只好谱入词了。题材多种多样，其中不少属于不能自由的一端，以古人的名篇为样本，选体不会有什么困难。

其五，人间世事是复杂的，有时候，有些零零碎碎的情况，看来关系不大，却也有左右选体的力量。举一点点为例。不管什么机缘，总之需要写一首两首，又不管什么机缘，还必须急就章，这如果有苏东坡之才之学，自然也可以写律诗，甚至不止一首；至于我们一般人，就应该有自知之明，以写一两首绝句，短期内完成为是。又如被动写，为什么人题画，画幅上地盘有限，那就不宜于大张旗鼓，也以凑一首绝句为好。又如遇到什么机会，需要写一首赠人，而那位颇少花间、尊前的情调，就最好不要填词，至多来一首七律就够了。此外的各种情况可以类推。

最后说一点点开心的话：选体不是难事，是其一；其二，就是选得不合适也关系不大，这有如有林黛玉的心而没有林黛玉的面，但既已受生，看者与被看者就都只能顺受，认为应然了。

# 诗语和用典

题目的诗语用广义，包括词的用语。这样一个词有言外意（或即称为言内意），是有的语不是诗语，或诗语虽然也是语言，但有特点，甚至自成一家。这种情况，举例以明之容易，如“锦瑟无端五十（读仄声）弦”是诗语，“啤酒一元五一瓶”不是；用定义的形式，一刀两断，泾渭分明，就太难了。这里避难就易，只说有情意用诗词的形式表达，因为成品名为诗，名为词，所用语言就应该是诗语。这样，显然，作诗填词，就必须先知道什么是诗语。定义难，或难于利用，只好不避繁琐，就有关的各方面说说。

前面说过，作旧诗、填词，要用唐宋人在诗词中习用的语言。那是文言（例外极少），或说与口语不同的异时异地的人共用的书面语。为什么要这样？就昔日说，是文人都觉得（或并未想过），既然是用笔写，就应该用人人都在用的书面语（俗文学用白话写是另有源头，另有用场）；日久天长，并固结为不这样写就不会写。总而言之是时势使然。就现时说，情况就复杂了，或说原因就不止一种。主要有三种：其一是，用文言惯了，换为现代语，不习惯。俗话说，学什么唱什么，趸什么卖什么，诗词也是这样，读的总是“感时花溅泪，恨别（读仄声）鸟惊心”“秦楼月，年年柳色，灞陵伤别（读仄声）”之类，及至拿起笔，要写“车站迎来你，飞机送去她”“明天哪里见面？你单位主楼前院”，反会感到不顺手。其二是，比较起来，文言字少义多，现代语字多义少，诗词有定格，句读内字数有限制（词间或用长句，不多），用文言容易装进去，用现代语就多半不成。现代语繁，来源主要有三种：一种是，文言中许多单音词，现代语变为复音词，如“衣”变为“衣服”，“惜”变为“爱惜”，“伟”变为“伟大”，等等；这种趋势还在发展，如常说“乘车”“坐车”，证明“乘”“坐”还可以单用，有的人却非说“乘坐火车”不可。另一种是所谓形态的零碎增多，如“有亲属关系”“坐在椅子上”，有的人要说“有着亲属关系”“坐在了椅子上”。还有一种是意合法少了，如“老者安之”，现在要说“对于老年人，我们应该让他们得到安适”。语言长了，以诗为例，五、七言就难得装进去。如果不信，还可以试试。两种试法，一种是用现代语重写某一首，另一种是用现代语自作一首，我想，一试就会感到，五、七言的地盘真是太小了。五、七言的格式不能变，想作，就只好用文言。其三是，诗语是用来写（或径直称为画）诗境的，诗境之所以能成为诗境，条件之一是与实境有距离；有距离也有来由，是它不是直接来于实感，而是来于想象或想念。用语言写，想保持这样的距离，文言比较容易，现代语比较难。举一点点突出的例。“夜阑更秉烛（读仄声）”，意境好，现代化，不用烛了，可是改为“黑了开电灯”，务实，诗意像是就减少了。又如“香车系在谁家树”，现代的才子佳人大多是坐汽车，难得不污染，只好说“汽车停在哪条街”，也是一务实诗意像是就跑了。必须远去的才有诗意吗?根据韩非子“世异则事异”“事异则备变”的理论，这说不通，可是就作诗填词说，维新又确是有困难。我的想法，用文言以求容易画出诗境，也许只是权宜之计，而不能找出坚实的理论根据；不过，为余事作作诗、填填词的人着想，另辟蹊径，尤其有理论支持的蹊径，谈何容易，所以不如，或只能，卑之无甚高论，不把秉烛变为开电灯也好。

作诗、填词宜于用文言，是眼一扫就能看出来的。细端详又会看到，所谓文言，并不是任何文言，而是有某种色彩、某种力量的文言。看以下两联：

> 历览前贤国与家，成由勤俭破由奢。
>
> 飒飒东风细雨来，芙蓉塘外有轻雷。

两联都出于李商隐之手，前一联是《咏古》诗的开头，后一联是《无题》诗的开头，都是用文言写的，可是对比，前一联殊少诗意，后一联不只有，而且很丰富。为什么？自然是意境有别。意境是靠词语（或组成句）表现的，所以分别也不能不深入到词语。这意思正面说就是，有的词语与诗词的关系近，有的词语与诗词的关系远。显然，作诗词，遣词造句，应该用与诗词关系近的。这样的词语，难于具体指出，因为：一，无尽；二，也难于与另外一群划清界限。无妨由性质方面看看。这大致包括两个方面：一是形象方面，要易于画出鲜明的诗境，以这种性质为尺度，可以分辨，韩愈的“一封朝奏九重天”不怎么样，柳永的“杨柳岸晓风残月”很好。另一是力量方面，要易于唤起幽渺的情思，以这种性质为尺度，可以分辨，杜甫的“相对如梦寐”很好，苏东坡的“家童鼻息（读仄声）已雷鸣”不怎么样。两种性质都嫌抽象，但把捉并不难，就是靠自己的感受，孟子所谓“口之于味也，有同耆（嗜）焉”，读别人的，写自己的，可以用同样的办法处理。

以上主要是由分别方面说，诗语是能够写出诗意的文言。范围缩小，专看这样的文言，它入诗入词，一要表现诗意，二要恰好能够装到某一种格式里，因而与一般散行的文字相比，就会显得具有某些特性。说说这些特性，会使我们对于诗语有较深的认识。可以分作两个方面说，一是意境方面，另一是句法方面。

先说意境方面。称为意境，表明它不是实境。它来于实境，却有变化。有由量方面看的变化，是由繁变简。“王侯第宅（读仄声）皆新主，文武衣冠异昔（读仄声）时”，安史之乱，长安的变化自然不只这一点点，但是入诗，就不宜于，也不能面面俱到，巨细无遗。还有由质方面看的变化，是取精舍粗。“渐霜风凄紧，关河冷落，残照当楼”，秋天的景象自然还有很多杂七杂八的，但所举的一些不只有代表性，而且有突出力，因而寥寥十几个字就能使人感到凄凉。秋天的实景可能引起不同的人的不同感触，这里只是凄凉，是取精舍粗的写法起了作用。这样说，质有变的意境，是以诗语为寄托表现出来的。诗语要由写法来体现，而写法细说就会无尽无休，只好从略，单讲一些可以看作诗词中特有的。这总的性质是与现实的距离加大。现实和文本是两个系统，重合是不可能的，通常总是事繁文简，事直文曲，甚至事真文假。但那不见得都是心甘情愿。诗语之离开现实是心甘情愿。因为心甘情愿，所以常常不只表现为远，有时是更远。这依照近远程度的不同，可以分为三类（只能算作举例）。近的一类是突出一点点，以点代面，以偏概全，甚至夸张些以换取形象鲜明的效果。诗词中叙事、写景、言情，如“山中相送罢，日暮掩柴扉”，“春潮带雨晚来急（读仄声），野渡无人舟自横”，“明日巴陵道，秋山又几重”，“无言独上西楼，月如钩”，“碧云天，黄叶地，秋色连波，波上寒烟翠”，“试问闲愁都几许，一川烟草，满城风絮，梅子黄时雨”，都可以作如是观，因为写法都是轻轻一点而求形象、情意突出。稍远的一类，与眼观物有相似之处，是距离加大，清晰变为迷濛。诗句如“解释春风无限恨”，“门外无人问落花”，“晓窗分与读（读仄声）书灯”，“去作西窗一（读仄声）夜愁”，词句如“初将明月比佳期”，“夜月一（读仄声）帘幽梦”，“天际小山桃叶步”，“啼到春归无寻处”，都是似可解似不可解，予人以幽美而细看又不清晰的感觉。这样写为什么也能表现诗的意境？我想是因为诗境与梦境有亲属关系，两者的同点是幻而不实，异点是一来于昼（即所谓白日梦），有条理，一来于夜，没有条理。这同点就注定，适度的迷离恍惚甚至可以使诗意显得更浓，因为距实更远，距梦更近。也许就是以此为缘由，诗词之作，还有通体迷离恍惚也能成篇的，如：

碧城十二曲阑干，犀辟尘埃玉辟寒。
阆苑有书多附鹤，女床无树不栖鸾。
星沉海底当窗见，雨过河源隔（读仄声）座看（读平声）。
若是晓珠明又定，一生长对水晶盘。

（李商隐《碧城三首》之一）

马上吟成鸭（读仄声）绿江，天将间气付闺房。生憎久闭金铺暗，花笑三韩玉一（读仄声）床。 添哽咽，足凄凉，谁教（读平声）生得（读仄声）满身香。至今青海年年月，犹为萧家照断肠。

（纳兰成德《鹧鸪天》，据手写本）

如果文章写成这样，至少是一般人，会认为故意隐晦，入了魔道。诗词就容许这样，因为它可以，或干脆说宜于与现实拉开距离。还有更远的一类，是夸张过了头，成为不合理。最典型的是诗仙李白的“白发三千丈”。其他如“今为羌笛出塞声，使我三军泪如雨”，“九天阊阖开宫殿，万国衣冠拜冕旒”，“相顾无言，惟有泪千行”，“帘卷西风，人比黄花瘦”，都只能凭印象来吟味，如果抠字眼儿，就成为大言欺人了。

再说句法方面。诗词成篇，形式方面，大致说要满足三个条件：一是一句或一读，字数有定；二是某处所的字，平仄有定；三是某处所的字，韵有定。这三个条件都相当顽固，几乎不许还价。可是还要成篇，怎么办？只好其他方面让步。让步的办法大致分为两个方面，一个方面是词语的增减（主要是减），一个方面是语序的变动。先说增减，一般是削足适履式，砍去本不当砍掉的，以求装得进去。这有词语内的，如“归邀麟阁（读仄声）名”“文字鲁恭留”“王乔鹤不群”，应该说“麒麟阁”“鲁恭王”“王子乔”，因为容不下，只得削去一个字；又如“地近函秦气俗（读仄声）豪”，“函”指“函谷关”，因为容不下，竟削去两个字。至于词语外的，那就花样繁多，只举一点点例。如“林中观《易》罢”，“朝回日日典春衣”，都不表明这样做的是谁，用语法术语说是省去主语。还有省去谓语的，如“悠悠洛阳道”，“梨花院落溶溶月”就是。由省去主谓下降，有多种砍削的情况，如“早知清净理”“白发悲花落”，意思是“如果早知清净理”“因为白发（老了），所以见落花更加悲伤”，也是为容得下，把如果、因为等零碎省去了。增的情况很少，但也不是没有，如“东郡趋庭日，南楼纵目初”，“初”字就是求与“日”字对偶，拉来凑数的。再说另一个方面，语序的变动，绝大多数是为了满足声音（平仄和韵）的条件。有少数与声音无关，如“画图省识（读仄声）春风面，环珮空归夜月魂”，“西望瑶池降王母，东来紫气满函关”，“月夜”改为“夜月”，是求与“春风”对偶（时令、天文对时令、天文）；“王母降”改为“降王母”，是求与“满函关”对偶（动宾对动宾）。为满足声音条件而变动语序的情况就太多了，由细而巨举一点点例。如“佳节（读仄声）清明桃李笑，野田荒冢只生愁”，“何年顾虎头，满壁画沧洲”，“漠漠水田飞白（读bò）鹭，阴阴夏木啭黄鹂”，“清明佳节”改为“佳节清明”，是因为全篇仄起，开头应该是仄仄平平；“顾虎头何年……画”改为“何年顾虎头”，是因为全句应该是平平仄仄平，而且要押十一尤韵；“白鹭飞”改为“飞白鹭”，“黄鹂啭”改为“啭黄鹂”，是因为全篇押四支韵，“鹂”用作韵字，要在句尾，连带“白鹭飞”也就非改不可（既要平仄仄，又要也是动宾形式）。变动还有扩大到句外的，如“尚有绨袍赠，应怜范叔（读仄声）寒”，“应怜屐齿印苍苔，小扣柴扉久不开”，“醉里吴音相媚好，白发谁家翁媪”，依时间顺序，应该是先怜后赠，先扣后疑，先人后语，颠倒次序说，是避熟以求奇警。求奇警还有大离格的，那是杜甫《秋兴八首》中的一联，“香稻啄余鹦鹉粒，碧梧栖老凤凰枝”，硬使“鹦鹉”“凤凰”与“香稻”“碧梧”换位，以致意思说不通。但千余年来读者也就容忍了，原因的一半是诗圣名位太高；另一半是，这是诗，语句的组织是容许不循规蹈矩的。

以上是泛泛谈诗语的情况。以下转为谈用典。用典是文言各体共用的手法；诗词中常常用，也许是因为它能够发挥更大的作用。如果竟是这样，我们就无妨把用典看作诗语中有鲜明特点的一个小类，由用典是怎么回事说起。这可以用定义的形式说，是用较少的词语拈举特指的古事或古语以表达较多的今意。如“对棋陪谢傅，把剑觅徐君”，“凌波不过横塘路，但目送、芳尘去”，“对棋”句是用《晋书·谢安传》记谢安与客下棋事，以表示自己（作者杜甫）当年与房太尉也有过这样的交谊，“把剑”句用《史记·吴太伯世家》记吴季札于徐君死后挂剑于徐君墓树事，以表示自己对死者也有此心。两句都是引古事以表今意；“凌波”是用《洛神赋》“凌波微步，罗袜生尘”，以表示美人脚步，是引古语以表今意，这用不着思索就会看出，这样的表达方法会带来麻烦。一种轻的是“隔”，因为不是径直说，理解就不能不绕弯子；另一种重的是“难于理解”，因为读的人也可能没念过《晋书》、《史记》和《洛神赋》，不知道事或语自何来，典故就必致成为迷魂阵。

可是昔人（尤其时代靠后的）还是乐于用，为什么？原因不止一种。最平常而不足为训的是文人习气，借此以表示博雅。习气会助长习惯，本来可以说“写出来先放着”，却一张口就溜出个“藏之名山”来。接着是习惯有扩张性，扩张为时间长、人数多，终于就成为独霸，像是非这样说不可了。“司空见惯”就是个好例，它的来路本来不光彩，是歌女太漂亮，“断尽苏州刺史肠”，可是你想不这样说，又很难找出个其他说法来代替。用典的问题就是这样麻烦。比喻典故是所谓人物，他不是样板戏中的，好坏分明；而是杂七杂八的，好坏要看用什么样的，怎样用，以及用得多少。专说诗词，有个事实先要承认，是时间靠前，它间或用，时间靠后，它常常用，且不管文人习气，这样做有没有好处？答案是有，大致是以下几种。

其一，是这样说反而方便。如“傲吏身闲笑五侯，西江取竹（读仄声）起高楼”，“至今商女，时时犹唱,《后庭》遗曲”，一时封五人为侯，是汉朝的事，而且不止一次，所以以五侯代富贵人家成为惯例，说着反而省力；“商女不知亡国恨，隔江犹唱《后庭花》”，也是凡读书人都熟悉，所以表示不管兴亡旧事、且乐今朝的意思，引用这两句就可以随口说出来。这情况，打破砂锅问到底，是有些人语言库存比较丰富，遇到某种时机，一种旧而合用的语句会不知不觉地冒出来。这可以是俗的，即不见经传，如“慢鸟先飞”之类；也可以是见经传的，如“狡兔有三窟”之类。库存里有，不许用，就一己说是限制表达的自由，就用同一种语言的全体说是安于语言贫乏，当然是不对的，也是办不到的。从这个角度看，用典，理论上是无可厚非的；问题在于用得合适不合适，留到下面谈。

其二，是可以取得言简意丰的效果。如“谢公最小偏怜女，自嫁黔娄百事乖”，“书咄咄，且休休，一丘一壑也风流”，黔娄是《高士传》里描述的高士，有志有节而穷困，元稹引来代指自己，比直用己名，意思就丰富多了；在空中写“咄咄怪事”，以泄被废黜的愤慨，是晋朝殷浩的事，辛弃疾引来表达自己壮志不得酬的心情，正是轻轻一点而力有千钧。上面说过，诗词的句读、字数有限制，像这样丰富而委曲的意思，不用典就比较难说。

其三，是用古典说今事，可以取得情景化近为远的效果。如“忽逢青鸟使，邀入赤松家”，“燕燕轻盈，莺莺娇软，分明又向华胥见”，青鸟送信，见《汉武故事》，赤松子为得道仙人，见《史记·留侯世家》，孟浩然这里不过是说某道士派人来约去聚会，用典，拉出青鸟、赤松子，意境就由现前事变为远景，根据上面所说，诗意就浓了。同理，苏东坡诗有“诗人老去莺莺在，公子归来燕燕忙”之句，《列子》有“黄帝昼寝，梦游华胥之国”的记载，都拉来，写自己（姜夔）梦中的浪漫经历，也就可以化近为远，俗情冲淡而诗意增多了。

其四，是可以引起联想，取得锦上添花的效果。望梅可以止渴，画饼可以充饥，都是靠联想。诗词也是这样，如“日暮东风怨啼鸟，落花犹似坠楼人”，“永丰柳，无人尽日花飞雪”，坠楼人用石崇的歌女绿珠跳楼自杀的故事，落花轻飘飘，自然不像堕楼人，可是这样写，靠联想，能够于好景不长的凄凉之外，兼使人感到美，也就是增添了新意；永丰柳是用白居易诗，“一树春风千万枝，嫩于金色软于丝。永丰西角荒园里，尽日无人属阿谁”，《本事诗》说是白衰老时为歌女小蛮而作，因为他还有“杨柳小蛮腰”之句，张先这首词是写惜春的惆怅之情，引永丰坊的旧事，就会使人联想到诗人老去的凄凉，意思就重多了。

其五，是可以写难言之隐。大千世界事无限，其中有些，未必不应有而不好明说，如果还想说，怎么办？用典是一种办法，甚至是好办法。如“贾氏窥帘韩掾少，宓妃留枕魏王才”，“闻琴解佩神仙侣，挽断罗衣留不住”，贾氏窥帘用韩寿偷香故事，宓妃留枕用《洛神赋》洛神与曹植在洛水上相会故事，写男女的不合规范的行为，像是轻而易举，如果不用典而直说，就很不好办；同理，闻琴是用卓文君私奔司马相如的故事，解佩是用郑交甫在汉皋与仙女好合的故事，也写男女的越轨行为，用典可以变粗俗为娴雅，如果不用，张口就大难。

这样说，用典，一方面是隔，难解，另一方面是也有优点，或说必要性，我们应该怎样处理这样的纠缠？总的原则是适可而止，并求易解。原则化为实行，可以分作六个方面说。

其一，要意思切合。如崔曙《九日登望仙台呈刘明府》七律尾联，“且欲近寻彭泽（读仄声）宰，陶然共醉菊（读仄声）花杯”，用陶渊明为彭泽令的故事，意思多方面都合适：一，都是县官（尊称为明府）；二,九月九日重阳，习俗喝菊花酒；三，陶渊明喜欢喝酒，又爱菊花。像姜夔《八归》的“想文君望久，倚竹（读仄声）愁生步罗袜”，切合的程度就差些，因为这首词是为胡德华送行的，想表达的意思是“你的妻正盼你回去”，用文君代妻，推想胡的妻看到就未必高兴，因为她极少可能是既曾寡居又曾私奔的。

其二，将用典比喻为做生意，要能赚钱，即表现力要比不用强一些。如杜甫的“匡衡抗疏功名薄（读bò），刘向传经心事违”，辛弃疾的“凭谁问，廉颇老矣，尚能饭否”，杜甫言志，说自己为谏官，曾向皇帝上书，有如汉之匡衡，有志传经，有如汉之刘向，匡衡、刘向是历史的大名人，引来自比，人品和志向的分量就加重了；辛弃疾有救国大志而不能实现，但不泄气，引廉颇吃米一斗、肉十斤的故事以自比，使读者不能不联想到廉颇的壮志英风，也是意思就重多了。意思加重，用典虽是绕弯子说，总是没有白用。像周邦彦的“冶叶倡条俱相识（读仄声），仍惯见珠歌翠舞”，冶叶倡条本诸李商隐诗“冶叶倡条偏相识（读仄声）”，指歌女，等于用隐语而意思没有增加，不增加，宽厚些说也是用不用两可。

其三，还有一种情况是非用不可，那就只好用。我昔年写文谈用典，曾经说到这种情况。为省力，再说一遍。据传清初陈子龙嘲笑钱谦益的一首诗，题目是“题虎丘石上”，诗云：“入洛纷纷兴太浓，莼鲈此日又相逢。黑头早已羞江总，青史何曾用蔡邕。昔去幸宽沉白（读bò）马，今归应愧卖卢龙。最怜攀折章台柳，憔悴西风问阿侬。”全诗八句都用典，一用《晋书·陆机传》（北上往洛阳求官），二用《晋书·张翰传》（辞官回江南），三用杜甫《晚行口号》“远愧梁江总，还家尚黑（读hè）头”（意思是还故土时尚不很老），四用《后汉书·蔡邕传》（邕被王允投入狱，求修史不得），五用《新唐书·裴枢传》（枢被朱全忠遣人杀于白马驿，投尸于河），六用《三国志·田畴传》（畴向曹操献计，兵出卢龙塞，攻入畴的乡土），七、八用唐人许尧佐小说《柳氏传》中韩翊（应作“翃”）与柳氏赠答诗（章台柳，章台柳，昔日青青今在否……），以写钱谦益于明亡前后应死不死，投降清朝奔赴北京，不如意又回到江南，老了，多年想修史终于落了空，而在他离开家的时候，夫人柳如是却另有所欢种种事。像这样的内容，不用典写出来就太难堪了。

其四，有兴趣用，或不得不用，总当尽量避免用生僻的。不生僻与生僻，没有明确的界限，大致说，见于多数人熟悉的书并诗文中常用的是不生僻的，反之是生僻的。以诗词为例，如“复值（读仄声）接舆醉，狂歌五柳前”，“踪迹大纲王粲传，情怀小样杜陵诗”，接舆是《论语》提到的人物，《五柳先生传》、王粲、杜诗，都几乎是无人不知，无人不晓，所以是不生僻的。像“鸳楼碎泻东西玉，问芳踪，何时再展，翠钗难卜”，东西玉用黄庭坚诗“佳人斗南北，美酒玉东西”（案原诗即晦涩难解），指名贵酒杯，是生僻的，如果不注，了解的人必很少。用僻典以显示博雅是文人恶习，作诗填词都是以后期为甚，不足为法。

其五，炫学的办法之一是用僻典；还有一种更常见，是多用，也应该尽量避免。多用，诗，唐人及其前，词，北宋人及其前，很少见；其后，尤其更后，就随处可见了。只举一个例，是明清之际顾云美作的一首七律，寄给钱谦益的，文曰：

赌棋墅外云方紫，煨芋炉边火正红。
身是长城能障北，时遭飞语久居东。
千秋著述欧阳子，一字权衡富郑公。
莫说当年南渡事，夫人亲自鼓军中。

（陈寅恪《柳如是别传》第四章引）

全篇用宰相典故，以表示钱谦益有宰相之才，即使意思能够切合（其实是未能，如首联比钱为谢安、李泌，就失之太过），也总有难解的缺点，因为如果不熟悉古典，就必致如堕五里雾中，读等于不读了。

其六，用了，不管生僻不生僻，最好为一般人着想，补救一下，办法是加注。这是古人早已做过的，如杜诗，不只有多种注，而且其中有详注。我们是现代人，没有李、杜、秦、黄的高位，我的想法，如果有兴致也平平仄仄平，而且用了典，就最好是自己下手加注，以求同时的人万一赏光，不致有看不懂的困难。为节省人力物力，注可以尽量求简明，点到为止，如“接舆”，只说是与孔子同时的隐士，见《论语·微子》，“五柳”，只说是用陶渊明《五柳先生传》，指隐士的居处，就够了。

# 外力

人靠本能就会的，为生生计虽然绝顶重要，却为数不多，除非把血液流通、毛发生长之类也算进去。一切日常活动，小至画眉，大至著《文献通考》，都是学来的。作诗填词当然也不例外。熟读唐诗三百首，不会吟诗也会吟，会吟是会，熟读是学。这道理，前面一再说过，不必重复。现在是着重谈写，这必须学以借外力的情况，还可以加细说说。

可以由写之前说起。写，要有动力，那是情意，所谓“情动于中而形于言”，言之前要情动于中。动情，也许是纯本能的吧？但又不尽然。这要看动的是什么情，怎样动。见美食想吃，见美女想娶，求之不得，馋涎欲滴，辗转反侧，是情动于中，甚至扩张为行，像是不学而能，如果竟是这样，当然可以归入本能一类。至于像“感时花溅泪”，“安得（读仄声）元龙百尺楼”，“惟有长江水，无语东流”，“雁过也，正伤心，却是旧时相识（读仄声）”，这类的情动于中，至少我看，是读过书本之后才有，或才生长、凝结并变为鲜明的。这样说，熟读诗词，我们的所学，就不只是表达情意的方法，而且是培养情意的路径，就是说，想使粗的变为细，浅的变为深，杂乱的变为单纯，流动的变为凝固，模糊的变为鲜明，也要学，就是多读熟读。这样的培养活动，会不会越境，成为本无而假想为有，甚至装扮为有？也可能，如无病呻吟就是这样，诗词念多了，熟了，就是薛蟠、焦大之流，花前月下，也未尝不可以出口成章，来一两句，如“春风又逐（读仄声）杏花飞”“香沁罗裙，未解东君意”之类。这是冒牌货，有如现在流行的假酒假药。如何禁止？没有办法，因为情意的真假，由平平仄仄平的文字间难得看出来。幸而造这样的冒牌货少利可图，即使间或出现，泛滥成灾的危险是没有的。士穷则独善其身，我们还是只管我们自己，应该是，读，以动于中的情为本，顺水推舟，使之生长、凝固、鲜明，成为各种一触即发的诗的情意，以便一旦想拿笔或需要拿笔的时候，有适当的并足够的资本可用。

有足够的情意资本之后，可以进而谈表达的资本。应该多读，遍及各家，可不在话下。这里想补说一点意思，是想作得好。好，谈何容易！还是退一步，只求不很费力，那就最好能够有血本。泛泛说，血本是读时觉得好，爱不忍释，因而一再吟诵，又因而牢牢实实印在记忆里的那些。这可以少；但不可太少，语云，多财善贾，本太少，做大生意就难了。或正面说，是多多益善吗？也不尽然，因为一要量力而为；二，即以《全唐诗》的几万首而论，有不少平平庸庸，甚至不足为训，当然就不值得用力记。至于血本的来源，那就无妨说是多多益善。只举一点点为例。

一种，最常见，来于遍读时的偏爱。这有点像选家的编历代诗词选。《诗经》最年长，由它选起，觉得《关雎》《蒹葭》等好，入选，成诵，装在脑子里。其下是汉魏两晋南北朝，直到宋元明清，甚至还往下走，诗收郁达夫，词收俞平伯，等等，都照方吃药，觉得爱不忍释就往脑子里装。这种方式虽然来于偏爱，却可以说是不偏不倚，有如现在的发奖金，人人有份。好处呢，是方面广，兼容并包。

另一种，来于更深入，偏爱的范围缩小，缩到由面变为集中到一些点。这点可以是作品的群，如《古诗十九首》，晚唐诗，唐五代词，等等。而更常见的是人。由魏晋说起。重点可以是三曹，或一曹，即作品较多的曹植。其后，也可以略过阮籍、左思等，一跳就跳到陶渊明。“天运苟如此，且尽杯中物”，“亲戚或余悲，他人亦已歌”，这样的味儿，要细咀嚼，过门不入，以后想吃就吃不着了。其后是南朝，二谢有大名，陶清淡，谢灵运浓了，人口味不同，如果允许我推荐，那就不如多读谢朓。其后到诗的黄金时代——唐朝，诗人多，诗作多，取舍要合乎中道，或中而偏严。李、杜当然要请到上位。其次，如王维、孟浩然、韦应物、柳宗元（所谓王、孟、韦、柳），也应该请来作陪。还有应该看作上宾的，如白居易、李商隐、杜牧，都是。诗到宋，文人气加重，我以为不如多学唐人，但有两位却不可放过，是苏轼和陆游，因为造诣高，而且没有走生涩一路。如果还有余兴，看看欧阳修、王安石、黄庭坚、姜夔，也无不可。宋以后，我的偏见，为集血本，可以不读，因为文人气更加重，大名家如高启、吴伟业、龚自珍之流，所作都不能像唐人那样清通如话，看看，知道有此一家、一格可以，学则恐怕所得不偿所失。再说词。唐、五代作家不少，作品不多，而特点（浅易，真正歌女口吻）鲜明，无妨看作出于一人之手，只有李后主的可以算作例外，总之宜于兼收。北宋以及南渡之际几位大家，如二晏（晏殊、晏几道）、欧阳修、柳永、苏辛（苏轼、辛弃疾）、秦观、周邦彦、贺铸、李清照、姜夔，也宜于兼收。其后的南宋名家，如史达祖、吴文英、周密、张炎等，都用力剪红刻翠，不再有唐、五代那样的清丽气，我的偏见，不学也好。也本于这样的偏见，宋以后，至少是为了学，读读清初的纳兰成德就可以了。

另一种，来于偏爱范围的再缩小，由集中多家变为集中于某一家。这有如唱京戏，至少是为入门计，可以或说宜于先宗某一派，如老生宗谭，青衣宗梅，花脸宗裘，不以局限为意，所图就是容易有成，而且能大成。作诗填词也是这样，情意、表达方法，即所谓本钱，可以也应该由多方面来；不过说到用，至少是写的经验还不多的时候，那就不如尽先用一家的。昔人有很多就是这样，以作诗为例，有的人是一生以杜（甫）为本。也有宗李商隐的，如西昆体的诗人就是这样。还有宗黄庭坚的，如江西诗派的诗人就是这样。还有宗两个人的，如明朝袁宗道别号白苏斋，就表明，作诗，心向往之的是白居易和苏轼。只宗某一家有好处，是因为喜爱、想学，就会深钻。专就表面说，就会熟读，以至大部分作品成诵，这就成为更有力的血本。

我们现在学作诗、学填词，借外力，也无妨兼用这个渠道。当然，选择也要谨慎，家不只要大，而且要正，举例说，诗宗杜甫，词宗秦（观）、周（邦彦），是随大流，有利而无害。至于宋以后，有些人作诗宗黄庭坚，作词宗吴文英，以不浅易炫博雅，至少我看，是利不大而害不小的。

以上提及的来源都属于正经正传。但江海不择细流，既然来源多多益善（或说血本越多越好），那就正经正传以外，杂七杂八的地方，凡是看到并觉得好的，也应该收。这正经正传以外的地方，指不见于诗集词集的，可以近，如见于诗话词话的，可以远，如见于笔记、小说等著作的，还可以更远，如见于壁上、口头的。地方杂，集腋可以成裘，手勤，日久天长，所得也不会少。其中有些也许颇有意思，那就会更有启发力。就我还印象清楚的，举一点点例。

> 横塘居士文钦明（思）……一夕招余，出歌姬数人佐酒，中有双鬟歌一绝云："含烟浥露一枝枝，半拂阑干半映池。最恨年年飘作絮，不知何处系相思。"
>
> （查为仁《莲坡诗话》）

> 香冢铭 铭云：浩浩愁，茫茫劫。短歌终，明月缺。郁郁佳城，中有碧血。血亦有时尽，碧亦有时灭，一缕香魂无断绝。是耶非耶？化为蝴蝶。又诗："飘零风雨可怜生，香梦迷离绿满汀。落尽夭桃又秾李，不堪重读（读仄声）瘗

花铭。”

（《旧都文物略·金石略》）

南唐卢绛未仕时，尝病痁，梦白衣妇人歌词劝酒，云：“玉京人去秋萧索，画檐鹊起梧桐落。敧枕悄无言，月和清梦圆。　　背灯惟暗泣，甚处砧声急（读仄声）？眉黛小山攒，芭蕉生暮寒。”（案为《菩萨蛮》）

（《本事词》卷上）

平江雍熙寺，月夜，有客闻妇女歌《浣溪沙》云：“满目江山忆旧游，汀花汀草弄春柔。长亭舣住木兰舟。　　好梦易随流水去，芳心犹逐（读仄声）晓云愁。行人莫上望京楼。”声极凄婉。

（同上书卷下）

两首诗，两首词，都不是由正路来。可是事迷离而情恳挚，写则用轻点法，有飘逸之趣，或说有余味，耐咀嚼，所以也宜于一视同仁，装在记忆里。

以上说的外力都是诗词之作，属于样本性质，可称为直接的。还有间接的，同样重要，是关于作品的纪事和看法。纪事可以广见闻，看法可以长见识。作诗填词，入门之后，想提高，想深入，广见闻很重要，长见识尤其重要。因为作就不能不求好，求得不得，条件很多，其中之一很重要，是先要知道什么是好，怎样才能好。这就需要先听听过来人的，过来人尝过甘苦，会有高见和深见。这类高见和深见，直接的或集中的，见于诗话词话；间接的或零散的，那就随处可见。诗话词话，可以看哪些，前面已经说过。诗话词话以外，店多而未必有想买的货，只能靠杂览时巧遇。这里想用一斑窥全豹法，举一点点例，以证明有些纪事和评论，即使轻轻一点，有时也会如禅宗古德的棒喝，能使我们由表面之知进为深入之知，或径直称为“悟”。如：

> “夜阑更秉烛（读仄声），相对如梦寐”，叔原则云“今宵剩把银釭照，犹恐相逢是梦中”，此诗与词之分疆也。
>
> （刘体仁《七颂堂词绎》）
>
> （案所引诗为杜甫《羌村三首》第一首之最后两句，词为晏几道《鹧鸪天》之最后两句。）
>
> “不知”二句入词佳，入诗便稍觉未合。词与诗体格不同处，其消息即此可参。
>
> （况周颐《蕙风词话》）
>
> 〔案“不知”二句为辛弃疾《鹧鸪天》之最后两句：“不知筋力衰多少，但觉（读仄声）新来懒上楼。”〕

诗与词，意境有别（还表现为用语有别）。这别，人人承认有却难于说清楚。以上两则不是由理方面阐明，但这样比较，却能使我们悟到有关理的一点什么。又如：

记在广陵日见东坡云："陶渊明意不在诗，诗以寄其意耳。'采菊（读仄声）东篱下，悠然望南山'，则既采菊，又望山，意尽于此，无余蕴矣，非渊明意也。'采菊东篱下，悠然见南山'，则本自采菊，无意望山，适举首而见之，悠然忘情，趣闲而累远。此未可于文字精粗间求之。"

（《诗林广记》引《鸡肋集》）

郑谷在袁州，齐己携诗诣之，有《早梅》云："前村深雪里，昨夜数枝开。"谷曰："数枝非早也，不如一枝。"齐己不觉下拜。自是士林以谷为一字师。

（陶岳《五代史补》）

两则关于诗用字的纪事，与题材、写法相比，虽系小节，却也值得深思。又如：

（秦）少游自会稽入都，见东坡。坡问别作何词，少游举"小楼连苑横空，下窥绣毂雕鞍骤"。东坡曰："十三个字只说得一个人骑马楼前过。"少游问公近作，乃举"燕子楼空，佳人何在，空锁楼中燕"。晁无咎曰："只三句便说尽张建封事。"

（《历代诗余》引《高斋诗话》）

柳三变（柳永）既以词忤仁庙，吏部不放改官，三变不能堪，诣政府。晏公（晏殊）曰："贤俊作曲子么？"三变曰：

“只如相公亦作曲子。”公曰：“殊虽作曲子，不曾道‘彩线慵拈伴伊坐’。”柳遂退。

（《宋艳》引《画墁录》）

两则关于词的意境的纪事，前一则说浅深之别，后一则说雅俗之别，都值得深入体会。又如：

“采采芣苢”（案意为《诗经》），意在言先，亦在言后，从容涵泳，自然生其气象，即五言中《（古诗）十九首》，犹有得此意者，陶令（陶渊明）差能仿佛，下此绝矣。“采菊（读仄声）东篱下，悠然见南山”，“众鸟欣有托（读仄声），吾亦爱吾庐”，非韦应物“兵卫森画戟，燕寝凝清香”所得而问津也。

（王夫之《姜斋诗话》）

《古诗十九首》平平道出，且无用工字面，若秀才对朋友说家常话，略不作意，如“客从远方来，寄我双鲤鱼。呼童烹鲤鱼，中有尺素书”是也。及登甲科，学说官话，便作腔子，昂然非复在家之时，若陈思王（曹植）“游鱼潜绿水，翔鸟薄（读bò）天飞。始出（读仄声）严霜结，今来白露晞”是也。此作平仄妥帖，声调铿锵，诵之不免腔子出焉。魏晋时家常话与官话相半，迨齐梁开口俱是官话。官话使力，家常话省力；官话勉然，家常话自然。夫学古不及，则流于浅俗矣。今之工于近体者，惟恐官话不专，腔子不大，此所以泥乎盛唐，卒不能超越魏晋而追两汉也，嗟夫！

（谢榛《四溟诗话》）

两则关于诗的评论，都推崇朴实自然，连带地说后不如前。后不如前的论定，应否接受，问题很复杂，因为一方面，有违时移则事异的通例，另一方面，就诗词说，至少是某些方面，后来居下的情况也确是不罕见。这里且不管这些，只说作诗，或扩大为行文，朴实自然确是个高境界，而难取得，因而也就值得深思了。又如：

秦少游《踏莎行》云："雾失（读仄声）楼台，月迷津渡，桃源望断无寻处。可堪孤馆闭春寒，杜鹃声里斜阳暮。驿寄梅花，鱼传尺素，砌成此恨无重数。郴江幸自绕郴山，为谁流下潇湘去？"（苏）东坡绝爱尾二句。余谓不如"杜鹃声里斜阳暮"尤堪肠断。

（徐釚《词苑丛谈》）

南唐中主词"菡萏香销翠叶残，西风愁起绿波间"，大有众芳芜秽，美人迟暮之感，乃古今独赏其"细雨梦回鸡塞远，小楼吹彻玉笙寒"，故知解人正不易得。

（王国维《人间词话》）

两则关于词句高下的评论，盖棺论定很难，却大有导人深深体会的力量。究竟怎样表达，意境更有诗意？琢磨琢磨大有好处。

前面提到杂览。这方面也不难碰到很值得深思的意见。只举两则一时想到的。

> 词虽苏辛并称，而辛实胜苏。苏诗伤学，词伤才。
>
> （纳兰成德《渌水亭杂识》）
>
> 在黄（山谷）诗中很少看出人情味，其诗仅表现技巧，而内容浅薄。
>
> 〔顾随《驼庵诗话》（根据课堂讲话记录整理）〕

这两则可称为言短意长。苏，且不说学，才在宋朝总可以算第一。他拿起笔，惯于使才，惯于用学（虽然不是炫学），因而就不能写出“思君令人老，岁月忽已晚”“众鸟欣有托（读仄声），吾亦爱吾庐”那种味儿。写不出来，是因为情不够痴。在这方面，黄就更差了，因为他拿起笔，所想不是把动于中的情平实自然地形于言，而是“无一字无来历”。专就这一点说，这两位名家就比他们大概会看不起的《子夜歌》《读曲歌》之类的作者为差了。

到此，可利用、当利用的各种外力说了不少，还应该说一点补充的意见，是喧宾不可夺主。外力，即以各种意见而论，有不能协调的，甚至互相冲突的。互相冲突，不能都对；对不对，接受不接受，要由自己判断。这就不能没有见识。长养见识的办法，仍是《论语》说过的，学而思，思而学。他山之石由学走进门，安放在哪里要靠思。思是评定是非、决定取舍的一种心理活动，所求是定于一，定是有明确看法，一是一以贯之。这定、这一，由别人看，可能不妥，甚至错误，但生而为人，总不当取己之所不信；路只此一条，也就只好坦然走下去。

# 登程

题目的意思是，一切准备停当，可以拿笔写了。这中间，有些事也要注意，这里说一说。

原则是不要无病呻吟，即应该有了情意，不吐不快，然后才拿笔。但这是原则，正如其他性质的事物一样，花花世界，闯到原则以外，总是不只可能，而且很多的。情意人人有，时时有，其中有不少性质轻、形貌不清晰，本不值得写入诗词，能力和习惯却常常使这类情意经过化妆或改造，写入诗词。多产作家，一生所写过万，推想其中有些，甚至不少，就是这种货色。而相反，如旧时代无数的红粉佳人，性高于天，命薄如纸，却一首也不写，因为既无拿笔的能力，又无形于言的习惯。这样说，原则就两方面都会受到冲击，一方面是当写而不写，另一方面是可以不写而竟写了。专说这后一种，我们应该怎样看它呢？我的想法，既然也想写，就只好从宽，即最好是有病再呻吟；不得已，病不大，甚至无病，而形势需要呻吟，也就无妨随缘，呻吟一下。

这不得已的形势，各式各样，只说一点点，算作举例。最重要的一种是练习。高手如李杜、秦周，写的本领都是练出来的。语言文字，像刀枪剑戟一样，不天天耍就不能顺手。练写，学习用最恰当的文字以表现各式各样的所见所闻所感，就不能坐待真正有病，有固然好，可以顺水推舟；没有，为了练习，也只好装作有病，谱入平平仄仄平，呻吟一下。举例说，在塞外，夜有浓云，也未尝不可以咏月，来一句“清光一片照姑苏”。但总要记住，这是学，不是用；用就最好是真刀真枪，出锋见血。另一种形势，如也过秦淮，“烟笼寒水月笼沙”，景物依然而情意并不像“亡国恨”那样浓，但总有一些伤往，那就无妨小病放大，也来一首七绝，甚至一首《永遇乐》。又如还有一种或多种形势，自己未情动于中，本不当写，也不想写，而压力从外来，请题或请和，依世俗的不成文法，只能照办而不得拒绝，也就只好拿笔，无病呻吟一下。文学史上很多有名篇什，如王维的《和贾至舍人早朝大明宫之作》，苏轼的《水龙吟》(次韵章质夫杨花词)，等等，都是这样挤出来的。

诗词，出身就是这样复杂。其上者是“情动于中而形于言”，直到“不知手之舞之足之蹈之”；其下者是情本未动而附庸风雅；中间的更是各式各样。放眼观历史也是这样，可以引用启功先生的概括来帮助说明。他说:“仆尝谓唐以前诗是长出来的，唐人诗是嚷出来的，宋人诗是想出来的，宋以后诗是仿出来的。嚷者，理直气壮，出以无心；想者，熟虑深思，行以有意耳。”这里无妨取其大意，说有的诗词之作是来于忍不住，不能不作；有的不然，是可以不作而没话想话。这两种情况当然有高下之分。但是为了练习，这高下之分也只好暂时不管，因为嚷之前要有表现的资本，没有资本，嚷出“沧海未全归禹贡，蓟门何处尽尧封”的可能是没有的，而表现的资本则不能不由练习来。本篇谈登程，首要目的是求有意作诗词的人真能学会作，那就只好饥不择食，初步，不管有没有情意，总当争取多拿笔。

多拿笔，说来容易，付诸实际就未必然。诗词限制多，比散行文字难写，难而不退，甚至乐得迎面冲上去，在人群里总不会是多数，所以最好能够有某种形式的促进力量。最可靠并最有力的是“兴趣”，俗语所谓“好者为乐”。《红楼梦》里香菱很快学会作诗，一半由于小说作者愿意这样成全，但重要的一半还是她有兴趣。只是这个促进力量的性质有些纠缠，因为它之来，常是在会作之后，之前欢迎它，它却未必肯来。也许就是因此，昔人有的宁愿把促进的力量推到己身以外，即集一些同道，成立诗社。社有社课，有如现在学校作文课之交作文，不管有无作的兴趣，至时非交不可。这种组织形式有优点，是定时交卷之外，还可以互相观摩，互相切磋；也有缺点，时代带来的，是此路难通。昔人学会五言八韵，可以应科举考试，因而平平仄仄平就成为向上爬的阶梯；今天呢，反而不如写几行散行文字，幸而变成铅字，可以换三十、二十稿酬，而诗词，除非作者是高层次的，文以人传，是很难变成铅字的。无名无利，还有几个人肯干？所以结诗社，即使不违法，凑足社友总是很难的。己身以外的办法难通，剩下的一条路就只有反求诸己，即仿社课的精神，设置自课，比如一周两首或三首，至时非完成不可，如果能坚持，就大有好处。这种自打自挨的办法，初期难免有些苦，但时间不会很长，难就会变为不很难，再变为易，所谓有志者事竟成，这由不会而会的一关就过去了。

由不会而会的路程中会碰到一些问题，想谈两个比较重大的：一个是新时代的，题材问题；另一个是旧时代的，风格问题。

先说前一个，题材问题。题材是引起情意的事物（连带着情意），或简而言之，所写。就个人说，见闻、经历，凡是因之而情动于中的，无不可写。所以应该说，题材无限。如果说还会有些限制，那限制只是要能够引起情意，而引起的情意又要是正大的。本之这样的一视同仁的原则，昔人作诗词、选诗词、评价诗词，就既取“王师未报收东郡，城阙秋生画角哀”，也取“老妻画纸为棋局（读仄声），稚子敲针作钓钩”；既取“渡江天马南来，几人真是经纶手”，也取“鬓边觑，试把花卜归期，才簪又重数”。就是说，题材可以涉及社会，也可以限于一己；或换个说法，可以是国家的安危，也可以是个人的哀乐。近些年来，这一视同仁的原则像是行不通了；新的看法是，作品应该因题材的不同而有高下之分，有社会内容的高，只是个人哀乐的下。这种旧新看法的变化，最明显地表现在选和评价上。选方面容易说，即以选为例。选范围很广，以晚唐的七绝为例。旧选本，手头有《唐诗三百首》和《唐诗别裁集》，新选本，只说某一种。杜牧是写七绝的高手,《寄扬州韩绰判官》〔青山隐隐水迢迢，秋尽江南草未凋。二十（读仄声）四桥明月夜，玉人何处教吹箫〕是他的名作，两种旧选本都选了，新选本却不选（想是因为玉人离国家大事太远），而选了黄巢的《不第后赋菊》[待到秋来九月八（读仄声），我花开后百花杀（读仄声）。冲天香阵透长安，满城尽带黄金甲]，这显然是只顾题材，其他都不管了。

国家安危关系个人安危，容易引起某种情意，正如水流花落、人去楼空之同样容易引起某种情意。有情意就可以写，或说不能不写，这是作者应有的自由。觉得“待到秋来九月八”好，选入什么本，这是选者应有的自由。问题来于自由的扩大，以至于侵犯异己。具体表现为：初步是评论，只是身边琐事、个人哀乐，价值不高；进一步是要求，拿笔要写有社会内容的，不要总是个人哀乐。这种题材分高下的看法，远源可以追到劳心和劳力的分高下，这且不管。专说诗词，我以为，这种不一视同仁的看法并不合适，而且会有副作用。理由之一是必致挫伤表达多种情意的自由，如用于昔人，很多作品因而降了价，用于今人，拿笔就不能不有趋有避，而所避，常常是既容易有又最切身的。理由之二，加细寻思就可以发现，社会内容之所以有价值，是因为它常常关系到多数人的哀乐，而多数只是个人的集合；换句话说，没有个人的哀乐，社会内容就成为抽象的架子。理由之三，这抽象的架子到笔下，常常表现为真切与不真切的两歧，具体说是：喊冤的容易真切，喊好的容易不真切。实例俯拾即是，如三吏三别、

《秦妇吟》之类是喊冤，真情实意；汗牛充栋的应制诗和试帖诗之类是喊好，只是虚应故事罢了。理由之四，只说不是虚应故事的，可以比较以下两组：

**第一组**

夫因兵死守蓬茅，麻苎衣衫鬓发焦。
桑柘废来犹纳税，田园荒后尚征苗。
时挑野菜和根煮，旋斫（读仄声）生柴带叶烧。
任是深山更深处，也应无计避征徭。

（杜荀鹤《山中寡妇》）

壮岁旌旗拥万夫。锦襜突骑（读jì）渡江初。燕兵夜娖银胡䩮，汉箭朝飞金仆姑。 追往事，叹今吾，春风不染白（读bò）髭须。却将万字平戎策，换得东家种树书。

（辛弃疾《鹧鸪天》）

**第二组**

凤尾香罗薄（读bò）几重，碧文圆顶夜深缝。
扇裁月魄羞难掩，车走雷声语未通。
曾是寂寥金烬暗，断无消息（读仄声）石（读仄声）榴红。
斑骓只系垂杨岸，何处西南任好风。

（李商隐《无题》）

彩袖殷勤捧玉锺，当年拚却醉颜红。舞低杨柳楼心月，歌尽桃花扇底风。 从别（读仄声）后，忆相逢，几回魂梦与君同。今宵剩把银釭照，犹恐相逢是梦中。

（晏几道《鹧鸪天》）

两组，每一组诗词各一首，前一组的两首有社会内容，后一组没有，可是对比之下，至少我觉得，后一组并不比前一组差，且不提艺术性，只说感人的力量，总值得更细地咀嚼吟味吧？

所以，回到本题，学写，关于题材问题，随风倒是不必要的；应该循其本，诗词是表达情意的，只要是真情实意，就无妨拿起笔写。

再说后一个，风格问题。这里风格取其粗义，具体说是，诗词的写法，有时代性质的不同，有流派性质的不同，已经扬鞭上了路，要跟着哪一种脚步走才好呢？问题很复杂，一言难尽。上面所引启功先生的话，表示后不如前，我想顺着这条线说下去。后不如前，原因不止一种，表现不止一个方面，为了化复杂为单纯，想只说一个方面，我认为最值得深思的，是“文人气”随着时间的流动而加重。文人气加重，相对地是自然和平实的减少。遗憾的是，喜欢这种气的文人不但不觉得，反而心摹手追。唐以前，启功先生所谓自然生长，可以不提。由唐朝说起，如果可以用感官检测法来评定高下，那就确是后不如前（这是就时风说，并非人人如此）。在这方面诗和词是同道，前是直说，后是曲说；前是浅说，后是深说；前是用家常话，后是用谄文话。因而用感官检测，就表现为明显的不同。唐人诗可以诉诸耳，或说一听就明白；宋以后不成了，要诉诸目，或说听则不知所云，要看；更下的是看也不明白，要请人讲或查辞书。词也是这样，唐、五代，北宋早期，可以诉诸耳；南宋，尤其后期，就成为非看不可；其中有些，以及其后如清朝的大部分词人所作，就看也难得明白了。作诗词，以文字载情意，本意是传送给别人，结果是听而不知听云，甚至看而不知所云，这有如制造食品而不求能吃，不是很荒唐吗？可是很奇怪，旧时代的很多文人并不以为怪，反而用力学，甚至标榜，形成流派，如江西诗派直到清末的同光体，词则清朝的浙派紧跟吴文英，都是这样。都这样，形成历史的风，力量很大，抗就很不容易。这里不惮其烦地说，甚至大声疾呼，就是想抗这股历史的风。关于这股历史的风，由文学史的角度说，过于繁琐，想用因物见理法，以期如俗话所说，不怕不识货，就怕货比货。所举诗和词，都分为前后两组。

诗举七律为例，前：

舍南舍北皆春水，但见群鸥日日来。
花径不曾缘客扫，蓬门今始为君开。
盘飧市远无兼味，樽酒家贫只旧醅。
肯与邻翁相对饮，隔篱呼取尽余杯。

（杜甫《客至》）

后：

斗牛余孛尚论（读平声）兵，临遣元戎仗钺行。
荡节（读仄声）星移龙尾道，牙章风发（读仄声）虎头城。
鲛人疍户横戈数，海若天吴列队迎。
羽扇指挥谈笑里，征南仍是旧书生。

（钱谦益《赠佟中丞汇白》）

藏舟夜半负之去，摇兀江湖便可怜。
合眼风涛移枕上，抚膺家国（读仄声）逼（读仄声）灯前。
鼾声邻榻添雷吼，曙色孤篷漏日妍。
咫尺琵琶亭畔客，起看（读平声）啼雁万峰巅。

（陈三立《晓抵九江作》）

词举篇幅较长的为例，前：

对潇潇、暮雨洒江天，一番洗清秋。渐霜风凄紧，关河冷落，残照当楼。是处红衰翠减，苒苒物华休。惟有长江水，无语东流。不忍登高临远，望故乡渺邈，归思（读仄声）难收。叹年来踪迹，何事苦淹留？想佳人、妆楼颙望，误几回、天际识（读仄声）归舟。争知我、倚阑干处，正恁凝愁。

（柳永《八声甘州》）

后：

绣幄鸳鸯柱，红情密、腻云低护秦树。芳根兼倚，花梢钿合（读仄声），锦屏人妒。东风睡足（读仄声）交枝，正梦枕瑶钗燕股。障滟蜡、满照欢丛，嫠蟾冷落羞度。

人间万感幽单，华清惯浴，春盎风露。连鬟并暖，同心共结（读仄声），向承恩处。凭谁为歌《长恨》，暗殿锁、秋灯夜语？叙旧期、不负春盟，红朝翠暮。

（吴文英《宴清都》）

看月开帘惊飞雨，万叶战秋红苦。霜飙雁落，绕沧波路。一声声，催笳管，替人语。银烛（读仄声）金炉夜，梦何处？到此无聊地，旅魂阻。 眷想神京，缥缈非烟雾。对旧河山，新歌舞。好天良夕（读仄声），怪轻换华年柱。塞庭寒，江关暗，断钟鼓。寂寞衰灯侧，空泪注。苕苕云端隔（读仄声），寄愁去。

（郑文焯《迷神引》）

一读便知，前的平实自然，就是闭眼听也能懂；后的不然，就是睁眼看也扑朔迷离。写时的心境也有分别：前的是传达情意在先，文字技巧在后；后的是文字技巧占主导地位，难解与否可能就没有想到。这样堆砌华缛词语和典故而不求人懂，应该说是文人的恶习，虽然是千百年来久矣夫，我们也应该明辨是非，不将错就错。

最后说说，上了路，写多了，写久了，应该不应该怀有奢望，即求有高成就。这要脚踩两只船：一只，有志，学而不厌，当然好；另一只，高成就，不只要靠勤，还要靠天资，天资是自己无能为力的。自己无可奈何的事，只得不管它，即俗语所谓尽人力，听天命。人力的所求是及格，不是成家。什么是及格？可以从旁观者清方面说，即写出来，通诗词的人看见，觉得内有真情实意，外能够表达明白，并无格律的错误而已。

# 捉影和绘影

诗词，读、讲解、欣赏，以至于深追到境之理，与作相比，终归是口头禅；到自己拿起笔，把自己的情意谱入平平仄仄平的时候，才是动了真格的。念“满城风雨近重阳”“今宵酒醒何处”，知道好，击节，甚至也眼中含泪，不容易，但终归不像把自己的情意也写成使人击节甚至落泪的名句那样难。诗词是情意的定型化。情意，无形无声，而且常常迷离恍惚，想存留或传与别人，就要用语言文字使它定型，就是使它有形、有声，清清楚楚。这有如使烟雾化为石块，是大变。如何能化，化成什么样子，都蕴含着不少困难和问题。不能化包括两种情况：一种是没有技术力量，如旧时代大量的红粉佳人，也有春恨秋愁，也有不少泪，可是不识字，自然也就不能写。另一种是有技术力量，即通文的，或范围再缩小，并想哼平平仄仄平的，常常至少是有时，情动于中，想形于言，可是苦于灵机不动，用力搜索诗句词句而迟迟不来。来与不来中有浅深两个方面的问题，浅是如何变成语言文字，深是如何变成“如意的”语言文字。后一个问题，古人说：文章本天成，妙手偶得之。借用禅宗和尚的话，是不可说，要靠多参、顿悟，也就只好不说。可以说说的是有了情意，如何变成语言文字。

情意在先，它来于有所欲，尤其欲而不得。《中庸》开头说“率性之谓道”，紧跟着又说一句“修道之谓教”，就是因为率性，心有所想，身有所行，未必都能不丧德、不违法。就心说，考察实际，甚至可以说是常常不合道德准则的。所以不是任何情意都可以谱入诗词。这里单说可以谱入的，有性质和程度的差别：如“感时花溅泪”和“漫卷诗书喜欲狂”是性质的差别；“向晚意不适”和“一寸相思一寸灰”是程度的差别。两种差别相乘，情意就成为无限之多。多，有的容易写，有的难写。写，有各种办法。可以直接写，也可以间接写。直接，可以大声疾呼，也可以轻描淡写；间接，可以写外界之景，也可以写他人之事（包括咏史）。这些当然也有难易问题。难，譬如孟尝君过关，要有偷巧之法才能闯过去。这法，说句玩笑话，是把情意变为诗词的戏法。情意在心中动荡，如影，要用法把它“捉”住；还有时候，捉的结果，像是形既不定，量又不够，而仍想写，就只好加一些甚至不很少的“绘”。以下谈法，就情意说，主要是谈怎样捉和怎样绘。还要说说捉，我的体会，也有浅深两种。情意的性质是“山在虚无缥缈间”，它有实的一面，是“山在”，还有虚的一面，是“虚无缥缈间”。因为虚无缥缈，而要使之变成诗词，所以要捉。如何捉？初步也只能在心里捉。感受，加码，做不到；能做的只是知解方面的，即辨认它，重视它，希望它：一，走得慢一些，二，有一定的方向，即容易走入诗词。这辨认，这重视，这希望，是浅的捉。深是用语言文字捉，即真走入诗词之作。走入，就不会一纵即逝，严格说，这才是真的捉住。浅捉，唯心主义，说清楚比较难；本篇说捉，主要是指情意的变成诗词。情意无限，变成诗词，偷巧之法也无限，只能举一点点值得注意的，以期举一隅而以三隅反。还要先说一下，情意以及作意（法）是无迹的，作品是有迹的，有时候，由有迹推求无迹，情意容易（也未必准），作意很难，不得已，只好不避自荐之嫌，举一些自己胡诌的。

情意的动力与生俱来，而动，一般要由什么引起。这什么，我们可以称为来由。来由有大小、强弱、明暗的分别。大、强且明的，比如头之上有辫子，头之旁有耳朵，想抓就容易抓住；反之，就会像镜中之影，水中之月，看似实有且清晰，可是真去抓，却一溜烟跑了。由大、强且明的说起。这是身所经历且感受明显的外界的一切。因为是一切，内容就无限之多。可以由两端举一些例。如所经历，可以是亡国之痛，也可以是对镜忽见二毛的轻微哀伤；所见，可以是巫山之高、三峡之险，也可以是微雨之晴、一叶之落；还可以替古人担忧，如读史，博浪沙铁椎未中，马嵬坡佳人早亡；等等，凡是足以使平静之心变为不平静的都是。这类情意一般较浓、较清晰，而且借用成语魂不附体的说法，可以说是有体可附。有附着之体，抓住就容易，变为语言文字也容易，所以无妨就用那个体。有不少诗词之作就是这样成篇的。如杜甫《北征》、李后主《浪淘沙》（帘外雨潺潺），是写经历之事。如杜甫《韦讽录事宅观曹将军画马图》、柳永《望海潮》(东南形胜)，是写所见之景。如孟浩然《与诸子登岘山》、苏轼《蝶恋花》(灯火钱塘三五夜)，是写游宴。如白居易《长恨歌》、苏轼《念奴娇》(大江东去)，是咏史或怀古。如杜甫《戏为六绝句》、姜夔《齐天乐》(庾郎先自吟愁赋)，是论或咏某事物。如元稹《遣悲怀》、柳永《雨霖铃》(寒蝉凄切)，是写怀念或惜别。如杜甫《赠卫八处士》、苏轼《青玉案》(三年枕上吴中路)，是题赠。其他种种可以类推。这类作品的情意，就其在心内动荡而言，也是影，只是因为有明显的附着之体，就比较容易捉住，也就比较容易变成语言文字。

但是这变不是蒸汽变成水的变，而是孙悟空七十二变的变。这是说，情意之变成诗词，有可塑性，即表现为可此可彼的选择。此和彼可以距离大，如同一个情意，壮烈激昂的，既可以写成一首七律，又可以写成一首《贺新郎》；温和委婉的，既可以写成一首五律，又可以写成一首《蝶恋花》。还可以距离小，如决定谱入《蝶恋花》，起句既可以是“庭院深深深几许”，又可以是“几日行云何处去”。所以所谓容易捉住，容易变成语言文字，是比较而言；影终归是影，纵使一捉即得，也总要费些力。

这样说，情意有确定而明显的来由的，有体可附，可是附不是一成不变，而是七十二变，所以变成诗词，也不能易如反掌。至于那些没有来由或来由不怎么确定明显的，如标题为“偶成”“有感”“无题”的以及陶渊明《闲情赋》所写，想捉住，变成诗词，就会难上加难。但俗语有云，虱子多不痒，账多不愁，难也会转化。这化也是由七十二变来，因为多变可以表现为不利和利两个方面：多中择一，难定，是不利的一面；惟其因为难定，就无妨抓个秃子当和尚，是利的一面。为了什么什么效益，我们当然要利用那利的一面。办法是，径直说，表现某种情意，既然可用的语句不止一种，或说相当多，就无妨翻腾脑海中的家底，找，碰，其结果找到或碰到一个合用的（虽然未必是最好的），机会就不会很少。

要重视抓个秃子当和尚的妙法。这有心理的先决条件，是看严重为轻松，用古话说是治大国如烹小鲜。其意若曰，这有什么了不起？有情意，确认一下，甚至修补修补，然后从语言文字的堆里找出一些，像到商店买衣服一样，拿几件试试，觉得哪一件合适，交款，为定。这里说到两道工序。一是情意的确认和修补。情意，通常是相当复杂的，如啼中有笑，恨中有爱，懒而仍动，厌而不舍等等都是，至于写入诗词，就宜于性质明朗而单纯。这有时就需要加点工：取纯舍杂是确认；万一觉得性质还不够明朗，力量还不够充沛，就无妨加点油醋，是修补。举例说，秋风又起，出门瞥见红叶，心中有一点点时光易逝的怅惘，但轻微到连自己也没有当作一回事，如果有作诗填词之癖，这显然是个好机会，可是情意的分量不够，性质不明，怎么办？可以用确认和修补的办法：经过确认，情意成为伤逝；经过修补，伤逝有了内容，即联想到昔日，曾经“执手相看（读平声）泪眼，竟无语凝噎（读仄声）”。这样一来就够了，其后的事就是动笔。

动笔是第二道工序，也可以难中生易。先举个难的例，是限字法。和诗步韵是一种限字法，比如七绝或七律，首联的两个尾字是“归”和“飞”，不管你想表达什么情意，首联尾字也必须用这两个。为了练习，限字法还可以扩张，比如要求第一句必须用上“斜阳”两个字，也就可以变变戏法，如说“斜阳侵古道”是嵌在头部，“雨后斜阳仍送暖”是嵌在中部，“几家庭树对斜阳”是嵌在尾部。限字可以变变戏法，使受拘束成为像是未受拘束，不限字，随意来来，当然就更不在话下了。

为了化难为易，招数不厌其多。还不厌其低。先举两种最低的。诗词念多了，熟了，总有些语句会装在脑海里，到自己有相类的情意想表达的时候，有些相关的语句会不甘寂寞，自己冒出来，于是顺水推舟，就无妨利用。有些是拆成零件用，可以称为暗借；有些是照抄或稍稍改变用，可以称为明借（这种借，就情意说是捉影，本篇谈；就成篇说是凑合，下一篇也要谈到）。举自己的打油句为例：

> 饩羊当日事，刍狗百年身。
> 等是庄生梦，何须问假真。
>
> （《观生有感》）
>
> 契阔连年恨一车（读chà），春风又逐（读仄声）柳丝斜。
> 等闲吹断蓬山梦，窗外荼蘼正作花。
>
> （《庚午晚春》）

加点的词语是暗借：前者，原主是李商隐诗“庄生晓梦迷蝴蝶”；后者，原主是王淇诗“开到荼蘼花事了”。

姑妄言之姑听（读仄声）之，夕阳篱下语如丝。
阿谁会得（读仄声）西来意，烛冷香消掩泪时。

（《〈负暄琐话〉完稿自题》）

午梦悠悠入旧家，重门掩映碧窗纱。夕阳红到马缨花。
帘内似闻人语细，枕边何事雀声哗。消魂一霎又天涯。

（《浣溪沙》）

加点的词语是明借：前者，原主是王士禛题《聊斋志异》的诗；后者，原主是项廷纪的词。

比明借、暗借略费事的是用旧事。也举拙作为例。一次是事过境迁，偶尔有兔死狐悲之痛，直说较难，想到孔融，接着又想到张俭，于是凑成一联，“投止千张俭，收诛亦孔融”，算是把狐悲的情意捉住，其后是用凑合法，写成一首五律。又一次是饥寒之后略得温饱，也有不忘一饭之恩的雅意，想写，不便直言，略搜索就想到汉高帝的松和魏忠贤的紧，于是凑成一联，“赖有咸阳约（读仄声），应无厂卫忧”，也就把幸得安居的情意捉住，其后也是用凑合法，写成一首五律。

有情意，更常见的是用较空灵的手法捉。也以拙作为例。先说可以用写景之语。比如有那么一次，为人题墨竹的画，忽然见景生情，像是有所思，于是趁热打铁，七绝的后两句写为“天香院落潇潇雨，正是江南食笋时”，思成为思春日的江南，总当与情意的实况差不多吧？还可以用写情之语。是昔年的一个春日，住在香山，风和日暖，未免一阵飘飘然，想作诗，顺口拉来丁香，又想凑成干支对，于是写为“欲挽丁香结（读仄声），仍吟子夜诗”（五律的颔联），丁香之香，配上《子夜歌》之香，就更加飘飘然了。其他多种写法可以类推。

再说更空灵的。那是情动于中，可是淡且不定，有如云烟，想捉，就只能略定其性，然后找个合用的瓶子往里装。这简直是碰。但碰有碰的自由，是只要合用，瓷的，玻璃的，塑料的，都可以。仍以拙作为例。一次是有模模胡胡的期待之感，思索、斟酌，凑成一首五绝：

读史悲生晚，闻镗惜梦遥。
不知青霭下，何处是蓝桥。

（《遐思》）

一次是有模模胡胡的伤逝之感，思索、斟酌之后，也凑成一首五绝：

自有罗裙碧，谁怜锦字香？
年华悲荏苒，欲问永丰坊。

（《无题》）

一次是有模模胡胡的怅惘之感，思索、斟酌之后，凑成一首小令：

风乍暖，月如眉，海棠深院夜长时。门里屏山门外路，
蜡泪琴心两不知。

（《桂殿秋》）

以上是用一点点例说捉。上面说过，如果如影的情意形既不定，量又不够，而仍想谱入诗词，就还要加一些或很多“绘”。绘是大化妆，虽然难免与现实拉开距离，也是不得已，因为诗词是艺术品，凡艺术品都要以现实为材料，或大或小加些工的。以下说加工，由小而大。仍以拙作为例。如：

紫陌红楼一梦归，忍寒犹恋旧缁衣。
可堪细雨黄昏后，小院无人独（读仄声）掩扉。

（《乡居》）

这是“大革命”时被动还乡时作的，情意千真万确。事也基本属实，因为住的虽是祖传旧宅，却只有我孤身一人。说基本，因为“无人”是顺情说的，实际是大部分房屋被生产队占着。可是作诗不能不顾及诗境，试想，如果据实，改“无人独”为“多人共”，凄凉的气氛不就所余无几了吗？“改”是绘；作诗词，诗情诗境至上，不得已，不

只容许绘，而且应该绘。又如：

> 几家寒食（读仄声）见炊烟，陌上新茔又一年。
> 争说（读仄声）玉兰花事好，春风荡尽纸灰钱。
>
> （《辛酉年寒食》）

还记得那是清明前一天的清晨，听到或想到是寒食了，心里一霎时有点那个。哪个？说不清楚，总是往者已矣之类吧？于是拿起笔，凑成这样一首。严格说，只有寒食节是引线，炊烟、陌上、纸钱等等都是沿着情意的路摸索出来的。这也是绘，是“增”的绘。又如：

> 坐夜忧生促，迎春叹梦虚。
> 残年何所欲，不复见焚书。
>
> （《七九年除夕颂辞》）

这首诗第四句原为“闭户读闲书”，琢磨一下，觉得退的气过重，力弱，所以照应时代，改为“不复见焚书”。这样，退换为进，旧学和新秀都会觉得好一些吧？这是情意的“换”，我想，只要不是撒谎，也是无伤大雅的。

绘还可以破格，即像是马脱了缰，连拴它的情意也不顾了。举不足为训的拙作两首为例：

几度寒衾梦月华，半塘秋水玉人家。襟前仍插（读仄声）晚香花。 巷外朱门谁系马，园中碧树自栖鸦。湘笺和泪寄天涯。

（《浣溪沙》为徐中和作，嘱嵌“中”“和”二字）

绣户芸窗取次开，仙娥指点凤凰台。

更无细马朝天去，仍有明珠照夜来。

万里寻芳逢杜曲，千金买砚爱隃煤。

前溪舞罢依禅榻，泪湿（读仄声）罗巾烛（读仄声）未灰。

（《次韵解味翁己未夏日纪事

用玉谿生碧城体却寄博粲》）

前一首由语句反追情意之影，恐怕所得只是梦中之花，像是有，睁眼看却又没有。后一首加了码，连像是有也化为空无，而是不知所云。但是看形式、听声音，竟也可以成为词、成为诗，道理何在？就在于，由作意方面看，情意到成篇的过程中，是容许甚至不能不多多少少变些戏法的。变，依理最好是小变，但如一切趋势之难于停止一样，于是由小变一滑就成为大变。大变几乎是全用绘法，其脱离情意正是必然的。

大变是脱离正轨；甚至可以设想，一切绘都是脱离正轨。还说这些做什么呢？是为了有情意能够成篇，招数是不厌其多的。最好是学会多种，只有少数就够用；而不要损之又损，譬如说，需要两种只会两种。会多种，用的时候才可以变化，拿起笔之后的所谓灵机，都要由这里来。

到此，像是偷巧方面的种种说得太多了，会不会有副作用，即刚才说的脱离正轨？所以还要说几句回收的话。计有三点：其一是，成篇之前，情意至上，成篇之后，诗境至上。没有值得谱入诗词的情意，最好不写（练习除外）；写成，所表现的不是诗境（没有诗意），应该改写。其二，动笔，白纸黑字，其中有情有事，情必须真，事可以打些折扣。叙事诗如《木兰辞》、杜甫《佳人》等是这样，抒情诗如李白《将进酒》、李商隐《无题》等也是这样。其三，作诗词虽然是文人的余事，却也要守佛门大戒，不妄语。无情而说作有是妄语，情在此而说在彼也是妄语。古往今来，大量的应酬之作，颂扬之作，有多少是不妄语的呢？所以，惟其讲捉讲绘以求成篇的时候，这妄语的情况就更值得深思，甚至警惕。

# 凑合

来客，“盘飧市远无兼味”，举箸前照例要客气一句：“没什么菜，凑合着吃点吧。”题目“凑合”就是由这种意义来。与散行文字相比，作诗词是高难动作，因为要在体制、字数、句数、押韵、平仄，也许还有对偶等多种限制中成篇，还要确有诗情诗意，并显得精巧自然。高难，又势在必成，于是情动于中而形于言，在成篇的过程中，就不能不借助于“凑合”。这里凑合有进退两种意义：进，时间靠前，是在作的过程中拼凑，即这样不合适，换为那样之类的动作；退，时间靠后，是成篇以后，看看，格律方面没问题，可是总觉得平平庸庸，乏善可述，想改，却心有余而力不足，只好宽大处理，凑合着吧。退的凑合没什么可讲的，以下主要谈进的凑合。凑合，或者不能算上策，可是作诗词，即如李杜、秦周等名家，至少是有时，也不能离开它，这样说，是它有用。至于我们一般人，不敢望李杜、秦周等的项背的，就不只有用，而且可以看作成篇的诀窍。诀窍，有不光彩的一面，是亮出来，原来如此，未免泄气。这里想谈谈这不光彩的一面，又因为褪去脂粉的黄面，只有自己容易看到，所以有些地方也要厚颜，现身说法，用今语说是坦白，希望对初学能够有些用。

由古人谈起。凑合，可以大到情意，比如本来是希冀或想表现为希冀的，因为感到这样表现深度不够，或力量差些，于是表现为怅惘。同样大的可以是体制，比如本来是想写为七律的，因为时间不够或一时灵机不来，于是勉强成篇，写为七绝。由大缩小，句的组织、韵的选择以至于字的抉择，等等，都会有这种本想如此、变为如彼的情况。（这类情况，上一篇也曾言及。）但这类情况，大多是只有天知地知己知的；读者所能见是最后的写定本，一般总像是天衣无缝。所以谈古人作品中的凑合，只能找一点点尚有形迹可寻的。可寻的形迹有程度之差。例如前后两联相接不妥帖，开端或结尾不鲜明，等等，是程度浅的；程度浅，作为凑合的例，说服力不强，只好不举。例如受格律的限制，想顺应而没有取得天衣无缝的效果，是程度深的；程度深，举目可见，说服力强，所以举例限定这类的。格律的限制，主要是押韵、平仄和对偶（句数、字数的条件容易满足；失粘、合掌之类罕见），以下就此三类举一些凑合的例（多用近体诗，因为最明显）。

先说押韵方面，如：

> 故人具鸡黍，邀我至田家。
>
> 绿树村边合（读仄声），青山郭外斜。
>
> 开轩面场圃，把酒话桑麻。

待到重阳日，还来就菊（读仄声）花。

（孟浩然《过故人庄》）

一封朝奏九重天，夕贬潮州路八（读仄声）千。

欲为圣朝除弊事，肯将衰朽惜（读仄声）残年。

云横秦岭家何在？雪拥蓝关马不前。

知汝远来应有意，好收吾骨瘴江边。

（韩愈《左迁至蓝关示侄孙湘》）

前一首，山在郭外直立，不能斜立，为了凑合麻韵，用“斜”。后一首，雪大，马不能快走，为了凑一先韵，用“前”，是将就，因为即使前可以表前行，与快行终归有别，何况不前的字面意义可以是在后。再说平仄方面，如：

国破山河在，城春草木深。

感时花溅泪，恨别（读仄声）鸟惊心。

烽火连三月，家书抵万金。

白头搔更短，浑欲不胜（读平声）簪。

（杜甫《春望》）

重帏深下莫愁堂，卧后清宵细细长。

神女生涯原是梦，小姑居处本无郎。

风波不信菱枝弱，月露谁教（读平声）桂叶香。

直道相思了无益，未妨惆怅是清狂。

（李商隐《无题》）

前一首，依格律，第七句应该是平平平仄仄，白发搔更短是仄仄平仄仄，不合，一不论，二不能通融，不得已，换“发”为“头”。后一首，依格律，第六句应该是仄仄平平仄仄平，说桂花香不成，因为二四六必须分明，不得已，换“花”为“叶”。再说对偶方面，如：

青山横北郭（读仄声），白水绕东城。
此地一（读仄声）为别（读仄声），孤蓬万里征。
浮云游子意，落日故人情。
挥手自兹去，萧萧班马鸣。

（李白《送友人》）

干戈未定欲何之，一事无成两鬓丝。
踪迹大纲王粲传，情怀小样杜陵诗。
鹡鸰音断人千里，乌鹊巢寒月一枝。
安得（读仄声）中山千日酒，酩然直到太平时。

（王中《干戈》）

前一首，实际是山横郭北，为了与“东城”对偶，改为“北郭”。后一首，与“王粲”对偶，最好用姓名（杜甫），可是相对的字要平仄不同，不得已，用住地的“杜陵”；情怀无所谓大小，称为“小样”，是为了与“大纲”对偶，强拉来的。

凑合，也可能或说有更多的可能，妙手偶得，其结果就像是天衣无缝。不过也可以这样看：惟其天衣无缝，反而可以证明，是一试再试，由精心锤炼中来。这最明显也最多地表现在对偶中，如“云标金阙迥，树杪玉堂悬”，“绛帐恩如昨（读仄声），乌衣事莫寻”，“诵诗闻国（读仄声）政，讲易见天心”，“匡衡抗疏功名薄（读仄声），刘向传经心事违”，“酒债寻常行处有，人生七十（读仄声）古来稀”，“当君白首同归日，是我青山独（读仄声）往时”，一是金对玉，二是颜色对颜色，三是书名对书名，四是人名对人名，五是借音对，六是流水对，像这些，碰巧的可能很小，也就只能从另一条路来，拼凑的。

拼凑是成篇以前的事，我们读古人之作在成篇以后，近乎诛心的挑剔就较难抓住，也较难证实。为了泄漏偷巧的心机，以下想不避自吹自擂之嫌，举自己的打油句为例，以说明这类不光彩的拼凑竟是无孔不入。无孔不入，如果巨细不遗，那就会罄笔难书。所以只好抓几个重要的方面为纲，用轻点法以显示全面。

一、标题。著文，文不对题不好。诗也是这样，内容要恰好是诗题要求的。且说不久之前，我所在的出版社要庆祝成立四十周年，我理当写点什么。诌诗容易，因为字数少，并且话可以不沾滞，于是以“祝本社成立四十周年”为题，诌了一首五律：

潜夫成庶老，季子未轻裘。

亦有䌷书兴，应无乞米羞。

亡羊怜旧学（读仄声），待兔愧新猷。

欲献鸿都赋，冰桃祝万秋。

成篇后一看，也许因为直写祝不容易，还是老习惯，由己身方面下笔，到尾联才转到题内。文不对题，怎么办？重新来，费力，于是乞援于凑合，改题为“本社成立四十周年述感”，也就交了卷。

二、篇章组织。先抄拙作《自伤》一首：

大道叹多歧，龟蓍问所之。

中原常水火，下里少胭脂。

有感皆成泪，无聊且作诗。

乐清仍履浊（读仄声），惭愧寸心知。

成篇之后看，像是没有拼凑的痕迹，其实不然。由写作时的心情方面说，可以指出三点。其一是首联两句的次序，本来是可以颠倒过来的，只因为全篇是仄起（大道），所以“龟蓍”句就不得不退居第二位。其二是第三句，曾经想用“中朝多傅保”与“下里少胭脂”对偶，比较、斟酌，觉得“常水火”分量重，与己身更切近，所以用了这一句。其三是四联八句降生的历史，读者必以为老大哥或老大姐是“大道叹多歧”，其实又不然，而是第六句“无聊且作诗”，因为自己感触最深，就先上心头。第六句先得，随着来的当然是第五句“有感皆成泪”，因为孤掌难鸣。然后才是首联或颔联，最后是尾联。作的次序打乱，是典型的凑合。

三、词语的抉择。这种凑合几乎篇篇可见，句句可见。常见的一种是两可，比如写了一句“怅望西天一抹红”，想换换，小换，可以用“怅望西天一树红”，大换，可以用“怅望枯荷对晚风”。有时不是两可，而是有妥与不妥之分，只举一例。那是十年以前，得机缘住在香山之麓，一时高兴，诌《香山漫兴四首》。最后一首是：

玉勒连钱马，金轮步辇车（读chā）。
何如烟岫里，毕世作山家。
渴饮鸡鸣露，饥餐枸杞花。
恩波今浩荡，击壤胜丹砂。

过了些年，偶然翻看，觉得第七句不妥，因为近于热，与通篇的恬静情调，也应该恬静的生活之道不合。必须改，又不想大改，于是只换“今”为“应”，算作希望，一凑合，过去了。

四、押韵。前些年，按旧算法年满七十，附庸风雅，诌了《古稀四首》。第一首总说，是：

粥饭随缘庆古稀，旅囊犹贮旧缁衣。
三冬宛委尝寻道，百岁穷通未见几。
辇毂风高怀砚老，濠梁梦断看鱼归。
赏心欲共春冰尽，回首应怜四九非。

这首诗押五微韵，显然是因为第一句宜于亮出“古稀”二字。其后是，“稀”字已定，其余四个韵字只能从五微韵里找。找到“衣”“几”“归”“非”四个，嵌进去，像是顺理成章，其实则未必。可以设想，写生活，写感受，有粥吃粥、有饭吃饭、得乐且乐之后，一定有多种可写、值得写的情况，而“衣”“几”“归”“非”所写，恰好是最值得写的可能，也许最多不过百分之五十吧？但是写诗就只能这样容忍，因为不能不借助于凑合。还有一种情况，比如先得一联，用七阳韵，再拼凑另外三联，费力而不能如意，最后只得放弃七阳，试试十一尤，成了，这是更重大的凑合。更常见的是迁就韵而选用不同的词语，比如用酒器表示喝酒，如果是十灰韵，就得用酒杯，四支韵，就得用酒卮，其他可以类推。

五、调平仄。先抄拙作《戊辰四九感怀》一首：

海外徒闻大九州，郊园斗室度春秋。
回天浩气输裙带，画地幽怀付钓钩。
育女生儿谁作马？刊书试砚自为牛。

可怜从猎仍心喜，橐笔填词问旧愁。

依事理，第一句应该是“徒闻海外”，依语言习惯，第五句应该是“生儿育女”，只是因为依格律，第一句应该是仄仄平平仄仄平，第五句应该是仄仄平平平仄仄，前四个字都是仄仄平平，不得已，只好把“海外”和“育女”移前。因平仄拘束而选字、换字的情况更多，比如名词“天地”与“乾坤”间，“日下”与“春明”间，“太白”与“青莲”间，动词“看”与“观”间，“熟虑”与“凝思”间，形容词“赤”与“红”间，“岑寂”与“寂寥”间，代词“你”与“君”间，“彼”与“伊”间，数量词“两”与“双”间，“几度”与“几番”间，副词“又”与“仍”间，“共”与“皆”间，等等，都是应该仄声用前者，平声用后者。万一同义、近义之间不能解决，还可以大动干戈，即换个说法，如“郊园斗室”可以换为“把酒呼朋”，“育女生儿”可以换为“披风戴月”，等等。总的原则是，从语言库存里选，拼到一起，然后看看是否有违格律、有违情意，不违，就算顺利通过。

六、对偶。先抄拙作《春山行旅图意》一首：

雨霁山犹湿（读仄声），风和水不涟。
千家花吐艳，一路柳含烟。
未与清明祭，仍怀汉晋年。
酒帘行渐远，明日在谁边？

前面说过，唐以来文人作近体诗，在对偶方面用了最大的力量，编造了多种花样。多费力量，就因为精巧的成品不是来于自然生成，而是来于人工拼凑，名句如谢灵运的“池塘生春草”，杜甫的“江天漠漠鸟双去”，下联都配得无神，可以为证。我的些许经验也可以为证，即如这首拙作的颈联，上句说离家，下句说怀旧，意思不坏；用对偶表达，清明对汉晋是朝代名对朝代名，手法也有可取。这是碰巧吗？不是。是在几种可用的词语中选，最后才定下来的。这用的就是凑合法。也就是用这种凑合法，我也玩过借对的花样，如上面引的《古稀四首》的第一首，“辇毂风高怀砚老，濠梁梦断看鱼归”，“砚”是借音（听来同“雁”），与“鱼”构成借对；第四首颔联是“半偈南无（nā mó）多筑塔，真如岂有未销兵”，“无”是借形（看来同有无的“无”），与“有”构成借对。这样，我们几乎可以说，像样的对偶都是凑合的工艺制造的。

七、用典。先抄拙作《乙丑冬至即兴》一首：

岁岁长安住，欣然说（读仄声）不难。
独行周两榻，从众日三餐。
浩气仍螳臂，残躯未鼠肝。
冬闲何所事，画鬼与人看（读平声）。

这首拙作用典不少，专说颈联，上句表示仍有可怜的幻想，用《庄子·人间世》"汝不知夫螳螂乎，怒其臂以当车辙，不知其不胜任也"，下句表示还活得好好的，用《庄子·大宗师》"伟哉造化！又将奚以汝为？将奚以汝适？以汝为鼠肝乎？以汝为虫臂乎？"也可算是发挥了用典的力量（语少而意切）。而究其所自来，当然是凑合的结果。因为典故是隐语性质，放着平常话不用，绕弯子，不费些搜寻的力量是不成的。

八、次韵。凑合成篇，以在次韵之作中用得最多，也表现得最明显。还是举自己的经历为证。是一年前的夏末，接周汝昌先生来信，内附五律一首，曰《再题负暄琐话》，诗云：

感叹复感叹，斯人何代人？
文兼诗史哲（读仄声），义重恕严真。
大美期无饰，深情矫不仁。
从来臧否事，岂为媚时新！

这是再捧拙作《负暄琐话》（一捧见重印本的跋）。受宠不能不谢，依惯例，要也来一首五律次韵。于是先写下"人""真""仁""新"四个字，情意和文字当然都要拼凑。结果就凑成一首，题曰"拙作负暄琐话重印解味翁再赐诗题之即步原韵却寄"，诗云：

执笔仍多事，还珠又几人？

何妨行独（读仄声）乐，未可问全真。

忆旧知常幻，谈天叹不仁。

睡余重展卷，惭愧意无新。

表面看，全篇由谦退之意下笔，也可算得体。而从诛心方面检寻，总得承认，独乐也罢，惭愧也罢，都是剪裁碎布缝在一起的。

九、借兵。语言文字来于约定俗成，公有，严格说，张口成话，下笔成文，无论零件还是整体，都是借来的。不过习惯上比较宽大，如说“满头白发”，“简直有三千丈高”，“白发三千丈”，只说最后一句是抄成句，前两句算自出心裁。其实，抄成句与自出心裁间并没有明确的界限，比如说“正是高级宾馆酒肉臭，穷乡僻壤还有吃不饱的”，“酒肉臭”十之九来自杜诗“朱门酒肉臭”，可是并未全引，算不算抄成句？这里我们无妨扔开辨析而专取实利，就是情动于中，哼平平仄仄平，如果有成句合用，就不妨取巧，或全抄，或半抄，以求事半功倍，这是借外力以促成凑合。手头碰巧有个例，就抄出看看。那是不久以前，周汝昌先生来信，说《恭王府考》将印修订本，希望我题点什么。我不得不从命，搜索枯肠，凑了一首《浣溪沙》：

贵邸名园水一方，崇垣内外说（读仄声）红妆。也曾深院问天香。幻境奇言谁解味？新编妙笔自流芳。十年辛苦不寻常。

宽而又宽，贵邸、深院等不算，“水一方”和“十年辛苦不寻常”总得承认是借来的。“水一方”是半借，“十年辛苦不寻常”是全借（下应注“用曹雪芹句”，以表示是借，不是偷）。还可以略改装借，如拙作有“一生能见几清明”“诗书多为稻粱谋”之句，就是借苏东坡诗“人生看得几清明”、龚定庵诗“著书都为稻粱谋”，小变化嵌在篇中的。借，尤其用典，常常比自出心裁省力，虽然辞非由己出，本诸“不管黑猫白猫，能捉老鼠就是好猫”的原则，我看是无伤大雅的。

十、集句。这是句句用古人成句以凑成一首的作法，少数人曾经玩这种花样。如果愿意排位次，次韵是一号凑合，这是特号凑合。可是有启发力，是可以告诉有兴致哼平平仄仄平的，情意是自己的，表达则无妨随手拈来，因而举一隅而以三隅反，下笔时就可以东拼西凑，使难变为易，或较易。也举个现身说法的例。是若干年前，某老友寄来一首《高阳台》，是听说当年有情人未成眷属的某女士早已寡居，住在西部某地，不禁感慨系之而下笔的。因为是有病呻吟，情挚而语妙。总是本人看了也大为欣赏吧，所以寄来请和。我无病，呻吟不出来，只得乞援于集句法。不敢集唐，只集李商隐，居然凑成三首七绝：

远书归梦两悠悠，同向春风各自愁。
纵使有花兼有月，他生未卜此生休。

良辰未必有佳期，万里南云滞所思。
却忆短亭回首处，黄蜂紫蝶（读仄声）两参差。

不信年华有断肠，古来才命两相妨。
离鸾别凤今何在？万里西风夜正长。

集成寄去，不久得回信，说与心意正合。东拉西扯一些成句，拼凑到一起，也能合心意，这就可证，凑合之法也未尝不可以大显神通。我想，初学就此，像参禅那样深入参之，大概就可以窥见一些作诗词的此中消息吧。

最后总的说说凑合的进退两义。进，是可以希望有大收获。人，得生，依新看法，由坠地到火化，只此一次，就己身说，写心是一件天大的事。而写，以宜于抒发深情的诗词而论，成篇不容易，成精美之篇更不容易。幸而完成大事业的身旁并不排斥小动作，即容许多种形式的凑合。而凑合，如果条件、机遇等齐备，也未尝不可以高到妙手偶得。苏东坡的《和子由渑池怀旧》是个好例：

人生到处知何似？应似飞鸿踏雪泥。
泥上偶然留指爪，鸿飞那复计东西。
老僧已死成新塔，坏壁无由见旧题。
往日崎岖还记否？路长人困蹇驴嘶。

这也是次韵（原诗见《栾城集》），不只一点拼凑的痕迹也没有，还多有神来之笔。这就是凑合的小动作也可以显大用。但也要知道，那是苏东坡，就才说，宋朝第一，见贤思齐，如愿以偿的可能是微乎其微的。所以就用到凑合的另一义，退，即由自知之明而知足，看看，成了篇，没有语言和格律错误，多少有点诗情诗意就收场，甚至闭门吟诵一两遍，自得其乐也无不可。

# 辞藻书

上一篇谈凑合，用大话说是舍浪漫主义而取现实主义。梦中得句、神来之笔固然好，无如经常是梦不成而神不来，只好让步，东拼西凑。但无论如何，这种拼凑还是从脑海里找材料，竹头木屑，终归是自家的。有时，甚至也不少见，左找右找，竟连竹头木屑也没有，怎么办？还有个办法，昔日有不少文人也用，或常用，是到辞藻书里找。说不少文人，因为如李善、苏东坡之流，几乎所有典籍都装在脑海里，就用不着这样费事。但是世间，像李善、苏东坡这样的究竟太少了，所以辞藻书还是有用；至于现在，像我们这样十之九腹内空空如也的，应该说有大用。

辞藻书，是适应文思枯竭而仍想作的人的需要而立名的，在旧日的目录里入子部，名“类书”。顾名思义，是把散见的文献资料归类，以便于检寻而编印的书。起初是为有权的忙人（或兼懒人）编的，始于曹魏，名《皇览》，皇指夺汉献帝宝座的曹丕。其后，许多皇帝以及虽未即皇帝位而有钱买书的，也乐得从这条省力的路得些知识财富，于是类书（多是大部头的）就相继而兴。单说有大名的就有唐朝的《北堂书钞》《艺文类聚》《初学记》，宋朝的《太平御览》《册府元龟》《玉海》，明朝的《永乐大典》，清朝的《渊鉴类函》《骈字类编》《古今图书集成》《佩文韵府》，等等。这多种类书当然各有特点，这里用不着介绍。单说归类，大多是按所讲内容的性质，重大的在前，细小的在后；先分大类，后分小类。以不见经传的《词林典腋》为例，先分为三十大类，是：天文门、时令门、地理门、帝后门、职官门、政治门、礼仪门、音乐门、人伦门、人物门、闺阁门、形体门、文事门、武备门、技艺门、外教门、珍宝门、宫室门、器用门、服饰门、饮食门、菽粟门、布帛门、草木门、花卉门、果品门、飞禽门、走兽门、鳞介门、昆虫门。然后各门再分为小类，只举天文门为例，分为四十三小类，是：天文总、天、日月、日、春日、夏日、秋日、冬日、月、新月、残月、月桂、中秋月、星（景星、北斗附）、天河、云、庆云、云峰、风雨、风、春风、夏风、秋风、冬风、雨、夜雨、喜雨、春雨、夏雨、秋雨、冬雨、雷、电、虹、霞、露、霜、雪、喜雪、春雪、雾、霁、烟。这样，大类乘小类，文献资料就分别放入几百个堆堆，腹内空空而短时间内想有或装作有的，就可以按图索骥，到一个相应的堆堆里去找。

找是找有关某项事物的古董（古事古语）。这，有的书收得多，有的书收得少。分得最细、收得最多的是《古今图书集成》，不好举例。手头有不登大雅之堂的《角山楼增补类腋》，意在简便合用，篇幅不大，举其第一个小类“天”为例，包括穹苍、九野、阊阖、颢穹、太清、如笠、大圆、曾穹、蔚蓝、碧翁翁、圣琉璃、卵色天、碧罗天、倚杵、邹衍谈、万物橐、张弓、炼石补、天受藻华、九鸿、调泰鸿、左旋、管窥、覆盆、蚁磨、三十六天、青圆、尺五、三清、大罗、车盖、剑倚、紫落、碧虚、坐井观、兜率、湿融融、翠笠、化匠，共四十条。各条都注出处，如第一条穹苍下注："诗：以念穹苍。尔雅：穹苍，苍天也。春为苍天，夏为昊天，秋为曼天，冬为上天。"诌文作诗，牵涉到天，一时想不出什么雅词可用，就可以翻检这部分，看看有没有合用的。

贩卖辞藻的类书，最大号的（自然也就最丰富）是清朝早期官修的《佩文韵府》。这部书按平水韵的一百零六韵分卷，各韵的条目以单字为纲，下收该字收尾的词语，其下并注明使用情况，条目之后还附"对语"和"摘句"。近年商务印书馆印本编有兼收条目和词语的索引，编排以首字的四角号码为序。这样，如"穹苍"这个词，就既入由"穹"字起头的一堆（索引），又入由"苍"字收尾的一堆（原书），搜寻辞藻，就真可以左右逢源了。为了鲜明易解，举以下查寻的三个方面为例：

其一，例如作诗，需要凑个颜色对，一个词语第一个字打算用"紫"，其下想不好用什么，于是先翻索引，查紫字，四角号码是$2190_3$。翻到那地方，看紫字下排列的词语，计有紫童、紫痣、紫亭、紫鹿、紫方伞、紫衣师号等共一千零一十六个，选一个合用的当然就易如反掌。

其二，也是一个词语，末一个字打算用“冬”，上面配个什么想不好，那就可以查卷二上平声二冬韵的“冬”字，看其下收的词语，计有御冬、孟冬、仲冬、季冬、饮视冬、刑以秋冬等共八十八个，从其中选用一个也就不会有困难。“冬”字条末尾还有附录两种，一种是由这个字作下联的“对语”，如祈岁、贺冬，四始、三冬，待腊、迎冬等，可以作凑对偶的参考；另一种是由这个字作尾字的“摘句”，如瑶草拾三冬，阅武向严冬，树色异三冬等，可以作造句的参考。

其三，还有时候，想到一个词语，打算用，可是拿不准，因为对它的出身和职能还不十分清楚，那就可以先查索引，看看有没有这个条目，如果有，就到索引标明的处所去查。以“征衣”为例，查索引，在卷一的二百零四页第一栏，找到，看它的使用情况是：“韩愈诗：夜宿驿亭愁不睡，幸来相就盖征衣。许浑诗：朝来有乡信，犹自寄征衣。王安石诗：却愁春梦短，灯火著征衣。梅尧臣诗：到家逢社燕，下马浣征衣。朱子诗：曈曈朝日出高岩，簌簌征衣曳晓岚。戴复古诗：簦笠相随走路歧，一春不换旧征衣。”看过，琢磨琢磨，抄袭可以不必，或说不应该，总可以受到启发，或用化入法，写入自己的诗作吧？

《佩文韵府》部头太大，昔日没有索引，又不便于由上查下。于是应一般文人（大多是治举业的）的需要，有些尝过甘苦的文人，大概是与头脑灵活的书坊主人合作，就编印不少有如现在高考复习资料之类的书。这类书不值得有学有识的人一顾，可是销路广，能赚钱。与各种目录书都著录的书相比，这类书可以称为应急的俗书。也就因为俗，接近群众，有普及性，反而最流行。也确是有用，只举一种人人必备的《字学举隅》为例，小本本，内容不多，而且算不了学问，可是它能告诉许多半通不通的文人，应科举考试，某些字要怎么写，如果差一笔，中秀才、举人等就无望了；牵涉到高高在上者的词语，某些要一抬（转行移上一格），某些要二抬，某些要三抬，如果应抬不抬或抬错了，中秀才、举人等也就无望了。这样有用又事关重大，也就难怪有志向上爬的，不能不买来摆在案头了。还是专说辞藻书，也有一种几乎人人必备的，是（以手头有的一种版本为例）《考正增广诗韵全璧》。也是小本本（五本一函），制服下层口袋装得下，可是性质同于小型的超级市场，几乎凡是有关辞藻方面的货色它都能供应。且说内容的名目就杂乱得可以，除正文参照《佩文韵府》，排列由平声一东到入声十七洽的诸字（所属词语的收集有改进，即兼收该字起头的）以外，还收有《初学检韵》（按部首查某字入某韵）、《虚字韵薮》（虚字之、或、谁等的古昔使用情况）、《月令粹编》（按一年的节令月日排列古典）、《文选题解》（按韵排列各韵字在句末的一些古文句）、《诗腋》（按帝治部、仕进部等分大类，帝德、圣寿等分小类，每小类下列歌咏其内容的五言对联）、《赋汇录要笺略》（按天象部、岁时部等分大类，天地、乾坤为天地等为条目，各条目下列歌咏其内容的赋中句）、《词林典腋》（分类情况见上，每小类下排列与其相关的构成对偶的词语）、《金壶字考》（分天、地、人、物四部，每部下列若干有关的词语，解释其音义）、《赋学指南》（按押虚字、因韵法等分部，每部收若干古事条目，条目下举散行对偶句）、《字学正讹》（按平、上、去、入分部，每部举若干字，指明正体及俗体的写法）。内容这样多，这样杂，块头这样小，而兼有诌诗、应世、取资历、升高官等等功能，如果循现在起书名的时风，就可以叫《万能辞典》了。

还是就作诗词搜寻辞藻说，这样的俗书纵使非万能，总可以算是用处不小。举一点点例。比如一年一度的七夕又来，或者因想到鹊桥而真有所感，或者本无隔河相望之恨而受人的怂恿，不能不附庸风雅，可是腹内缺少七夕的古典，想诌平平仄仄平而无话可说，那就无妨向这类俗书求救。可以先翻《月令粹编》，找到七月初七日，看其下，有神光（下举出处的古典，其他条目同）、魏太祖生、祭杼、汉武帝生、西王母至、云中萧鼓、九色斑龙、凤文舃、上元夫人、朱雀窗、采守宫、缑山乘鹤、安公骑龙、鹊桥、暴（曝）书、相连爱、穿针、乞巧、驾五龙、玉壶十二、晒衣、写《阴符经》、武陵池、百虫将军庙、五色云坠、神童赋诗、步虚歌、蜘蛛小盒、登舜山诗、初置七夕、摩睺罗、水上浮、縠板、清商曲、花瓜、果食将军、双头莲、鹤背仙人、锦江夜市、乾明节、渡河吉庆花、青苗会、化生、拜银河、七宝枕、仙女泉、滩哥石砚、造酒脍、慎火花，共四十九个条目，选一两个合用的，或直抄，或拆改，拼凑拼凑，也就可以敷衍成篇了吧？还可以看看《词林典腋》，时令门有“七夕”，找到，看内容，都是用对偶的形式排列的：卍字、花瓜，粉席、斜楼，新思（读仄声）、旧愁，月烛（读仄声）、星桥。一年别（读仄声）、万劫（读仄声）缘，支机石（读仄声）、乞巧丝，穿针客、曝衣楼，晒书客、挂犊人，槎浮客、鹊填河，杨妃语、柳子文。女郎呈巧、儿童裁诗，明年重见、闰月两回，银汉横秋、翠梭停织（读仄声）。子晋控鹤以登仙，西母乘鸾而来集。晋师铸镜，丁氏得梭；讶神光于窦后，问指爪于麻姑。天上之赤龙方去，空中之绣幄远过（读平声）。百子池头，每见蟾儿之戏；七襄机畔，时闻凤管之歌。登元（玄）圃以吟哦，降舜山以瞻眺。这是一箭双雕的办法，既指出可用的词语，又代劳凑成对偶，其参考价值似乎又加了一等。

简化《佩文韵府》的正文也是这样，虽然也以韵为纲，却增加了由某字起头的词语。以全书第一个字上平声一东的“东”为例，其下的排列可以分为四组。第一组收由东字收尾的词语，计有南东、侯东、河东、桑东、百粤东、陇亩东等一百一十一个。第二组收由东字起头的词语，计有东陆、东逝、东序、东塾、东山府、东流水等九十七个。第三组收斗柄东、春兰被其东、勾芒在东等古事古语七条，其下都注明出处。第四组引由东字结尾的诗句，大多是苏东坡的。与《佩文韵府》相比，这像是挂一漏万，体例也嫌芜杂，但对于健忘的人，它能起提醒的作用，所以舍其所短而取其所长，手头如果没有《佩文韵府》，翻检以济燃眉之急也未尝不可。

只是这类俗书，旧时代遍地皆是，清末废科举以后，有用变为无用，又因为不为藏书家所重视，就由减少很快变为稀少，现在是想找一两种看看也不容易了。目前通行的辞书，尤其《辞源》，也收不少古词语，那就也可以利用。比如一个双音词语，决定上一个用“玉”字，下一个一时想不好，或者想到一个而不尽如人意，就可以翻检，看看玉字的条目下都收了哪些词语，那里总比自己记得的多，因而也就常常可以碰到一个合用的。如果决定用的不是上一个字，而是下一个字，那就没有办法，因为现在的辞书排列词语，都不是以尾字的韵为线索。

最后说说，作诗词靠辞藻书成篇，或至少是借其一臂之力，会有缺点，是情动于中而不能形于言，甚至情本未动而从古词语中拾些破烂，拼凑成篇，这就很容易成为不是写心，入了诗词的魔道。扩大了说，腹中贫乏，靠类书支撑门面，总会出现这样的问题。正如《四库全书总目提要》在子部类书的总论中所说：“此体一兴，则操觚者易于检寻，注书者利于剽窃，转辗稗贩，实学颇荒。”作诗词也是这样，“实学”很重要，“实情”尤其重要。所以关于辞藻，我们要记住两点，或两个方面。一个方面，情意是本，辞藻是末，因而没有情意就宁可不作，或宁可容忍辞藻差些，切不可反过来，以至于辞藻华丽而情意稀松。另一个方面，情意是不可见的，甚至迷离恍惚的，变不可见为可见，变迷离恍惚为具体真切，要靠语言文字。使用语言文字，有恰当不恰当的分别，生动不生动的分别，甚至优美不优美的分别，因而为了情意能够表达得恰如其分，有较强的感己感人的力量，又不能不重视辞藻。这两个方面会挤出一种折中的对付辞藻书的态度，打个比方说，可以把它看作药，没病或小病可以挨过去，就最好不吃；但人非神仙，有时总难免患病，如果靠己力过不去，那就不要充硬汉子，还是低头吃些药为好。

# 勤和慎

有关读写诗词的种种，我自己所能想到的，到上一篇为止，都说了。是下场的时候了；还想说几句总括的话，是取法乎元明戏曲，挑帘进去之前要凑一首下场诗。这里的下场诗有叮嘱之意，是想作（不敢说作得好）就不能不“勤”，不能不“慎”。入话之前，还要说一点点近于辩解的话。本书谈读，谈写，走的都是老路，并像是或明或暗地表示，也应该走老路。推想这所谓应该，有人会不同意。不同意，可以表现为温和，也可以表现为激进。温和是认为无妨通融，比如作近体诗，东冬同用，江阳同用，两个平节或仄节连用，次联与上联不粘；填词，调寄《忆秦娥》或《贺新郎》而不押入声韵，等等，有何不可？对于这样的有何不可，前面已经说得很清楚，是困难很多，因为打破规律的门一开，挤进来的就不只是东冬同用、江阳同用等等，到你不想容纳的什么也随着进来的时候，你总会一愣甚至一惊吧？所以这里再说一次，通融的路并不是容易走，而是很难走的。还有激进一路，是认为可以取旧诗词之神或之形，至于格律，也无妨另起炉灶。创新，依时风是不当反对的。问题在于新到什么程度。这个问题不简单，大事化小，我只想指出一点，或者算作举例，如果韵脚有平有仄，标题仍是“七律一首”，以五、七起句，标题仍是“临江仙”，那我就想奉劝，还是不用这样的标题，表示乃是与旧诗词水米无干的另起炉灶，以求名实相副为好。我是尊重名实相副的，所以前面絮絮叨叨说了那么多，总的精神是“仍旧贯”。幸而在这方面，旧新间似乎没有对错问题，因为抒发情意，人人有选择表达形式的小自由，如果你利用自己的自由选择了创新，那就最好不作旧诗词，也就可以不看这本书了。

说了先决条件的仍旧贯，接着可以谈勤和慎。先说勤。勤有偏于泛泛的，前面已经谈了不少，这里再提一下。首先要勤于读，因为表达的能力都是由读学来的。读还要方面广，不只要读诗词，还要读诗词以外的文言典籍。原则是越多越好，越熟越好。多，用的时候才可以从大堆里选取合用的；熟，用的时候，那合用的才会自己跳出来。多，熟，急不成，要细水长流，关键是不间断，用习惯培养兴趣。有了兴趣，麻烦事就会变成乐事。写也是这样，必须勤，常常拿笔。俗话说，熟能生巧，涂涂抹抹中总会灵机一动，一动积累为多动，就会如李白之梦笔生花，拼凑平平仄仄平之难就成为不难。早期可以不求好，笨拙、俚俗也容忍；不求全，只得一联、一句甚至半句，也无妨放入奚囊。还无妨先草率成篇，其后慢慢推敲。总之，也是求多、求熟，以期终归能够化难为易，化迟为速。

勤还有偏于切身的，也包括两种，一是勤于记格律，二是勤于改。格律不难，因为不是理论的深奥难解，而是方面多、琐碎，怕麻烦会感到头疼。化难为易之道，也只是勤。要多重复，记；慢慢地记变为熟，琐碎、麻烦就可以一扫而光。作诗填词，常常不是在书桌之前，《诗韵》《诗词格律》之类不能总在身边，所以要记得。记得的更上一层楼是熟，靠感觉知道对不对。这本领，不勤是不能养成的。勤的另一种是改。任何文体，成篇之后都要改。可是诗词不同，因为文简意微，用字，即使一个像是无关紧要的，也要求恰当而有力。这就要多推敲，从许多可用的词语中选。一次选得合适的可能是有的，但未必很多，所以要改，换另一种说法试试，甚至如王荆公"春风又绿江南岸"的"绿"字，换几种说法试试。有时候，一时觉得改合适了，可是放些日子再看，又会发现不妥，也就还要改。改来改去，像是没完没了，这股耐力由哪里来？只能由勤来。

再说慎。由大处看，慎包括两个方面：情意方面和表达方面。前面已经说过，情意乍生乍变，很复杂。从心所欲而不逾矩，修养高如孔老夫子，也要到古稀之年才达到这个境界。至于常人，尤其血气方刚的，情意乍生，很浓，而恰好宜于写入诗词，这种机缘也许不多吧？所以要甄别，不可有喜怒即形于色。还可以降一个档次看，有些人热心时务，于是今天，某某升堂了，就来一首什么，歌颂一番；明天，某某下堂了，就又来一首什么，辱骂一番。这样，日久天长，白纸黑字，小而言之，自己看见，不好办；大而言之，盖棺之后，有好事者编全集，也会看见，更不好办。所以要慎。有情意，应该先用鼻子分辨一下，香，无妨写入诗词；臭，最好快开窗，把它赶出去。

再说表达方面。有情意，用诗词的形式表达，写之前，写之时，要注意什么，前面已经谈了不少，不重复。这里想针对时风，着重说两种应慎而不慎的情况。

一种，是我推想的，存侥幸心理。推想，要有根据，这在报刊上几乎随处可见。不宜于指名道姓地举实例，可以泛泛地说说。如有一次看到，形式是七言八句，而韵脚则不只十一真与八庚相押，而且有仄声，看题目，却是用体裁命名，是“七律一首”。又一次看到，形式是长短句分行排，念念，摸不清是什么体裁，幸而文后有题，是“调寄《临江仙》”，可以用格律衡量了，结果是韵用多部，句的长短都不合。非律而标曰律，非《临江仙》而标曰《临江仙》，何以如此大胆？我想就是存侥幸心理，以为诗词不过就是这么一回事，大笔一挥，也可以成为合作，于是就写，就拿出去。君子爱人以德，所以我想提醒一下，诗词的格律虽然没有什么了不得，可是不学而碰对的可能是没有的。所以不作则已，作就要循规蹈矩。而且不管规矩熟不熟都要小心谨慎，因为就是唐宋大家也间或有失误（当然不多），那就是一时大意的结果。

另一种是用旧名而走新路，有如持五戒而吃狗肉，喝般若汤，我行我素。这或者是除四旧精神的产物，其意若曰：老一套，有什么可贵的？为了表示不同流俗，要破。我不反对破，或多种表达形式之中有取有舍。可是舍要全舍，不当藕断丝连。就诗词说，押韵、平仄、谱调等等都不要了，而仍旧名曰绝、曰律、曰《生查子》或《念奴娇》，总是不应该的。就一定不能我行我素吗？这要看什么素，怎样行。我的想法，比如用瓶子装饮料，传统的酸梅汤喝腻了，可以改装可口可乐，至于打破瓶子，那就不必。有些现代人就是这样处理的，举诗词各一首为证：

少小欠风流，而今糟老头。
学成半瓶醋（用平平仄平仄格），诗打一缸油。
恃欲言无忌，贪杯孰与俦？
蹉跎渐白（读bò）发，辛苦作黄牛。

（杨宪益《自题》）

检点平生，往日全非，百事无聊。计幼时孤露，中年坎坷；如今渐老，幻想俱抛。半世生涯，教书卖画，不过闲吹乞食箫。谁似我，真有名无实（读仄声），饭桶脓包。偶然弄些蹊跷，像博学（读仄声）多闻见解超。笑左翻右找，东拼西凑；繁繁琐琐，絮絮叨叨。这样文章，人人会作，惭愧篇篇稿费高。从此后，定收摊歇业，再不胡抄。

（启功《沁园春·自叙》）

两首的意境和用语，都大异昔人，这是酸梅汤换成可口可乐；可是瓶子没换，格律仍是唐宋人严格遵守的，一丝一毫不含糊。其实，这道理很浅显，用不着多费口舌申辩。诗，称绝称律，词，标明某调，当然都是旧的。旧有旧的形和质，例如孟子之束发加冠，口不离仁义，如果换为西服革履，满口卡拉OK，那还是孟子吗？所以再说一次，作旧诗、填词，应该要求眼明的读者看到，认为确是旧诗词，纵使与古人相比，火候还差得很远。遗憾的是，有些变为铅字之作，竟连这一点也做不到。做不到，换来的就可能是冷笑或者皱眉。所以，照应本题，我想，现代人，吃羊肉串、喝果珍、看电视之余，如果还有兴致弄弄旧诗词，而且不只读，还想写，想发表，就要切记，“勤”重要，还有个同样重要的是“慎”。以戏曲演员为喻，在后台没啥，挑帘出来，总要让观众觉得不是胡来才好。

# 附录 诗韵举要

所收的字大致以杜甫诗集中所用的字为标准，此外酌收一些杜诗中未出现的常用字。一字收入两韵以上者，注明它在某韵中的意义。如果是同义的，则注“某韵同”。通用字、异体字也择要加括号注明。

## （一）上平声

【一东】东同童僮铜桐峒筒瞳中（中间）衷忠虫冲终忡崇嵩（崧）戎狨弓躬宫融雄熊穹穷冯风枫丰酆充隆空（空虚）公功工攻蒙濛朦幪笼（名词，董韵同，又动词，独用）胧聋栊宠昽洪红虹鸿丛翁匆葱聪骢通棕蓬

【二冬】冬彤农宗锺钟龙舂松冲容溶庸蓉封胸凶汹兇匈雍（和也）浓重（重复，层）从（随从、顺从）逢缝（缝纫）峰锋蜂烽纵（纵横）踪茸邛筇慵恭供（供给）

【三江】江缸窗邦降（降伏）双泷庞舡撞（绛韵同）

【四支】支枝移为（施为）垂吹（吹嘘）陂碑奇宜仪皮儿离施知驰池规危夷师姿迟龟眉悲之芝时诗棋旗辞词期祠基疑姬丝司葵医帷思（动

词）滋持随痴维卮螭麾墀弥慈遗（遗失）肌脂雌披嬉尸狸炊湄篱兹差（参差）疲茨卑亏蕤骑（跨马）歧岐谁斯私窥熙欺疵赀羁彝髭颐资糜饥衰锥姨夔祇涯（佳麻韵同）伊追缁箕治（治理，动词）尼而推（灰韵同）縻绥羲羸其淇麒祁崎骐锤罍罹漓鹂璃骊猕罴貔仳琵枇屍鸩栀匙蚩篪絺鸱踟嗤隋虽睢咨淄鹚瓷萎惟唯厮凘缌逶迤贻禆庳丕嵋郿劙蠡（瓠勺，齐韵同）氂痍猗椅（音漪，木名）

【五微】微薇晖辉徽挥韦围帏违闱霏菲（芳菲）妃飞非扉肥威祈旂畿机几（微也，如见几）稀希衣（衣服）依归苇饥矶欷

【六鱼】鱼渔初书舒居裾车（麻韵同）渠余予（我也）誉（动词）舆馀胥狙耡（鉏、锄）疏（疏密）疎（同疏）蔬梳虚嘘徐猪闾庐驴诸除如墟於畲淤妤玙蜍储苴菹沮龃龉据（拮据）鹍蘧歔茹（茅茹）洳摅榈

【七虞】虞愚娱隅刍无芜巫于衢儒濡襦须株蛛诛殊铢瑜榆愉谀腴区驱躯朱珠趋扶凫雏敷夫肤纡输枢厨俱驹模谟蒲胡湖瑚乎壶狐弧孤辜姑菰徒途涂荼图屠奴吾梧吴租卢鲈炉芦苏乌污（污秽）枯粗都茱侏徂樗蹰拘劬岖鹯芙苻符鄜桴俘须臾繻吁滹瓠蝴糊鄠醐餬呼沽酤泸舻轳鸬驽孥逋匍葡铺殳酥菟洿诬呜鼯逾（踰）禺萸竽雩渝貐揄瞿

【八齐】齐黎藜犁梨妻（夫妻）萋凄悽堤低题提蹄啼鸡稽兮倪霓（蜺）西棲犀嘶梯鼙畜赍迷泥（泥土）溪圭闺携畦嵇跻灘脐奚醯蹊蟹蠡（支韵同）醍鹈珪睽

【九佳】佳*街鞋牌柴钗差（差使）崖涯*（支麻韵同）偕阶皆谐骸排乖怀淮槐（灰韵同）豺侪埋霾斋娲*蜗*蛙*

（有*号的字，词韵属第十部；其余属第五部。）

【十灰】灰恢魁隈回徘（音裴）徊（音回）槐（音回，佳韵同）梅枚媒煤雷罍隤（颓）催摧堆陪杯醅嵬推（支韵同）迴虺虺诙裴培崔纔*开*哀*埃*台*苔*该*才*材*财*裁*来*莱*栽*哉*灾*猜*孩*駷*腮*

（有*号的字，词韵属第五部；其余属第三部。）

【十一真】真因茵辛新薪晨辰臣人仁神亲申身宾滨邻鳞麟珍瞋尘陈春津秦频蘋颦银垠筠巾囷民岷贫莼淳醇纯唇伦纶轮沦匀旬巡驯钧均榛遵循甄宸郴椿鹑嶙辚磷骥泯（轸韵同）缗邠嚬诜甡呻伸绅湑寅夤姻荀询郇峋氤恂逡嫔皴

【十二文】文闻纹蚊雯分（分离）纷芬焚坟群裙君军勤斤筋勋熏曛醺云芹欣芸耘沄氲殷汶阌氛濆汾

【十三元】元*原*源*鼋*园*猿*垣*烦*蕃*樊*暄*萱*喧*冤*言*轩*藩*魂袁*沅*援*辕*番*繁*翻*幡*璠*壎*（埙）骞*鸳*蜿*浑温孙门尊樽（罇）存敦蹲嗷豚村屯盆奔论（动词）昏痕根恩吞荪扪

（有*号的字，词韵属第七部；其余属第六部。）

【十四寒】寒韩翰（羽翮）丹单安鞍难（艰难）餐檀坛滩弹残干肝竿乾（乾湿）阑栏澜兰看（翰韵同）丸完桓纨端湍酸团攒官棺观（观看）冠（衣冠）鸾銮峦欢（獾）宽盘蟠漫（水大貌）叹（翰韵同）邯郸摊玕拦磻珊狻

【十五删】删潸关弯湾还环鬟寰班斑蛮颜姦（奸）攀顽山閒艰闲间（中间）悭患（谏韵同）孱潺

## （二）下平声

【一先】先前千阡笺天坚肩贤絃弦烟燕（国名）莲怜田填年颠巅牵妍眠渊涓边编悬泉迁仙鲜（新鲜）钱煎然延筵毡羶蝉缠连联篇偏扁（扁舟）绵全宣镌穿川缘鸢捐旋（回旋）娟船涎鞭铨专圆员乾（乾坤）虔愆权拳椽传（传授）焉鞯褰搴汧鞬铅舷跹鹃蠲筌痊诠悛邅鹯旃鳣禅（参禅，逃禅）婵单（单于）躔颛燃涟琏便（安也）翩楩骈癫阗畋钿（霰韵同）沿蜒胭

【二萧】萧箫挑（挑担）貂刁僬凋雕彫鹏迢条髫跳苕调（调和）枭浇聊辽寥撩寮僚尧宵消霄绡销超朝潮嚣骄娇焦燋椒饶桡烧（焚烧）遥徭摇谣瑶韶昭招镳瓢苗猫腰桥乔妖飘逍潇鸮骁翛祧鴞鹩缭獠嘹夭（夭夭）幺邀要（要求，要盟）飙姚樵侨颵标飖嫖漂（漂浮）剽徼（徼幸）

【三肴】肴巢交郊茅嘲钞包胶爻苞梢蛟教（使也）庖匏坳敲胞抛鲛崤啁鸡鞘抄蝥咆哮

【四豪】豪毫操（操持）髦絛刀萄猱褒桃糟旄袍挠（巧韵同）蒿涛皋号（号呼）陶鳌曹遭羔高嘈搔毛滔骚韬缫膏牢醪逃劳（劳苦）濠壕舠饕洮淘叨咷篙熬遨翱嗷臊

【五歌】歌多罗河戈阿和（平和）波科柯陀娥蛾鹅萝荷（荷花）何过（经过，箇韵同）磨螺禾珂蓑婆坡呵哥轲（孟轲）沱鼍拖驼跎柁（舵，哿韵同）佗（他）颇（偏颇）峨俄摩麽娑莎迦靴痾

【六麻】麻花霞家茶华沙车（鱼韵同）牙蛇瓜斜邪芽嘉瑕纱鸦遮叉奢

涯（支佳韵同）夸巴耶嗟遐加笳赊槎（查）差（差错）楂杈蟆骅虾葭袈裟砂衙枒呀琶杷

【七阳】阳杨扬香乡光昌堂章张王（帝王）房芳长（长短）塘妆常凉霜藏（收藏）场央鸯秧狼床方浆觞梁娘庄黄仓皇装殇襄骧相（互相）湘箱创（创伤）亡忘芒望（观望，漾韵同）尝偿樯坊囊郎唐狂强（刚强）肠康冈苍匡荒遑行（行列）妨棠翔良航疆粮穰将（送也，持也）墙桑刚祥详洋粱量（衡量，动词）羊伤汤彰璋猖商防筐煌凰徨纲茫臧裳昂丧（丧葬）漳嫜阊螀蒋（茹蒋）缰僵羌枪抢（突也）锵疮杭鲂肓篁簧惶璜隍攘瀼亢廊阆浪（沧浪）琅粱邙旁滂傍（侧也）骦当（应当）珰糖沧鸧尪飏泱殃敭佯

【八庚】庚更（更改）羹盲横（纵横）觥彭亨英烹平评京惊荆明盟鸣荣莹（径韵同）兵兄卿生甥笙牲擎鲸迎行（行走）衡耕萌氓甍宏茎罂莺樱泓橙争筝清情晴精睛菁晶旌盈楹瀛嬴赢营婴缨贞成盛（盛受）城诚呈程声征正（正月）轻名令（使令）并（交并）倾萦琼峥撑嵘鹏秔坑铿瘿鹦勍

【九青】青经泾形刑型陉亭庭廷霆蜓停丁仃馨星腥醒（迥韵同）俜灵龄玲伶零听（聆听，径韵同）汀冥溟铭瓶屏萍荧萤荥扃坰鹡蜻硎苓舲聆鸰瓴翎娉婷宁暝瞑

【十蒸】蒸烝承丞惩澄（澂）陵凌绫菱冰膺鹰应（应当）蝇绳渑（音绳，水名）乘（驾乘，动词）昇升胜（胜任）兴（兴起）缯凭（径韵同）仍兢矜徵（徵求）称（称赞）登灯（镫）僧增曾憎矰层能朋鹏肱薨腾

藤恒棱罾崩滕縢崚嶒緪

【十一尤】尤邮优忧流旒留骝刘由游遊猷悠攸牛修脩羞秋周州洲舟酬雠柔俦畴筹稠邱抽瘳遒收鸠搜（蒐）驺愁休囚求裘仇浮谋牟眸侔矛侯喉猴讴鸥楼陬偷头投钩沟幽虬樛啾鹙鞦楸蚯赒踌裯惆餱揉勾鞲娄琉疣犹邹兜呦售（宥韵同）

【十二侵】侵寻浔临林霖针（鍼）箴斟沉砧（碪）深淫心琴禽擒钦衾吟今襟（衿）金音阴岑簪（覃韵同）壬任（负荷）歆森禁（力能胜任）祲骎嵚参（音深，星名，又音岑的阴平，参差）琛涔

【十三覃】覃潭参（参拜，参考）骖南楠男谙庵含涵函（包函）岚蚕探贪耽龛堪谈甘三（数目）酣柑惭蓝担（动词）簪（侵韵同）

【十四盐】盐檐（簷）廉帘嫌严占（占卜）髯谦奁纤签瞻蟾炎添兼缣霑（沾）尖潜阎镰幨黏淹箝甜恬拈砭铦詹蒹歼黔钤

【十五咸】咸醎函（书函）缄岩谗衔帆衫杉监（监察）凡馋芟搀巉镵啣

## （三）上声

（注意：许多上声字现在都读成去声。）

【一董】董动孔总笼（名词，东韵同）澒桶洞（澒洞）

【二肿】肿种（种子）踵宠垄（陇）拥壅冗重（轻重）冢奉捧勇涌（湧）踊（踴）恐拱竦悚耸栱

【三讲】讲港棒蚌项

【四纸】纸只咫是靡彼毁燬委诡髓累（积累）妓绮觜此蕊徙尔弭婢侈弛豕紫旨指视美否（臧否，否泰）兕几姊比（比较）水轨止市徵（角徵）喜己纪跪技蚁（螘）鄙晷子梓矢雉死履被（寝衣）垒癸趾以已似耜祀史使（使令）耳里理裹李起杞跂士仕俟始齿矣耻麂枳址畤玺鲤迩氏阤驶巳滓苡倚匕跬

【五尾】尾苇鬼岂卉（未韵同）几（几多）伟斐菲（菲薄）匪篚

【六语】语（言语）圉吕侣旅杼伫与（给予）予（赐予）渚煮汝茹（食也）暑鼠黍杵处（居住，处理）贮女许拒炬所楚阻俎沮叙绪序屿墅巨宁褚础苣举讵榉粔溆御籞去（除也）

【七麌】麌雨宇舞府鼓虎古股贾（商贾）蛊土吐（遇韵同）圃庾户树（种植，动词）煦诩努辅组乳弩补鲁橹睹腐数（动词）簿五竖普侮斧聚午伍釜缕部柱矩武苦取抚浦主杜坞祖愈堵扈父甫怒（遇韵同）禹羽腑俯（俛）罟估赌卤姥鹉偻拄莽（养韵同）

【八荠】荠礼体米启陛洗邸底抵弟坻柢涕（霁韵同）悌济（水名）澧醴蠡（范蠡，彭蠡）祢棨诋觗眯

【九蟹】蟹解灑楷獬澥枴矮

【十贿】贿悔改*采*採*彩*綵*海在*（存在）罪宰*醢*馁*铠*恺*待*殆*怠*倍乃*每载*（载运）

（有*号的字，词韵属第五部；其余属第三部。）

【十一轸】轸敏允引尹尽忍準隼笋盾（阮韵同）闵悯泯（真韵同）蚓牝殒紧蠢陨愍矧哂朕（朕兆）

【十二吻】吻粉蕴愤隐谨近（远近）忿（问韵同）

【十三阮】阮*远*（远近）晚*苑*返*阪*饭*（动词）偃*蹇*（铣韵同）郾*巘*琬*混本反损衮遁（遯，愿韵同）稳盾（轸韵同）

（有*号的字，词韵属第七部；其余属第六部。）

【十四旱】旱暖管琯满短馆（翰韵同）缓盥（翰韵同）盌懒繖（伞）卵（哿韵同）散（散布）伴诞罕瀚（浣）断（断绝）侃算（动词）款但坦袒纂

【十五潸】潸眼简版琖（盏）产限栈（谏韵同）绾（谏韵同）柬拣板

【十六铣】铣善（善恶）遣浅典转（自转，不及物动词）衍犬选冕辇免展茧辩辨篆勉翦（剪）卷（同捲）显饯（霰韵同）眄（霰韵同）喘藓软蹇（阮韵同）演兖件腆鲜（少也）跣缅沔渑（音缅，渑池）缱绻靦殄扁（不正圆，又扁额）单（音善，姓也，又单父，县名）

【十七篠】篠小表鸟了晓少（多少）扰绕遶绍杪沼眇矫皎皦杳窈窕袅（褭）挑（挑引）掉（啸韵同）肇缥缈渺淼茑嫋赵兆旐缴缭眺窅夭（夭折）悄

【十八巧】巧饱卯狡爪鲍挠（豪韵同）搅绞拗咬炒

【十九皓】皓宝藻早枣老好（好丑）道稻造（造作）脑恼岛倒（仆也）祷（号韵同）擣（捣）抱讨考燥扫（号韵同）嫂保鸨稿草昊浩镐颢杲缟槁堡皂碯

【二十哿】哿火舸亸柁（歌韵同）我娜荷（负荷）可坷左果裹朵锁（鏁）琐堕惰妥坐（坐立）裸跛颇（稍也）夥颗祸卵（旱韵同）

【二十一马】马下（上下）者野雅瓦寡社写泻（祃韵同）夏（华夏）也把贾（姓贾）假（真假）捨（舍）厦惹冶且

【二十二养】养像象仰朗桨奖敞鳖枉颡强（勉强）盪惘两曩杖响掌党想榜爽广享丈仗（漾韵同）幌莽（麌韵同）纺长（长幼）上（升也）网荡壤赏倣（仿）罔蒋（姓蒋）橡慷漭谠傥往魍魉鞅

【二十三梗】梗影景井岭境警请饼永骋逞颖顷整静省幸颈郢猛丙炳杏秉耿矿颍鲠领冷靖

【二十四迥】迥炯挺梃艇醒（青韵同）酩酊并等鼎顶洞肯拯铤

【二十五有】有酒首口母*後柳友妇*斗狗久负*厚手守右否*（是否）醜受牖偶阜*九后咎薮吼帚（箒）垢亩*舅纽藕朽臼肘韭剖诱牡*缶*酉苟丑灸笱扣（叩）塿某*莠寿（宥韵同）绶叟

（有*号的字，在词韵中兼入麌韵。）

【二十六寝】寝饮（饮食）锦品枕（衾枕）审甚（沁韵同）廪衽（袵）稔沈凛懔朕（我也）荏

【二十七感】感览揽胆澹（淡，勘韵同）噉（啖）坎惨（憯）敢颔撼毯黪糁湛

【二十八俭】俭焰敛（艳韵同）险检脸染掩点簟贬冉苒陕谄忝（艳韵同）俨闪剡琰奄歉芡崭

【二十九豏】豏槛範减舰犯湛斩黯范

## （四）去声

【一送】送梦凤洞（岩洞）众瓮贡弄冻痛栋仲中（射中，击中）粽讽恸鞚空（空缺）控

【二宋】宋用颂诵统纵（放纵）讼种（种植）综俸共供（供设，名词）从（仆从）缝（隙也）雍（州名）重（尊重，冬、肿韵异）

【三绛】绛降（升降）巷撞（江韵同）

【四寘】寘置事地志治（治安，太平）思（名词）泪吏赐自字义利器位戏至次累（连累）伪为（因为）寺瑞智记异致备肆翠骑（车骑，名词）使（使者）试类弃饵媚鼻易（容易）辔坠醉议翅避笥帜粹侍谊帅（将帅）厕寄睡忌贰萃穗二臂嗣吹（鼓吹，名词）遂恣四骥季刺驷泗寐魅积（储蓄）食（以食食人）被芰懿觊冀愧匮馈（餽）庇洎暨塈概质（抵押）豉柜篑痢腻被（覆也）祕比（近也）鸷闷啻示嗜饲伺遗（馈遗）意薏祟值识（音志，记也，又标识）

【五未】未味气贵费沸尉畏慰蔚魏纬胃渭彙谓讳卉（尾韵同）毅既衣（着衣）猬

【六御】御处（处所）去（来去）虑誉（名词）署据驭曙助絮著（显著）豫箸恕与（参与）遽疏（书疏）庶预语（告也）踞蓣饫

【七遇】遇路辂赂露鹭树（树木）度（制度）渡赋布步固素具数（数量）怒（麌韵同）务雾鹜骛附兔故顾句墓暮慕募注驻祚裕误悟寤住戍库护屦诉蠹妒惧趣娶铸绔（袴）傅付谕喻妪芋捕哺互孺寓吐（麌韵同）赴

冱污（动词）恶（憎恶）忤晤

【八霁】霁制计势世丽岁济（渡也）第艺惠慧币砌滞际厉涕（荠韵同）契（契约）弊毙帝蔽敝髻锐戾裔袂繄祭卫隶闭逝缀翳制替细桂税婿例誓筮蕙诣砺励瘗噬继脆叡（睿）毳沴曳蒂睇妻（以女妻人）递逮棣蓟罽係系彗嘒芮蚋薛荔唳捩粝泥（拘泥）篦嬖穗彗睥睨

【九泰】泰*会带*外*盖*大*（箇韵同）旆濑*赖*籁*蔡*害*最贝霭*蔼*沛艾*丐*柰*奈*绘脍（鲙）荟太*霈狈汰*蕞*

（有*号的字，词韵属第五部；其余属第三部。）

【十卦】卦*挂*懈廨隘卖画*（图画）派债怪坏诫戒界介芥械薤拜快迈话*败稗晒虿瘵玠

（有*号的字，词韵属第十部；其余属第五部。）

【十一队】队内塞*（边塞）爱*辈佩代*退载*（年也）碎态*背秽菜*对废诲晦昧碍*戴*贷*配妹喙溃黛*吠概*岱*肺溉*慨*耒块在*（所在）耐*鼐*珮玳*（瑇）再*碓乂刈

（有*号的字，词韵属第五部；其余属第三部。）

【十二震】震印进润阵镇刃顺慎鬓晋骏闰峻衅（衅）振俊（隽）舜吝烬讯仞迅趁榇搢仅觐信轫浚

【十三问】问闻（名誉）运晕韵训粪忿（吻韵同）酝郡分（名分）紊汶愠近（动词）

【十四愿】愿*论（名词）怨*恨万*饭*（名词）献*健*寸困顿遁（阮韵同）建*宪*劝*蔓*券*钝闷逊嫩溷远*（动词）伲*（衍）苑*（阮韵同）

（有*号的字，词韵属第七部；其余属第六部。）

【十五翰】翰（翰墨）岸汉难（灾难）断（决断）乱叹（寒韵同）观（楼观）幹榦散（解散）旦算（名词）玩（翫）烂贯半案按炭汗赞谶漫（寒韵同，又副词独用）冠（冠军）灌爨窜幔粲燦换焕唤悍弹（名词）惮段看（寒韵同）判叛涣绊盥鹳畔锻腕惋馆（旱韵同）

【十六谏】谏雁患（删韵同）涧间（间隔）宦晏慢盼豢栈（潸韵同）惯串绽幻瓣苋丱办绾（潸韵同）

【十七霰】霰殿面眄（铣韵同）县变箭战扇膳传（传记）见砚院练炼燕宴贱馔荐绢彦掾便（便利）眷麵线倦羡奠徧（遍）恋啭眩钏倩卞汴片禅（封禅）谴善（动词）溅饯（铣韵同）转（以力转动，及物动词）卷（书卷）甸钿（先韵同）电咽旋（已而，副词）

【十八啸】啸笑照庙窍妙诏召邵要（重要）曜耀（燿）调（音调）钓吊叫少（老少）眺消料疗潦掉（筱韵同）峤徼（边徼）烧（野火）

【十九效】效効教（教训）貌校孝闹豹罩櫂（棹）觉（寤也）较乐（喜爱）

【二十号】号（号令，名号）帽报导祷（皓韵同）操（所守也）盗噪灶奥告（告诉）诰暴（强暴）好（喜好）到蹈劳（慰劳）傲耗躁造（造就）冒悼倒（颠倒）爆燥扫（皓韵同）

【二十一箇】箇个贺佐大（泰韵同）饿过（经过，歌韵同，又过失，独用）和（唱和）挫课唾播座坐（行之反，又同座）破卧货涴簸轲（轗轲）

【二十二祃】祃驾夜下（降也）谢榭罢夏（春夏）霸暇灞嫁赦藉（凭藉）假（借也，又休假）蔗炙（音蔗，炮火，名词）化舍（庐舍）价射骂

稼架诈亚麝怕借泻（马韵同）卸帕

【二十三漾】漾上（上下）望（观望，阳韵同，又名望，独用）相（卿相）将（将帅）状帐浪（波浪）唱让旷壮放向嚮仗（养韵同）畅量（度量，数量，名词）葬匠障瘴谤尚涨饷样藏（库藏）舫访贶嶂当（适当）抗酿妄怆宕怅创（开创）酱况亮傍（依傍）丧（丧失）恙王（王天下，霸王）旺

【二十四敬】敬命正（正直）令（命令）政性镜盛（多也）行（品行）圣咏姓庆映病柄郑劲竞净竟孟诤獍更（更加）併（合并）聘横（横逆）

【二十五径】径定罄磬应（答应）乘（车乘，名词）赠媵佞称（相称）邓莹（庚韵同）证孕兴（兴趣）剩（賸）凭（蒸韵同）迳甑听（聆也，青韵同，又听从，独用）胜（胜败）宁

【二十六宥】宥候就授售（尤韵同）寿（有韵同）秀绣宿（星宿）奏富*兽鬥漏陋狩昼寇茂旧胄宙袖（褏）岫柚覆（盖也）救厩臭佑（祐）囿豆窦瘦漱咒究疚谬皱逅嗅遘溜镂逗透骤又幼读（句读）副*

（有*号的字，在词韵中兼入遇韵。）

【二十七沁】沁饮（使饮）禁（禁令，宫禁）任（负担）荫浸谮谶枕（动词）甚（寝韵同）噤

【二十八勘】勘暗（闇）滥啗（啖）担（名词）憾缆瞰暂三（再三）绀憨澹（感韵同）轗

【二十九艳】艳（艳）剑念验堑赡壍店忝（俭韵同）占（占据）敛（聚敛，俭韵同）厌焰（俭韵同）垫欠僭酽潋滟玷（俭韵同）

【三十陷】陷鉴监（同鉴，又中书监）汎梵忏赚蘸嵌

## （五）入声

【一屋】屋木竹目服福禄榖熟谷肉族鹿漉腹菊陆轴逐苜蓿牧伏宿（住宿）夙读（读书）犊渎牍黩毂復粥肃碌骕鬻育六缩哭幅斛戮僕畜蓄叔淑菽俶倏独卜馥沐速祝麓辘恧镞簇蹙筑穆睦秃縠覆（翻也）辐瀑曝（暴）郁舳掬踘蹴踢茯複蝮鸽鹏髑

【二沃】沃俗玉足曲粟烛属录辱狱绿毒局欲束鹄梏告（音梏，忠告）蜀促触续浴酷躅褥旭欲笃督赎劚顼蓐渌騄

【三觉】觉（知觉）角桷榷嶽（岳）乐（礼乐）捉朔数（频数）卓斫啄（啅）琢剥驳（駮）雹璞樸（朴）壳确浊濯擢渥幄握学榷涿

【四质】质（性质）日笔出室实疾術一乙壹吉秩密率律逸（佚）失漆栗毕恤（卹）蜜橘溢瑟膝匹述慄黜跸弼七叱卒（终也）蝨悉戌嫉帅（动词）蒺侄轾踬怵潏蟋蟀筚篥宓必筚秫栉窸颾

【五物】物佛拂屈鬱乞掘（月韵同）讫吃（口吃）绂黼弗髴勿迄不绋

【六月】月骨髮阙越谒没伐罚卒（士卒）竭窟笏钺歇发突忽袜鹘（黠韵同）厥蹶蕨曰阀筏暍殁橛掘（物韵同）榾搰蠍勃纥龁（屑韵同）孛渤揭（屑韵同）碣（屑韵同）

【七曷】曷达末阔活钵脱夺褐割沫拔（拔起）葛阏渴拨豁括抹遏挞跋撮泼斡秣掇（屑韵同）捋怛妲聒栝獭（黠韵同）剌

【八黠】黠拔（拔擢）鹘（月韵同）八察杀刹轧戛瞎獭（曷韵同）刮

刷滑辖铩猾

【九屑】屑节雪绝列烈结穴说血舌洁别缺裂热决铁灭折拙切悦辙诀泄洩咽噎傑彻澈哲鳖设齧劣掣玦截窃孽浙孑桔颉拮撷揭（月韵同）缬襭龁（月韵同）羯碣（月韵同）挈抉亵薛拽（曳）爇冽臬蘖瞥撇迭跌阅辍掇（易韵同）

【十药】药薄恶（善恶）作乐（哀乐）落阁鹤爵弱约脚雀幕洛壑索郭错跃若酌托削铎凿却鹊诺萼度（测度）橐漠钥著（着）虐掠矱泊搏籥锷藿嚼勺谑廓绰霍镬莫箨缚貉濩各略骆寞膜鄂博昨柝拓

【十一陌】陌石客白泽伯迹（跡）宅席策册碧籍（典籍）格役帛戟壁驿麦额柏魄积（积聚）脉夕液尺隙逆画（同划）百阙虢赤易（变易）革脊获翮屐適帻戹（厄）隔益窄核覈舄掷责坼惜癖辟僻掖腋释译峄择摘奕帟迫疫昔赫瘠谪亦硕貊跖（蹠）鹡碛蹐绤隻炙（动词）踯斥吓穸淅鬲骼舶珀

【十二锡】锡壁历枥击绩笛敌滴镝檄激寂觌析皙溺觅狄荻幂鹢戚慼涤的喫沥霹雳惕剔砾翟籴倜

【十三职】职国德食（饮食）蚀色力翼墨极息直得北黑侧贼饰刻则塞（闭塞）式轼域殖植敕（勅）饬棘惑默织匿亿臆特勒劾仄昃稷识（知识）逼（偪）克即弋拭陟测翊恻洫穑鲫鹫（鷘）克嶷抑或

【十四缉】缉辑戢立集邑急入泣湿习给十拾袭及级涩粒揖楫（叶韵同）汁蛰笠执隰汲吸縶葺挹浥岌裛悒熠

【十五合】合塔答纳榻阁杂腊蜡匝阖蛤衲沓榼鸽踏飒拉遝盍塌咂

【十六叶】叶帖贴牒接猎妾蝶叠箧惬涉鬣捷颊楫（檝，缉韵同）摄蹑协侠荚魇睫浃慑慴蹀挟铗靥燮詟摺裓馌踖辄婕屧聂镊渫谍堞氎

【十七洽】洽狭（陿）峡法甲业邺匣压鸭乏怯劫胁插锸歃押狎祫鞢夹恰蛱硖

**图书在版编目 (CIP) 数据**
诗词读写丛话 / 张中行著. -- 北京 : 北京十月文艺出版社，2025. 3. -- ISBN 978-7-5302-2450-2
Ⅰ. I207.2
中国国家版本馆CIP数据核字第20248G4G46号

诗词读写丛话
SHICI DUXIE CONGHUA
张中行 著

出　　版　北 京 出 版 集 团
　　　　　北京十月文艺出版社
地　　址　北京北三环中路 6 号
邮　　编　100120
网　　址　www.bph.com.cn
发　　行　新经典发行有限公司
　　　　　电话 010-68423599
经　　销　新华书店
印　　刷　河北鹏润印刷有限公司
版　　次　2025 年 3 月第 1 版
印　　次　2025 年 3 月第 1 次印刷
开　　本　890 毫米 × 1270 毫米　1/32
印　　张　12.5
字　　数　250 千字
书　　号　ISBN 978-7-5302-2450-2
定　　价　52.00 元
如有印装质量问题，由本社负责调换
质量监督电话　010-58572393